와인은 유혹이고 낭만이며 즐거움이다

- 시詩가 있는 와인 산책 -

이원희 지음

BOOK STAR

프롤로그

PROLOGUE

와인은 유혹이고 낭만이며 즐거움이다

무라카미 하루키는 그의 단편, 〈4월의 어느 맑은 아침에 100퍼센트의 여자를 만나는 것에 대하여〉에서 4월의 어느 맑은 아침, 모닝커피를 마시러 가던 중 하라주쿠의 뒷길에서 100퍼센트의 여자와 스쳐 지나가는 이야기를 들려주고 있다. 4월의 어느 맑은 아침에 100퍼센트의 여자를 만나다니 이 얼마나 로맨틱한 일인가. 1991년 4월의 어느 날 해 질 녘에 나는 독일 바덴바덴의 고성古城에 있는 한 레스토랑에서 처음 그녀를 만났다. 독일 빌트인 주방기기 회사인 Gaggenau사의 한국 Distributor로 초대받은 만찬이었다. Gaggenau사의 마케팅 담당 이사인 바일러 씨가 조심스럽게 따라 준 와인은 샤토 무통 로칠드였으니, 100퍼센트 여자를 만난 것처럼 내 마음은 설레고 있었다.

짙은 루비색의 그녀에게 나는 시선이 끌렸고, 감미로운 향기가 코끝을 자극하였으며, 화려한 아로마에 잠시 도취되었다. 100퍼센트 여자를 만나 첫눈에 반하는 기분이었다. 무통 로칠드 과실 향의 달콤함과 바닐라의 부드러운 향에 유혹되어 잠시 호흡을 멈추었다. 와인의 맛은 파워풀했고 중후하면서도 섬세한 맛이 다가왔다. 붉은 과실 향의 탁월한 농축미, 텍스처, 실크처럼 부드러운 타닌이 어우러져 경탄을 자아내었다. 잔잔하게 퍼지는 뒷심과 여운은 달콤하다 못해 황홀하였다.

무통 로칠드의 화려하고 우아한 맛에서 나의 와인 여정은 시작되었다. 와인의 매력에 빠져 지난 30여 년간 프랑스 와인, 이탈리아 와인, 독일 와인, 스페인 와인, 포르투갈 와인 그리고 신세계 지역의 미국 와인, 호주 와인, 뉴질랜드 와인, 칠레 와인 그리고 아르헨티나 와인에 대해 학습하고, 테이스팅 하면서 친교를 맺어 왔다. 와인은 끊임없이 미각과 지적 탐구를 자극하여 왔으며, 나를 유혹하는 매혹적인 연인으로 다가왔다.

와인 한 잔을 마시는 것은 모든 것이 바쁘고 팍팍하게 돌아가는 현대 사회를 살아가는 우리에게 삶의 소중한 쉼표가 될 수 있을 것이다. 그 한 잔의 와인 속에는 오랜 인간의 역사와 문화가 스며 있다. 그리스도의 피로 상징되는 와인, 최후의 만찬에서 예수께서 제자들과 나누어 마셨던 와인, 홍수 이후 포도나무를 심고 와인을 주조해 즐겨 마시면서 350년을 살았으며 950세까지 장수한 노아, 그리스의 밤 와인 향연이었던 심포지엄, 로마의 광란적인 바카날리아, 와인의 주신인 디오니소스나 바쿠스, 나폴레옹이 애호했던 샹베르탱 그리고 아비뇽 유수 이후 교황의 와인이 된 샤토네프 뒤 파프가 있다.

한 잔의 와인은 이처럼 우리에게 지난날의 무수한 이야기와 사건들을 전해 준다. 와인은 단순히 취감을 위해 마시는 술이 아니다.

와인이 간직한 하늘과 땅 그리고 인간의 이야기에 귀 기울이며 음미해 보는 여유와 낭만을 가져 본다면 더없이 즐거울 것이다. 와인을 음미할 줄 아는 감성은 와인이 주는 삶의 향기를 우리들 삶 속에서 풍요롭고 아름답게 구현할 수 있도록 도와준다. 사람들이 와인을 마시되 와인에 내재된 역사적, 문화적 이야기와 자연의 산물인 와인의 아름다움을 이해하며 음미할 수 있다면 삶이 더욱 풍요로워질 것이다. 와인의 탄생과 역사 그리고 스토리텔링을 통해 소개된 와인을 더 가깝게 느낄 수 있다면, 와인 애호가로서 그보다 더한 바람과 기쁨은 없을 것이다.

한 잔의 와인을 마시면서 먼저 그 와인이 발산하는 미묘한 색깔에 대해 잠시 환상에 젖어 보는 것도 새롭게 느껴지는 즐거움이 될 것이다. 레드 와인의 경우 가장자리가 보라색을 띠는 검붉은 빨강에서 체리 빛이 도는 옅은 빨강까지 그 느낌과 뉘앙스가 다양하다. 화이트 와인은 잔의 가장자리에 초록색을 띠는 옅은 노랑에서 짚 같은 색을 거쳐 황금의 짙은 노랑까지 보는 이의 눈을 즐겁게 해 줄 것이다.

다음으로 코로 잔을 옮겨 깊숙이 와인의 향을 들이마시면, 과일 향, 꽃 향, 미네랄 향, 동물 향, 가죽 향, 시가 향 등 다양하고 오묘한 와인의 향을 느껴 보는 것은 와인 한잔의 낭만을 추구하는 일이기도 하다. 찬찬히 한 모금 입에 머금고 혀를 굴리며 입 전체에 자극을 가하면, 벨벳이나 실크처럼 부드러운 느낌을 주는 것도 있고, 거친 타닌이나 높은 산도로 까칠하고 거칠게 느껴지기도 할 것이다. 와인이 전해 주는 다양한 맛과 질감을 즐길 수 있다면, 와인 한잔의 맛과 낭만을 그 어디에 비하랴.

즐거운 식사는 모두를 기쁘게 한다. "와인 없는 식사는 태양 없는 낮과 같다."라는 루이 파스퇴르의 말처럼 식사에서 와인의 역할은 단순이 목을 축이는 음료가 아니라, 서구 음식 문화에서는 필수적인 요소이다. 식사에 어울리는 적절한 와인은 함께하는 음식의 맛에 절묘한 무엇인가를 더해 준다. 영국의 역사학자 테오도르 젤딘은 "식도락이 행복을 창조하기 위해 음식을 활용하는 예술이다."라고 말한 바 있지만, 와인과 음식의 섬세한 조화는 실로 최상의 행복감을 안겨 준다고 할 수 있을 것이다.

와인은 즐거움을 위해 존재한다. 와인은 식사에 맛과 활력을 배가시켜 주며, 식욕을 돋우고 음식에 맛을 더해 준다. 또한, 대화를 원활하게 해 주고 행복을 배가시키며 단순한 식사를 인생에서 기억할 만한 사건으로 변화시켜 준다. 좋아하는 친구들과 어울리는 와인을 궁합이 맞는 음식과 함께한다면 그 즐거움은 배가 될 것이다.

프랑스의 시인이자 외교관이었던 폴 클로델은 "와인은 내적인 집중력을 연습하게 하는 스승이며, 정신의 해방자이자 지적 능력을 일깨우는 존재이다."라고 말한 바 있다. 와인은 단순한 음료 이상이다.

인간의 삶을 보다 풍요롭게 하는 매개체이며, 우리가 잊어버렸던 감각들을 소생시켜 주는 좋은 친구이기도 하다.

이 책은 지난 30여 년간 나와 인연을 맺어온 와인에 대한 나의 열정이 담긴 와인 탐구서이며, 나의 와인 사랑 고백서이기도 하다. 이 책이 와인을 사랑하는 이들에게 인생의 오솔길에 작은 쉼터가 되길 바란다. 와인의 매력에 빠진 지난 세월 동안 성원과 지지를 아끼지 않았던 아내에게 감사의 마음을 전한다. 모임 때마다 와인 이야기를 경청해 주고, 와인과의 교감을 이어가게 해 준 상시회常視會 회원들과 일화회一火會 친구들에게 감사의 말씀을 드린다. 원고를 집필하는 데 도움을 준 김동환 시인과 부족한 원고를 책으로 출판해 준 광문각 박정태 대표님과 편집자에게 고마움을 전한다.

2024년 6월

이원희(李源熙)

CONTENTS

CONTENTS

CONTENTS

꽃망울 터지는

봄의 향연을 위한 와인

와인은 유혹이다

신은 물을 만들었지만
인간은 와인을 만들었다지
도도한 자주색 그녀
애정어린 눈빛에도
쉽사리 몸을 열지 않네
한 모금 입에 머금고
혀를 굴리면
입 안 가득 밀려오는
진홍빛 파도
광야를 달려가는 야생마처럼
거친 숨소리를 내며
그녀를 깊숙이 들이켜네
이미 우리는 퍼덕이는 생명
이 세상 아늑한 밤에
은빛 물고기 넘실대는
꿈의 바다를
그대와 나는 유영하리
천천히 아주 천천히

이 원 희(李源熙)

사랑을 전하고 싶을 때는 생떼스떼프, '샤토 깔롱 세귀르Château Calon-Ségur'와 함께

세상에서 가장 유명한 최고급 와인들은 주로 프랑스 보르도에서 생산되고 있다. 보르도에서도 고급 와인의 중심에 메독Medoc이 있다. 메독은 '중간에 위치한 땅'이라는 뜻으로 대서양과 지롱드강 사이에 있다. 메독 지역은 대서양에 가까운 북쪽의 바메독Bas-Medic과 남쪽의 오메독Haut-Medoc 지역으로 나뉜다.

깔롱 세귀르

프랑스어로 '바Bas'는 '낮은', '오Haut'는 '높은'이라는 뜻인데, 지대가 높고 낮은 데서 붙여진 이름이다. 프랑스 와인 라벨에 그냥 '메독Medoc'이라고 원산지 명칭을 기재한 것은 '바메독'에서 생산된 와인이다. 메독이 유명한 것은 '오메독' 때문이다.

오메독 지역에서 가장 좋은 와인이 생산되는 4개 마을은 생떼스떼프Saint-Estephe, 뽀이약Pauillac, 생줄리앙Saint-Julian 그리고 마고

Margaux이다. 나폴레옹 3세에 의해 1855년 이루어진 그랑 크뤼 와인 분류에는 오메독 지역의 60개 샤토가 정해졌다. 그때에 1등급으로 샤토 라피트 로칠드Lafite-Rothschild, 샤토 라투르Latour, 샤토 마고 Margaux와 샤토 오브리옹Haut-Brion이 부여되었고, 1973년 샤토 무통 로칠드Mouton-Rothschild가 1등급으로 수정되었을 뿐 현재까지 변함이 없다.

그라브Graves 지역에서 유일하게 샤토 오브리옹Haut-Brion이 선정되어 그랑 크뤼 클라쎄 와인 숫자를 나타낼 때 함께 포함시켜 61개로 표현하기도 한다. 오메독 지역에서 유명한 4개 마을에서 2등급 그랑 크뤼 클라쎄는 14개, 3등급 14개, 4등급 10개와 5등급에는 18개의 샤토가 있다. 프랑스 보르도에서 그랑 크뤼 클라쎄로 선정된 61개 샤토의 와인들은 모두 최상급이다.

일반적으로 메독이나 오메독이라고 적힌 와인보다는 생떼스떼프, 뽀이약, 생줄리앙, 마고 같은 마을 이름이 적힌 와인이 더 고급에 속한다. 바메독의 4개 마을 중 생떼스떼프는 가장 북쪽에 위치하고 있다. 남쪽은 뽀이약과 면해 있고, 북쪽은 바메독과 연결되어 있다. 1855년 그랑 크뤼 클라쎄 분류에서 생떼스떼프는 5개 와인만이 리스트에 포함되었다. 1등급 와인은 하나도 없고, 2등급 와인 2개와 3등급 1개, 4등급 1개 그리고 5등급 1개이다.

샤토 깔롱 세귀르 전경

생떼스떼프 그랑 크뤼의 대표성을 따진다면 꼬스 데스뚜루넬Cos d'Estournel이 최고의 와인이지만, 세인들의 관심을 끌고 있는 와인은 생떼스테프 3등급 깔롱 세귀르Calon Segur이다. 생떼스떼프의 토양은 진흙과 자갈로 구성되어 배수가 잘되며, 해양성 기후의 영향으로 포도가 잘 익어 풍부한 타닌과 탄탄한 구조와 더불어 섬세한 풍미를 지닌 농밀한 와인이 생산된다. 생떼스떼프 와인은 거칠고 타닉한 Tannic 면도 강하여 과실의 부드러운 풍미를 만끽하려면 오랜 숙성의 시간을 기다려야 한다.

깔롱 세귀르는 전통적인 생떼스떼프 와인으로 베리 종류의 과실향이 풍부하고, 메를로Merlot의 비율이 높아 맛이 한결 부드럽다. 깔롱 세귀르가 유명하게 된 것은 보르도 와인의 신神이라 불리던 니꼴라 드 세귀르Nicola de Segur 후작 때문이다. 세귀르 후작은 뽀이약에서는 1등급 와인인 샤토 라피트 로칠드와 샤토 라투르, 샤토 무통 로칠드를 다 갖고 있었고, 생떼스떼프에서는 샤토 드 빼즈De Pez와 샤토 깔롱 세귀르Calon-Segur를 동시에 소유하고 있었다. 그중에서도 세귀르 후작이 가장 소중하게 여겼던 와인은 깔롱 세귀르였다.

깔롱 세귀르는 세귀르 후작이 남긴 말 한마디 때문에 아직도 인구에 회자하고 있다. 세귀르 후작은 "나는 라투르와 라피트에서 와인을 만들지만, 내 마음은 깔롱에 있다."라는 유명한 선언을 하였다. 이 선언을 기념하기 위해 깔롱 세귀르 라벨에는 하트 그림이 있다. 깔롱 세귀르는 라벨에 그려진 이 하트 하나만으로도 소유주였던 세귀르 후작의 마음을 이어받아 영원히 기억되는 와인이 되었다.

짙은 적색에 부드러운 루비 빛을 띠고 있는 깔롱 세귀르는 까베르네 소비뇽 50%, 메를로 25% 그리고 까베르네 프랑 25%로 블렌딩되어 베리 종류의 과실 향이 풍부하고, 메를로의 배합으로 터프함보다는 부드러움과 여유로움을 준다. 블랙커런트, 블랙베리, 카카오, 바닐라, 스모크, 삼나무 향이 느껴지고 자두, 체리 등 잘 익은 과일의 감미로움이 미감味感으로 다가오는 풀바디 와인이다.

하트 모양이 인상적인 깔롱 세귀르 라벨

일본에서는 하트 때문에 밸런타인데이에 깔롱 세귀르를 선물하는 것이 유행이었다고 한다. 라벨에 그려진 하트 그림을 통해 사랑을 전달하고 싶었기 때문일 것이다. 밸런타인데이는 2월 14일로 여성이 좋아하는 남성에게 초콜릿을 주는 날로 알려져 있으며, 최근에는 남녀 관계 없이 친구들이나 동료들에게 초콜릿 선물을 교환하기도 한다.

밸런타인데이의 유래에 대해서는 다양한 의견이 있으나, 하나의 의견으로 로마 시대에 군단병들의 결혼과 관련된 유래가 있다고 전해진다. 3세기 무렵 로마 황제 클라우디우스가 북쪽 땅 고트족 정벌에 필요한 군대를 징집하기 위해 젊은 남자들에게 금혼령을 내렸는데, 가족이 그리워 탈영할 것을 염려했기 때문이다.

법적으로 결혼을 막았지만, 몰래 아이까지 키우다가 전역 후 정식으로 결혼하는 경우도 있었다. 이때 발렌티노라는 신부가 서로 사랑하는 사람들을 위해 법을 어기고 몰래 결혼을 성사시켜 주었다. 황제는 그런 발렌티노를 끝내 처형했는데, 그날이 269년 2월 14일이다. 이를 기리기 위해 청춘 남녀들은 이날을 성聖 발렌티노 축일밸런타인데이이라 이름 짓고 발렌티노를 추모하면서 한편으로는 정인절情人節로 삼았다.

현대에 들어서는 밸런타인데이에 이성에게 선물을 주는 날로 변했다. 서양에서도 기본적으로 연인의 날이지만 남녀 관계없이 연인이 아니라 주위 친구들과 동료들에게도 케이크와 초콜릿 등을 선물하는 경향이 있다. 미국은 남녀 구분 없이 'Happy Valentine's Day'라는 메시지와 함께 마음이 담긴 편지를 주고받으며, 연인들이 가볍게 식사하는 것으로 밸런타인데이를 기념하고 있다. 일본을 중심으로 한 아시아권에서는, 밸런타인데이가 여성이 남성에게 초콜릿을 주는 날로 고정되었다. 중국에서는 2월 14일을 정인절情人节이라고 부르며, 연인들이 꽃과 초콜릿 선물을 주고받는다고 한다.

한국의 밸런타인데이는 일본의 영향을 받은 것으로 알려져 있다. 1960년대 일본의 제과점에서 여성들이 밸런타인데이에 초콜릿으로 마음을 표현하도록 장려하는 캠페인을 벌이면서 여자가 남자에게 초콜릿을 선물하는 밸런타인데이 풍습이 생겼다.

이 풍습은 1980년대에 우리나라에 유입되어 국내 제과 업체들이 밸런타인데이와 초콜릿을 연계해 광고 활동을 벌이면서 연인들과 친구들에게 초콜릿을 선물하게 되었다. 밸런타인데이가 업체들의 상술에 의해 초콜릿을 주고받는 이벤트의 날로 그칠게 아니라, 성인聖人 발렌티노의 정신을 기념하는 진정한 '연인의 날'이 되었으면 한다.

사람은 몇 번을 죽고 다시 태어나도 진정한 사랑은 단 한 번뿐이라고 할 수 있을 것이다. 왜냐하면 사람은 단 한 사람만을 사랑할 수 있는 심장을 지녔기 때문이다. 영국의 여류 시인, 엘리자베스 배릿 브라우닝Elizabeth Barrett Browning의 연애 시, 〈당신이 날 사랑해야 한다면〉은 진정한 사랑의 의미를 생각하게 한다.

당신이 날 사랑해야 한다면[1]

당신이 날 사랑해야 한다면
오직 사랑만을 위해 사랑해 주세요.
“미소와 외모와 부드러운 말씨 때문에
사랑한다”고 말하지 마세요…
사랑하는 이여, 그러한 것들은 그 자체가 변할 수도 있고
당신의 마음에 들기 위해 변할 수도 있는 것이랍니다.
그리고 그렇게 얻어진 사랑은 그렇게 잃을 수도 있는 것이니까요.
내 뺨에 흐르는 눈물 닦아 주고픈 연민 때문에
사랑한다고도 말하지 마세요.
당신의 위로 오래 받으면 우는 걸 잊고
그래서 당신의 사랑까지 잃으면 어떡해요.
그러니 오직 사랑만을 위해 사랑해 주세요.
사랑의 영원함으로 언제까지나 그대 사랑 누릴 수 있도록.

“나는 영원히 당신의 남자로 또는 여자로 남고 싶습니다. 당신을 만난 것은 내 인생에서 최고의 행운이며, 하늘이 내려준 최상의 선물입니다.”라고 고백할 수 있다면, 사랑해야 하기 때문에 사랑하는 것이 아니라, 사랑할 수밖에 없기 때문에 사랑하는 진정한 사랑의 의미를 느끼게 되리라고 생각한다.

---

1) 엘리자베스 배럿 브라우닝, Elizabeth Barrett Browning, 1806년 3월 6일~1861년 6월 29일, 빅토리아 시대 당시 영국과 미국에서 대중적인 잉글랜드 시인.

깔롱 세귀르는 새콤하게 잘 익은 자두 같은 풍부한 과즙이 느껴지며, 타닌과 오크에서 오는 풍부하고 고급스러운 미감이 인상적이다. 깔롱 세귀르를 마시다 보면, 감수성과 사랑의 감정이 넘친다. 베리 종류의 과실 향이 물씬 풍기고, 부드러움 속에 녹아드는 와인의 향기와 맛이 은은하기 때문이다.

밸런타인데이나 사랑하는 사람의 생일에 사랑의 마음을 전하고 싶을 때는 깔롱 세귀르만큼 좋은 와인도 없을 것이다. 깔롱 세귀르 라벨에 그려진 하트를 보면, "내 마음에 그대가 있소."라는 말이 저절로 나올 것만 같다. 와인의 향과 맛을 음미하고, 그것을 표현하면서 사랑의 감정을 나타낸다면, 로맨틱한 분위기와 즐거움은 그 어디에도 비교할 수 없을 것이다.

영화 <악마는 프라다를 입는다>와 함께한
'키안티 클라시코, 루피노 리제르바 듀깔레
Chianti Classico, Ruffino Riserva Ducale'

영화 〈악마는 프라다를 입는다〉에 등장한 '루피노 리제르바 듀깔레Ruffino Riserva Ducale'는 이탈리아 토스카나Toscana의 키안티 클라시코Chianti Classico 지역에서 생산되는 레드 와인이다. 이탈리아 대표 와인인 키안티는 호리병 모양의 와인병피아스코 아랫부분을 라피아Raffia라 불리는 짚으로 싸고 있는 특이한 모양으로 전 세계적으로 알려진 와인이며, 가볍고 은은한 맛으로 유명하다.

루피노 리제르바 듀깔레

프랑스에서 가장 유명한 와인 지역이 메독Medoc이라면, 이탈리아는 토스카나Toscana이다. 키안티 클라시코 리제르바Chianti Classic Riserva는 토스카나 키안티 중앙에 위치한 피렌체Firenze에서 시에나Siena에 이르는 지역에서 산지오베제Sangiovese를 80~100% 사용하여 2년 이상 숙성시킨 이탈리아 최고 수준의 와인이다. 이탈리아 토종 품종인 산지오베제Sangiovese는 천천히 성숙하고 늦게 익으며, 석회질 토양에서 자란 것일수록 강렬한 아로마와인 특유의 향를 지닌다. 산지오베제Sangiovese는 상당히 많은 변종을 가지고 있는데, 어느 것을 선택하느냐에 따라 품질에 차이가 난다. 이탈리아 유명 와인, '부루넬로 디 몬탈치노Brunello di Montalciano'를 만드는 부루넬로Brunello 역시 산지오베제의 변종이다.

영화 〈악마는 프라다를 입는다〉는 로런버그가 집필한 소설을 바탕으로 제작되었으며, 저널리스트의 꿈을 안고 뉴욕에 상경한 사회 초년생 앤드리아 삭스앤 해서웨이가 패션지 '런웨이'의 악명 높은 편집장, 미란다 프리슬리메릴 스트립의 신입 비서로 취직하면서 일과 사랑에서 성공하기 위해 고군분투하는 내용을 그린 코미디 드라마이다.

이탈리아 와인, 키안티 클라시코 '루피노 리제르바 듀깔레'는 1877년 설립된 루피노Ruffino 와이너리에서 생산하고 있으며, 1881년 밀라노 전시회에서 금메달을 수상하였다. 루피노는 1895년 프랑스 보르도 와인 품평회에서도 프랑스 와인을 제치고 금메달을 수상한 바 있는 이탈리아 대표 프리미엄 와인 메이커이다.

1890년 이탈리아 북부 아오스타Aosta 지역의 한 공작이 루피노의 와인 저장고에 있는 몇몇 와인을 시음한 후 그 맛에 반해 그 와인을 자신에게 공급해 줄 것을 요청하였다. 이후 "공작을 위해 예약된 와인Riserva Ducale-Duke's Reserve"이라는 문구를 와인 통에 표기한 것이 효시가 되어 현재의 와인 이름인 '루피노 리제르바 듀깔레'가 되었다.

'루피노 리제르바 듀깔레'는 루비색을 띠고 있는 풀바디 와인이다. 부드러운 타닌과 농익은 과실의 느낌과 함께 적절한 산도와 밸런스를 잘 이루고 있다. 돼지고기, 소고기 등 각종 육류와 잘 어울리며 파스타, 마르가리타 피자 같은 이탈리아 음식과는 환상적인 마리아주음식과 와인의 궁합를 이룬다.

'루피노 리제르바 듀깔레'는 영화 〈악마는 프라다를 입는다〉에서 주인공의 일상에 여러 차례 등장하며 뉴요커의 삶을 담아내었다. 여주인공, 앤드리아 삭스앤 해서웨이의 입사를 축하하는 자리에서, 귀가 후 여주인공이 남자 친구와 와인을 기울이는 장면에서 등장한 와인이 바로 '루피노 리제르바 듀깔레'이다.

영화 〈악마는 프라다를 입는다〉에서 패션계를 주도하는 세계적 패션 잡지, 런웨이의 악마 같은 편집장, 미란다 프리슬리메릴 스트립의 비서가 된 앤드리아 삭스앤 해서웨이가 현란한 명품 속에서도 자신의 존재를 잃어버리지 않으려고 고군분투하는 장면들이 인상적이었다. 수많은 여성이 꿈꾸는 직업인 미란다의 수석 비서 자리를 눈앞에 두고, 앤드리아는 저널리스트가 되고자 했던 초심을 잃지 않고 자신의 정체성을 되찾기 위해 자리를 박차고 나오는 장면은 많은 젊은 여성들에게 공감과 도전을 불러일으켰을 것이다.

이탈리아 키안티 클라시코 와인 '루피노 리제르바 듀깔레'는 뉴요커의 와인이라는 별명을 지니고 있다. 와인 전문지 《와인앤스피릿, Wine & Spirits》은 미국 레스토랑에서 가장 유명한 이탈리아 와인으로 이 와인을 꼽았으며, 《와인 스펙테이터, Wine Spectator》도 '루피노 리제르바 듀깔레'를 뉴욕에서 가장 많이 판매되는 이탈리아 와인으로 선정한 바 있다.

키안티 클라시코, '루피노 리제르바 듀깔레'는 산지오베제 80%, 메를로와 까베르네 소비뇽 20%로 블렌딩된 개성Personality과 우아함Elegance을 갖춘 와인이다. 개성이란 남이 가지고 있지 않은 나만의 매력이며, 우아함은 와인을 즐기는 즐거움이라 할 수 있다. 와인을 기쁜 마음으로 즐긴다면, 이것이 바로 엘레강스이다.

토스카나 와인, 키안티 클라시코, '루피노 리제르바 듀깔레'는 이탈리아 최상급인 DOCG Denomizazione di Origine Controlle e Garantita 등급이다. 산지오베제의 첫인상은 신선함이다. 높은 산도로 상큼함이 더해저 어쩌면, 영화 〈악마는 프라다를 입는다〉의 여주인공 앤드리아앤 해서웨이의 상큼 발랄한 매력과도 같을 것이다. 산지오베제는 자두, 체리, 민트 바이올렛 향이 느껴지며, 오크통에서 숙성시키면 바닐라, 계피, 정향이 발산된다. 그리고 까베르네 소비뇽 덕분에 몸체는 볼륨감과 농염濃艶함을 얻게 된다.

루피노 와이너리에서는 가장 훌륭한 빈티지를 기록한 해를 기념하기 위하여 금색 라벨을 사용한 리제르바 듀깔레 와인을 출시하였는데, 이 제품이 바로 '리제르바 듀깔레 오로 그란 셀레지오네'이다. 빈티지가 좋은 해에만 한정 생산되는 '리제르바 듀깔레 오로 그란 셀레지오네'는 산지오베제 80%, 메를로와 까베르네 소비뇽 20%로 블렌딩되었으며 알코올 도수는 14.5%이다.

리제르바 듀깔레 오로 그란 셀레지오네

'리제르바 듀깔레 오로 그란 셀레지오네'는 바이올렛, 블루베리, 체리, 잘 익은 자두의 향이 강렬하다. 과실향과 타닌이 조화를 이루고 있으며, 초콜릿과 커피 향으로 피니쉬가 이어지는 루피노 최고급 와인이다.

등심스테이크, 소갈비구이, 파스타, 스모크치즈 등과 잘 어울리는 루피노 리제르바 듀깔레

촌스럽다는 앤드리아가 화려하게 변신하는 장면에서 흘러나오는 영화 〈악마는 프라다를 입는다〉의 대표적인 음악, 마돈나의 'Jump'와 'Vogue'는 패션의 주제가로 눈길을 끌었다. 상큼한 매력을 지닌 여자 친구에게 더없이 좋은 선물이 될 '루피노 리제르바 듀깔레'는 자두와 바이올렛 향이 은근히 스치고, 검은 체리와 야생 산딸기의 향을 가득 품고 있는 매력적인 와인이다.

얼었던 땅이 녹고 따뜻한 봄비가 내리기 시작하는 절기인 우수雨水 무렵이면 봄이 오는 길목에 서 있는 것 같다. 아직은 차가운 날씨에도 햇볕에는 봄기운을 담고 있는 듯하다. 이제 경칩驚蟄에는 봄기운이 돌고 초목은 움을 틔울 것이다. 우리 곁에 소리 없이 다가올 봄을 기다리는 마음으로 사랑하는 사람과 주말 저녁에 '루피노 리제르바 듀깔레Ruffino Riserva Ducale'와 함께 오붓한 시간을 가진다면, 이보다 더 좋을 수가 없을 것이다.

와인은 즐거움이다. 눈으로 다양한 뉘앙스의 색깔을 즐기고, 코로 향의 정원을 거닐고, 입으로 맛과 향 그리고 여러 다른 감촉을 느낄 수 있다. 잘 익은 자두와 체리의 풍미가 입안에 넘치며, 부드러운 질감과 산도가 균형을 이루다가 로즈 메리 향으로 마무리되면, '루피노 리제르바 듀깔레'의 개성과 우아함이 황홀감을 더해 줄 것이다.

화이트데이에는 초콜릿과 어울리는 '컬럼비아 크레스트 까베르네 소비뇽 Colombia Crest Cabernet Sauvignon'

밸런타인데이Valentine's Day가 여성이 남성에게 초콜릿을 선물하며 사랑을 고백하는 날이라면, 화이트데이White Day는 남성이 여성에게 사탕이나 초콜릿을 선물하는 상업성을 띤 연인들의 기념일이다. 화이트데이는 일본 제과 회사의 마케팅으로 시작되어 초콜릿을 주고받는 풍습이 한국, 대만, 중국과 싱가포르 등지로 전파되었다.

컬럼비아 크레스트 까베르네 소비뇽

화이트데이는 연인들과 '썸을 타는' 젊은이들이 기다려지는 날이기도 하다. 이러한 연인들의 날에 사랑하는 여성에게 단순한 초콜릿 선물보다는 초콜릿과 어울리는 와인을 준비해서 함께 식사를 한다면, 로맨틱한 분위기에서 더 많은 감동을 줄 것이다.

초콜릿과 와인은 환상적인 콤비를 이룬다. 맛이 절묘하게 어울릴 뿐만 아니라, 같이 먹으면 노화 방지 효과도 두 배로 높아진다고 한다. 캘리포니아 데이비스대학의 연구에 따르면, 레드 와인과 코코아 분말 모두 심장병을 예방하는 폴리페놀Polyphenol 성분이 들어 있어, 함께 먹으면 맛도 맛이지만 탁월한 상호 보완 작용을 해 준다고 한다. 독일 쾰른 대학병원 연구진은 고혈압 환자들에게 18주간 매일 다크 초콜릿을 한 조각씩 먹도록 했더니 혈압이 20% 가까이 떨어졌다는 연구 결과도 발표하였다. 혈관을 깨끗하게 해 주는 폴리페놀 성분이 많이 들어 있는 다크 초콜릿은 와인과 함께 먹으면 더욱더 깊은 맛과 분위기를 살릴 수 있다.

사랑하는 여성에게 사랑을 고백하는 자리라면, 맛과 향이 풍부한 캘리포니아 나파밸리의 까베르네 소비뇽Cabernet Sauvignon이나 메를로Merlot가 좋을 것이다. 까베르네 소비뇽은 짙은 흑적색에 보랏빛 뉘앙스가 선명한 멋진 컬러를 지니고 있다. 블랙커런트, 블랙베리, 체리 등의 과일 향이 강하고 풍부하며 진한 농축미가 있다. 메를로는 자두, 과일 젤리, 블랙커런트, 민트 등의 과일 향으로 미감이 부드럽고 약간 스위트한 느낌이 들기도 한다. 풍부한 향과 농축미가 있는 와인을 좋아한다면 캘리포니아 나파밸리, 로버트 몬다비Robert Mondavi 까베르네 소비뇽Cabernet Sauvignon을, 와인을 접한 지 얼마 되지 않았다면 질감이 부드럽고 감미로운 로버트 몬디비Robert Mondavi 메를로Merlot를 선택하면 좋을 것이다.

화이트데이에 초콜릿과 잘 어울리는 와인은 잘 익은 자두 향과 초콜릿 향을 느낄 수 있는 컬럼비아 크레스트 까베르네 소비뇽Columbia Crest Cabernet Sauvignon이다. 컬럼비아 크레스트 까베르네 소비뇽은 미국 워싱톤 컬럼비아 밸리에서 100% 까베르네 소비뇽으로 생산되는 레드 와인이다. 짙은 적색을 띠고 있으며 블랙체리, 블루베리, 모카의 풍미風味가 있다. 복합미와 탄탄한 바디감을 갖추고 있으며, 자두와 블랙커런트 등 검은 과일의 아로마와 스모키, 초콜릿, 바닐라로 마무리되어 긴 여운을 느낄 수 있다.

아무리 맛있는 음식도 기분이 언짢을 때나 함께 먹는 사람과의 관계가 서먹할 때는 제맛이 나지 않는다. 와인의 경우는 더더욱 그렇다. 음식이 주는 만복감과는 달리, 와인을 마시면 취감이 뒤따르기에 분위기와 기분에 더욱 쉽게 영향을 받기 때문이다. 우리 뇌는 기억을 선택적으로 하는 경향이 있다. 이는 우리의 기억이 주관적인 성향을 지니고 있기 때문일 것이다.

컬럼비아 크레스트 메를로, 까베르네 소비뇽, 샤르도네

평생 잊지 못할 사랑하는 사람과 함께 로맨틱한 분위기에서 와인을 마신다면 우리 뇌는 그 기억을 오래 간직할 것이다. 좋은 사람과 좋은 분위기에서 마시는 와인이 즐거움과 기쁨을 더해 준다. 프랑스 시인 폴 베를렌은 "우리 앞에 놓인 와인들은 저마다의 풍경을 가지고 있다."라고 말한 바 있다.

와인 잔은 와인의 향과 맛에 많은 영향을 미친다. 와인이 충분히 향을 드러낼 수 있는 공간을 남겨두기 위해서는 잔은 3분의 1 이하로 채우는 것이 좋다. 잔을 흔들어 향이 올라오도록 하면 더 쉽게 향을 맡을 수 있다. 와인의 향은 단순하지 않고 복합적이다. 와인의 향기를 이야기할 때 가장 많이 사용하는 표현이 아로마Aroma와 부케Bouquet이다. 아로마는 과일과 꽃, 향신료 등 와인에서 바로 올라오는 향기이다. 부케는 와인이 공기와 접촉함으로써 나는 2차적인 향기이며, 숙성과 발효의 결과로 생기는 향기로 숙성 방법에 따라 다양한 향기가 난다.

컬럼비아 크레스트 까베르네 소비뇽의 블렉베리, 자두, 바닐라, 초콜릿 향을 맡으면 사랑의 감정도 와인 향기처럼 감미롭게 느껴질 것이다. 와인은 식사에 맛과 활력을 배가시킨다. 식욕을 돋우고 음식에 맛을 더해 준다. 대화를 원활하게 해 주고 행복을 배가시키며, 단순한 식사를 인생에서 기억할 만한 사건으로 변화시켜 놓는다.

와인과 온도의 관계도 중요하다. 아무리 좋은 와인이라도 적당한 온도에서 마시지 않으면 와인의 향과 맛을 제대로 느낄 수 없다. 개인의 기호나 실내 온도 등의 시음 조건에 따라 다소 차이는 있을 수 있지만, 와인 서빙 온도는 샴페인은 7~8도, 화이트 와인은 8~10도 그리고 레드 와인은 16~18도가 좋다. 음식과 와인의 맛은 그날의 분위기와 함께 마시는 사람이 어떤 사람이냐에 따라 달라질 수 있다. 어쩌면 이 세상에서 가장 맛있는 와인은 가장 사랑하는 사람과 함께 마시는 와인일 것이다.

와인은 또한 마실 때의 분위기나 먹는 음식에 따라 선택이 달라져야 한다. 레드 와인, 까베르네 소비뇽이나 메를로와 어울리는 음식은 파스타, 등심 스테이크, 소갈비구이, 치즈 고다 & 에담 등이다. 와인과 어울리는 식사는 즐거움이 배가되고, 연인들의 대화는 무르익어갈 것이다. 식사의 대미를 티라미슈 케익과 초콜릿 그리고 컬럼비아 크레스트 까베르네 소비뇽으로 마무리한다면 초콜릿과 와인의 콤비가 환상적인 미각의 세계로 빠져들게 할 것이다.

사랑의 분위기가 무르익어갈 때, "내가 그의 이름을 불러 주기 전에는/그는 다만/하나의 몸짓에 지나지 않았다/내가 그의 이름을 불러 주었을 때/그는 나에게로 와서/꽃이 되었다."로 시작되는 김춘수[2]의 시, 〈꽃〉을 낭송한다면, 사랑의 감정은 고조될 것이다.

봄의 길목인 3월에 산수유화, 매화, 백리향 등 봄의 전령들이 수줍은 듯 꽃망울을 터뜨렸다. 봄볕은 따스하고, 화사한 봄빛 따라 마음도 꿈길을 걷는다. 하남 망월천望月川 수목들도 연둣빛 새순을 움트

2) 김춘수, 金春洙, 1922년 11월 25일~2004년 11월 29일, 대한민국의 시인.

고 싱그럽게 물이 오를 것이다. 3월의 꽃은 아네모네Anemone이다. 빨간색, 분홍색, 보라색, 하얀색 종류별로 아름다움을 뽐내는 아네모네 꽃은 그리스 신화에 등장하고 있다.

사랑과 아름다움의 여신 아프로디테가 어느 날 큐피트의 화살에 맞아 아도니스라는 소년을 사랑하게 되었다. 그리고 그와 즐겁게 들판을 뛰놀며 함께 사랑을 나누게 되었다. 하지만 이내 아도니스가 사나운 멧돼지에 싸움을 걸게 되고, 그로 인해 아도니스가 목숨을 잃게 되었다. 그 순간 아도니스의 피 흘린 자국에서 거품이 일어나면서 아름다운 붉은 꽃을 피워냈다는 이야기가 전해져 오는데, 이 꽃이 바로 아네모네이다.

초콜릿과 컬럼비아 크레스트 까베르네 소비뇽의 환상적인 앙상블을 맛보며, 로맨틱한 분위기에서 사랑하는 여성에게 3월의 꽃, 빨간색 아네모네 한 송이를 건넨다면, 별도의 달콤한 사랑 고백이 없어도 족할 것이다. 왜냐하면 빨간색 아네모네의 꽃말은 "당신을 사랑합니다"이기 때문이다.

초콜릿과 환상적인 앙상블을 이루는 컬럼비아 크레스트 까베르네 소비뇽

꽃망울 터지는 봄날에는 화이트 와인, '빌라 마리아 리저브 소비뇽 블랑 Villa Maria Reserve Sauvignon Blanc'

프랑스 화이트 와인의 대표 품종은 부르고뉴 지역의 샤르도네Chardonny와 루아르 지역 상세르의 주 품종인 소비뇽 블랑Sauvignon Blanc 그리고 알자스 지방의 리슬링Riesling이다. 샤르도네는 화이트 와인의 여왕이라는 칭호처럼 우아하고 기품이 있으며, 은은한 노란빛을 지닌 고급스런 와인이다. 샤르도네로 만들어진 가장 유명한 와인은 부르고뉴산 샤블리Chablis이다. 리슬링은 달콤하고 부드러우며, 알코올 도수도 낮아 모든 여성에게 사랑받는 품종이다. 리슬링은 달콤하고 상큼한 신맛으로 독일에서 주로 재배되지만 프랑스 알자스 지방의 리슬링은 깊고 그윽한 맛을 느끼게 한다.

빌라 마리아 리저브 소비뇽 블랑

소비뇽 블랑 와인은 싱싱하고 풋풋하다. 샤르도네가 안정감 있는 화사한 도시적都市的 와인이라면, 소비뇽 블랑은 야성미野性美가 살아 있어 청량감을 주는 싱그런 와인이다. 샤르도네가 기품 있고 우아한 귀부인이라면, 소비뇽 블랑은 상큼 발랄한 아가씨의 이미지이다.

프랑스 루아르 지역 상세르Sancerre 마을에서 소비뇽 블랑으로 만들어지는 화이트 와인이 상세르이다. 상세르는 라임의 상큼한 과일 맛과 드라이한 미네랄 그리고 스모크 향이 감도는 복합적인 풍미를 지니고 있으며, 어니스트 헤밍웨이가 즐겼던 와인이다.

소비뇽 블랑이 청정한 자연 환경인 뉴질랜드로 가서 꽃을 피웠는데, 말보로Marlborough 지역에서 생산되는 소비뇽 블랑은 그 독특한 맛과 향으로 세계적으로 사랑받고 있다. 프랑스 루아르 지역의 소비뇽 블랑이 독특한 미네랄 느낌Mineral Touch을 통해 고유한 떼루아르 Terroir를 잘 표현했다면, 뉴질랜드 말보로 지역의 소비뇽 블랑은 활기찬 산도酸度와 순수한 과일의 맛으로 소비뇽 블랑 품종 자체를 인상적으로 표현해 내고 있다.

빌라 마리아 와이너리

말보로는 뉴질랜드에서 가장 넓고 유명한 지역이다. 남섬 북동쪽 끝에 있어서 산맥이 서풍을 막아 포도의 생육 기간이 길고 건조하다. 토양은 척박하고 자갈이 많아 배수가 잘되고 서늘한 기후 영향으로 세계적인 품질의 소비뇽 블랑을 생산하고 있다. 국내에 수입되는 뉴질랜드 화이트 와인 중 유명한 소비뇽 블랑은 클라우드 베이Cloudy Bay, 빌라 마리아Villa Maria, 몬타나Montana 그리고 킴 크로포드Kim Crawford 등이다.

특히 빌라 마리아 리저브Villa Maria Reserve 소비뇽 블랑Sauvignon Blanc은 더 좋은 포도와 장기 숙성으로 잘 익은 열대 과일 향, 상쾌한 산도와 긴 여운으로 세계 최고의 소비뇽 블랑으로 평가받고 있다. 빌라 마리아 리저브 소비뇽 블랑은 옅은 밀짚 노란색에 가벼운 황금색 톤을 띠고 있으며, 망고, 파인애플, 리치, 싱싱한 레몬, 자몽 등의 향이 있다. 잘 익은 열대 과일의 풍미와 생기 있는 산도 그리고 쌉쌀한 맛이 어우러져 새우구이, 참치, 연어, 조개 등 매콤한 소스의 해산물 요리, 생선 요리, 염소젖 치즈 크로탱 드 샤비뇰와 샐러드에 잘 어울린다.

망고, 파인애플과 열대 과일의 풍미가 있는 빌라 마리아 리저브

와인의 어원인 산스크리트어, '베나Vena'는 '사랑받는'이라는 뜻이 있다. 와인이 주는 기쁨은 일상생활 속에서 순간적으로 막연하게 느끼는 기쁨과는 다르다. 좋은 분위기에서 좋은 사람과 훌륭한 와인이 함께한다면 그 기쁨은 배가 될

뉴질랜드 말보로 와이너리(출처: https://www.therealreview.com/)

것이다. 산과 들에 진달래와 개나리가 꽃망울을 터뜨리고, 목련도 수려한 자태를 뽐낼 채비를 하고 있는 봄날에 빌라 마리아 리저브 소비뇽 블랑과 함께한다면 봄의 정감情感을 더해 줄 것이다.

지난 시절은 돌아오지 않아도/지난 계절은 돌아오고/시든 청춘은 다시 피지 않아도/시든 꽃은 다시 피고/빈자리는 채워지지 않아도/빈 술잔은 채워지고, 다시 돌아오는 봄의 계절을 생각나게 하는 주병권[3] 시인의 시詩 〈봄〉을 읊조려 본다.

향긋하고 상큼한 풍미가 입안을 채우고 소비뇽 블랑 와인 잔에 봄빛이 넘실거리면, 사랑하는 이들의 가슴에는 사랑으로 가득해질 것이다. 사랑하는 사람과 빌라 마리아 리저브 소비뇽 블랑을 마시며 만물이 소생하는 봄을 맞이하는 것은 더없는 기쁨이고 낭만이다.

3) 주병권, 1962~, 누구 못지않게 시를 사랑하고 언어 감각이 탁월한 시인.

교황의 와인, '샤토네프 뒤 파프 Châteauneuf-du-Pape'

교황의 와인이라는 칭호를 가지고 있는 '샤토네프 뒤 파브'는 아비뇽 유수幽囚라는 역사적인 사건이 만들어 낸 와인이다. 먼저 이 복잡한 이름에 담긴 뜻을 풀어 보면, 이 와인에 얽힌 역사를 엿볼 수 있다. 샤토Chateau는 '성城'이라는 뜻이고, 네프Neuf는 '새로운'이라는 의미이다. 뒤Du는 관사이며, 파브Pope는 '교황'이라는 뜻이다. 그러므로 '교황의 새로운 성'이라는 뜻의 와인이다.

M.
샤프
티에르

11세기 십자군 원정 실패로 로마 교황청의 권위가 땅에 떨어지고 프랑스의 왕 필립 4세는 1308년에 교황청을 프랑스 남부로 이주하였으며, 프랑스인 교황 클레멘스 5세를 1309년에 아비뇽에 거처를 두게 하였는데, 이것이 '아비뇽 유수' 사건이다. '아비뇽 유수'는 1309년부터 1377년까지 7대에 걸쳐 교황의 거주지와 교황청이 아비뇽으로 이

전했던 시기를 말한다. '유수幽囚'는 '잡아 가둠'이라는 의미로, 교황이 사실상 한지閑地에 유폐되었음을 뜻하는 것이다. 바빌로니아에 의해 유대 왕국이 사라지고 유대인들이 바빌론으로 끌려갔던 '바빌론 유수'에 빗대어 붙여진 이름이다. 아비뇽에 교황청이 새로 등장하자 와인이 대량으로 필요하게 되었으며, 이때 탄생한 와인이 바로 '샤토네프 뒤 파브Chateauneuf du Pape'이다.

기독교에서 포도나무는 부활과 영생은 물론 다산多産과 부富를 상징하기도 한다. 신약성경 마태복음 26장에 나오는 예수님과 제자들의 〈마지막 만찬〉에서는 예수 그리스도의 피를 상징하는 와인이 사용되었다. 가톨릭에서도 영성체란 미사 중 성찬식에서 그리스도의 몸과 피를 받아 모시는 것을 말하며, 그리스도의 몸인 빵과 피인 와인을 받아먹는 거룩한 예식이다. 아비뇽 유수 사건 당시, 교황은 미사에 쓸 와인을 만들기 위해 포도 재배에 적합한 지역을 물색하였다. 그중 떠오른 지역이 교황청이 있는 아비뇽보다 약간 북쪽에 자리한 곳이었다. '샤토네프 뒤 파브'의 뛰어난 맛은 바로 이 지역의 기후 조건과 환경 때문이다. 이 지역은 교황들이 여름 별장을 마련했을 정도로 시원한 기후 조건을 가지고 있다. 또한, 이 지역의 굵은 자갈들은 낮에는 프로방스의 햇빛을 빨아들이고, 해가 진 뒤에는 이 열들을 다시 방출하는 역할을 한다.

이러한 기후 환경에 13가지 포도 품종을 블렌딩하여 만든 '샤토네프 뒤 파브'는 독특한 맛이 어우러져 아주 복잡 미묘하고도 개성 있는 맛을 내게 된다. 남부 론 지역에서 생산되는 '샤토네프 뒤 파브'는 블렌딩에서 가장 중요한 역할을 하는 그레나쉬 grenche와 쌩소 Cinsault는 와인에 따스함과 짙은 컬러를 주면서 맛을 부드럽게 해 주고, 무르베드르 Mourvedre, 쉬라 Syrah 등은 와인의 구조와 숙성 능력, 색의 깊이와 클래식한 맛을 제공한다.

어니스트 헤밍웨이가 젊은 시절인 1921년~1926년까지 프랑스 파리 생활을 회고하면서 쓴 《A Movable Feast: 움직이는 축제》[4]를 보면, 미국 문학잡지 《다이얼》지의 편집자인 어니스트 월쉬의 점심 초대에서 '샤토네프 뒤 파브'를 마신 내용을 기록하고 있다. 헤밍웨이는 미국에서 초기 소설들을 출판하는 데 대단히 난항을 겪었다. 문학잡지의 편집자들이 그의 스타일과 주제 혹은 어휘 선택을 받아들일 준비가 되어 있지 않았던 것이다.

4) 국내에서는 《A Movable Feast》를 《파리는 날마다 축제》로 번역 발간

책상에서 글을 쓰고 있는 어니스트 헤밍웨이(출처: 게티이미지)

그러던 중에 《다이얼》지의 편집자, 어니스트 월쉬가 헤밍웨이에게 점심을 같이 먹자고 청한 적이 있었다. 이 잡지사가 가장 뛰어난 기고가에게 2,000달러의 상금을 줄 것이라는 소문이 퍼진 직후였다. 당시 헤밍웨이는 자신을 거절한 《다이얼》지에 대해 반감을 가지고 있었다. 월쉬는 헤밍웨이에게 생미셸 대로에서 가잔 비싸고 고급스러운 레스토랑에서 점심을 먹자고 하였다. 헤밍웨이는 자기 형편으로는 사 먹을 수 없는 온갖 음식과 '샤토네프 뒤 파브'를 주문하였다.

헤밍웨이는 샤토네프 뒤 파브가 점심에 곁들일 와인이 아니라는 것을 알고 있었다. 사실 이 와인은 프랑스 와인 중 알코올 함량이 높은 술이었다. 헤밍웨이는 그전에도 그랬고, 그 뒤로도 마찬가지였지만 웬만하면 상대를 눕힐 수 있을 만큼 술이 셌다. 더구나 《다이얼》지의 사기성 짙은 편집자가 상대라면 더 두말할 것이 없었다. 와인을 다 비워 갈 때쯤 월쉬는 에즈라 파운드나 제임스 조이스가 아니라, 어니스트 헤밍웨이가 《다이얼》지의 수상자로 내정되었다는 이야기를 했다. 그로부터 몇 년이 지난 후, 헤밍웨이는 월쉬가 조이스에게도 같은 이야기를 했다는 사실을 알게 되었다.

샤토네프 뒤 파브는 오래 숙성된 와인으로 깊고 다양한 맛이 오묘하게 조화를 이룬다. 우아하고 균형 잡힌 장기 보관이 가능한 이 멋진 와인, '샤토네프 뒤 파브'를 헤밍웨이가 《다이얼》지의 편집자인 어니스트 월쉬의 점심 초대에서 마신 것은 다소 호기를 부린 느낌이 있다. 1920년대의 대부분을 프랑스 파리에서 지냈던 어니스트 헤밍웨이는 와인을 즐기는 감식력鑑識力을 가지고 있었으며, 와인은 그가 평생 동안 탐닉한 대상이었다. 헤밍웨이는 투우 전문서, 《Death in the

Afternoon: 오후의 죽음》에서 "와인은 세상에서 가장 문명화 된 것, 가장 위대한 완벽의 경지에 다다른 자연물의 하나다. 또한, 돈으로 살 수 있는 순수하게 감각적인 것들 중 그 무엇보다 넓은 향유와 감상의 폭을 제공해 준다."라고 밝힌 바 있다.

샤토 드 보카스텔 도멘 뒤 비유 텔레그라프

샤토네프 뒤 파브 유명 메이커로는 야생 베리류의 상큼하고 달콤한 향, 부드러운 산미와 그르나슈에서 오는 듯한 약간의 동물적인 풍미가 느껴지는 샤토 드 보카스텔Chateau de Beaucastel, 레드 와인의 윤택한 바디감과 스트럭쳐 그리고 화려하고 우아한 쉬라의 풍미가 있는 도멘 뒤 비유 텔레그라프Domaine du Vieux Télégraphe가 있다. 그리고 바이오 다이나믹 농법으로 생산되어 감초, 카시스 풍미가 있으며, 미국 와인 평론가 로버트 파커로부터 극찬을 받은 바 있는 M. 샤프티에르M. Chapoutier가 있다.

또한, 검붉고 신맛나는 체리를 떠올리는 부케, 향신료 풍미가 있으며, 로버트 파크로부터 100점 만점의 평가를 받은바 있는 도멘 드라 모르도레Domaine de la Mordoree가 있다. 샤토 라야Chateau Rayas는 원숙하고 달콤한 부케로 향기롭게 입안을 채우는 세련미가 있다. 이 기갈E. Guigal은 잘 익은 자두, 검붉은 베리, 말린 자두의 뉘앙스가 있으며, 부드러운 타닌과 알코올의 밸런스가 좋다.

화창한 봄날이다. 망월천 미사호수 공원이 노란 개나리로 물들었나 싶더니, 어느덧 벚꽃이 만개하여 연분홍빛 꽃잎이 눈부시게 빛나고

샤토네프 뒤 파프 와이너리(출처: https://en.wikipedia.org/)

있다. 위례 한강 변 벚꽃 길은 온통 연분홍색으로 물들어 찬란함을 더하고, 파란 하늘은 더없이 맑다. 구름도 평화롭게 떠 있고 예봉산도 푸르름을 더해 가고 있다. 산철쭉도 홍자색의 꽃망울을 터뜨렸고, 매혹적인 자홍빛의 자산홍도 꽃봉오리를 내밀어 봄의 향연을 채비하고 있다. 이 아름다운 봄을 호흡하는 기쁨은 그지없고, 살아 있다는 것이 즐겁고 감사할 뿐이다.

와인은 어떤 경우에도 기쁨과 나눔의 원천이 되어야 한다. 와인은 사람이 살아가는 데 기쁨을 주는 활력소가 되어야 할 것이다. 사람에 따라 다르겠지만, 어떤 기회에 그리고 시간과 더불어 와인에 대한 관심과 열정이 높아지면 와인을 마시는 즐거움도 높아질 것이다.

와인이 주는 기쁨은 우리가 생활 속에서 순간적으로 막연하게 느끼는 기쁨과는 달리, 어딘가 자각적인 기쁨일 수가 있다. 와인은 진정으로 기쁨의 나눔이고, 나눔의 기쁨이기도 하다. 가까운 사람들과 느긋하게 교황의 와인, '샤토네프 뒤 파브'를 마시며, 잔 속에 녹아 있는 지나간 시대의 아로마를 추억하고 자신을 성찰하며, 타인의 관심과 사회에 대해 생각해 본다면 의미 있는 시간이 될 것이다.

나폴레옹의 와인, '샹베르탱Chambertin'

샹베르탱Chambertin은 프랑스 부르고뉴Bourgogne 지방의 꼬뜨 드 뉘Cote de Nuits 지역의 쥬브레 샹베르탱Gevrey Chambertin 마을에서 생산되는 그랑 크뤼 와인이다. 부르고뉴는 프랑스 레드 와인 생산 지역 중 가장 북쪽으로 추운 곳에 속한다. 그래서 일조량 부족, 잦은 비 등으로 포도가 완전히 익지 않을 수도 있기 때문에 지역이나 빈티지에 따라 품질의 차이가 심하다. 한 메이커가 동일한 품종으로 동일한 방법으로 만들었다 하더라도 맛의 차이가 나는 것도 떼루아르 때문이다.

루이 라투르 쥬브레 샹베르탱

흔히 좋은 포도는 좋은 떼루아르에서 나온다고 말한다. 여기서 '떼루아르Terroir'란 라틴어의 떼라Terra: 대지라는 단어에서 파생되었다. 프랑스어로 '토양'을 의미하는 단어지만, 와인에 관해서는 좋은 포도로 성장하게 도와주는 토양의 특성이나 비, 바람, 일조량과 같은 기후 조건을 포함하는 넓은 개념으로 쓰이며, 포도가 자라나는 환경 전체를 의미한다.

특히 피노누아는 프랑스 부르고뉴를 떠나서는 명품이 나오지 않는 것으로 유명하며, 부르고뉴에서도 실망스런 품질을 가진 것도 많다. 수도사들이 면밀히 조사하여 노력하여 개척하고 분류한 부르고뉴의 와인은 떼루아르를 가장 잘 반영한 것이며, 샤르도네Chardonnay와 피노누아Pinot Noir는 부르고뉴 떼루아르에 가장 적합한 품종이라고 할 수 있다.

부르고뉴 기후와 토양은 서늘한 기후와 석회암으로 묘사할 수 있다. 가장 북쪽에서 세계 최고의 레드 와인을 생산하는데, 여름이 보르도보다 서늘하다. 그래서 향미가 풍부하거나 진하지 않으며 라이트에서 미디엄바디로 섬세하고 우아하다. 피노누아는 이렇게 시원한 곳에서 섬세하고 엷고 복합적인 향미를 가질 수 있다. 서늘한 곳에서는 포도의 성숙이 늦기 때문에 익는데 시간이 오래 걸리지만, 더운 곳에서는 빨리 익어 깊이가 없으며 단순한 맛으로 무덤덤해진다.

루이 라투르 쥬브레 샹베르탱과 구운 연어 요리
(출처:https://www.thebeveragejournal.com/)

샤르도네는 더운 지방에서도 많이 재배되지만 서늘한 곳에서 자란 샤르도네가 훨씬 정교하고 우아하다. 그러나 부르고뉴는 햇볕이 충분하지 않아 9월에 비가 오면 뭔가 빠진 듯한 싱거운 맛을 풍기게 된다. 그래서 좋은 포도밭은 이런 점을 고려하여 햇볕이 잘 비추는 곳에 자리를 잡고, 최상의 수확 시기를 선택하여 우수한 와인을 만들고 있다.

보르도에서는 와인의 상품 가치를 높이기 위해 한 가지 포도 품종만을 쓰지 않고 여러 가지 포도를 섞어 와인을 만든다. 각 포도 품종의 장점을 살리고 단점을 보완하기 위해서다. 반면 부르고뉴는 그 지역에서 생산되는 포도 품종 한 가지로 와인을 만들기 때문에 그 지역 특유의 개성이 살아 있다. 따라서 부르고뉴의 유명 와인 생산지의 토질이나 기후적 특성, 포도 품종 등을 알면 부르고뉴 와인을 이해하는 데 도움이 된다.

쥬브레 샹베르탱 와이너리 전경(출처: https://winehog.org/)

나폴레옹이 즐겨 마셨다던 샹베르탱Chambertin, 세계에서 가장 비싼 로마네 콩티Romanee Conti, 최상품 화이트 와인인 몽라쉐Montrachet, 햇포도주 보졸레 누보Beaujolais Nouveau 등의 와인이 생산되는 프랑스 동부 부르고뉴Bourgogne, 영어 명칭은 Burgundy 지방은 와인 애호가들에게는 그 이름만 들어도 가슴을 설레게 하는 곳이다. 부르고뉴는 보르도와는 사뭇 다른 와인의 세계를 보여 준다. 이 때문에 와인 애호가들에게는 좋은 비교의 대상이 된다.

대서양에 인접한 보르도와 내륙에 위치한 부르고뉴는 기후, 토양 등 포도가 자라는 자연환경떼루아르이 대조적이다. 이에 따라 포도 품종이 완전히 다르다. 부르고뉴 지방의 경우 레드는 피노누아Pinot Noir와 가메이Gamay, 화이트는 샤르도네Chardonnay, 알리고테Aligote 각각 두 가지 품종만 재배된다. 이에 비해 보르도 지방에서는 까베르네 소비뇽Cabernet Sauvignon, 메를로Merlot, 까페르네 프랑Cabernet Franc, 말벡Malbec, 프티 베르도Petit Berdot 이상 레드 와인용, 세미용Semillon, 소비뇽 블랑Sauvgnon Blanc, 뮈스카델 Muscadelle, 콜롬바르Colombard 이상 화이트와인용 등 다양하다. 와인을 만들 때도 보르도 지방에서는 반드시 두 개 이상의 품종을 섞어 맛의 조화를 추구한다. 하지만 부르고뉴 지방에서는 단일 품종만을 사용하기 때문에 더 힘차고 개성이 강한 와인이 생산된다. 이 때문에 보르도산은 여성적이지만 부르고뉴산은 남성적이라는 비유도 있다.

부르고뉴 지방은 대륙성 기후로 해마다 날씨가 고르지 않아 와인 선택 시 빈티지가 중요하다. 부르고뉴에 있는 포도밭은 보르도와 같이 규모가 크지 않고 대부분이 작게 쪼개져 있기 때문에 포도만을 재배하는 경우가 대부분이다. 이에 따라 와인 생산 시설을 갖춘 네고시앙Negociant에 납품을 하게 된다. 네고시앙의 양조 기술에 따라 맛과 품질이 달라지기 때문에 부르고뉴 와인을 고를 때는 이들의 명성이 중시된다. 조셉 드루앙Joseph Drouhin을 비롯 루이 라투르Louis Latour, 루이 자도Louis Jadot, 조르주 뒤뵈프Georges Duboeuf 등은 부르고뉴 지방에서 품질 좋은 와인을 많이 생산하는 전통 있는 회사로서 명성이 높다.

부르고뉴 지방의 와인 산지는 남북으로 250km 정도 길게 펼쳐져 있다. 북쪽에서부터 샤블리Chablis, 코트 도르Cote-d'Or, 코트 샬로네즈Cote Chalonnaise, 마코네Maconnais, 보졸레Beaujolais 지역으로 이어진다. 이 중에서도 가장 유명한 와인 산지가 코트도르Cote d'Or 지역이다. 이곳은 보르도 지방의 메독Medoc과 함께 세계에서 가장 뛰어난 품질의 와인이 생산되는 지역으로 꼽힌다. 프랑스 와인의 명성은 보르도의 오메독과 부르고뉴의 코트 도르 지역에서 비롯되었다고 할 수 있다.

코트도르Cote d'Or는 영어로 황금의 언덕Golden Slope이라는 뜻이며, 가을 포도밭의 노란 단풍 색깔에서 이런 이름이 유래되었다. 이 지역의 포도밭은 낮은 구릉의 언덕을 따라 조성되어 있다. 코트 도르 지역의 토양은 석회암과 붉은 색깔의 점토로 이루어져 있는데, 이는 피노누아레드와 샤르도네화이트 품종이 자라는 데 최적의 조건을 제공한다. 포도밭이 비탈에 있으므로 포도원이 어느 곳에 자리하고 있는가에 따라 토양의 성질이 약간씩 다르다. 그랑 크뤼Grand Cru나 프르미에 크뤼Premier Cru 호칭을 부여받은 포도원은 대개 비탈의 중간에 위치해 있다.

피노누아Pinot Noir는 고고함과 귀족적인 맛을 지닌 품종으로 프랑스 부르고뉴가 대표적인 명산지이다. 포도송이가 작고 아담하며, 색상이나 타닌이 진하지 않다. 산뜻하고 맑은 루비 보석 같은 아주 예쁜 색상을 가지고 있다. 향에서는 산딸기, 딸기, 야생 체리, 크랜베리 등 상큼한 과일 향과 제비꽃, 장미꽃 등 향긋한 꽃향기 그리고 토양에 따라 다양한 향신료 향과 동물 향가죽, 사냥감 동물, 서양 송로버섯 향들이 특징적으로 나타난다.

코트도르는 프랑스 동부의 상업 및 관광 중심지인 본을 중심으로 북쪽의 코트 드뉘Cote de Nuits와 남쪽의 코트 드 본Cote de Beaune으로 나뉜다. 코트 드뉘에서는 주로 레드 와인이 생산되지만, 코트 드 본에서는 레드 와인과 함께 최상품의 화이트 와인도 만들어진다. 코트 드 뉘 지역에서 명성이 높은 와인 산지로 기억해 두어야 할 마을괄호 안은 그랑 크뤼 보유 숫자은 쥬브레 샹베르텡 샹베르탱 등 9개, 모레 생드니 본마르 등 5개, 샹볼 뮈지니 뮈지니 등 2개, 부조 클로 드 부조 1개, 본 로마네 로마네 콩티 등 5개, 프라게이 에쉐조 에쉐조 등 2개 등이다.

일반적으로 와인 라벨에는 지방명 ⇒ 생산 지역 ⇒ 마을 이름이 같은 순서로 들어간다. 부르고뉴 와인의 경우 여기에 특별한 포도 경작지의 명칭까지 첨가한다. 라벨에 포도원 이름이나 개인 생산자가 표시되는 것은 부르고뉴의 역사와도 관계가 깊다. 부르고뉴 포도원들은 보르도와는 비교할 수도 없이 소규모로 세분화되어 있다. 프랑스 혁명 이후 귀족과 교회에 속해 있던 대단위 포도 경작지가 일반 사람들에게 분배되는 과정에서 소규모 단위로 나누어졌기 때문이다.

쥬브레 샹베르탱 와이너리(출처: https://it.wikipedia.org/)

쥬브레 샹베르탱Gevrey-Chambertin은 코트 드뉘의 최대 산지로서 그랑 크뤼 포도밭도 가장 많다. 해발 200m의 동향의 경사진 포도밭에서 색깔이 진하고 풍부한 맛의 와인을 생산한다. 그랑 크뤼, 프르미에르 크뤼 포도밭은 갈색 토양으로 표토가 얕고 점토와 사질 토양이며, 경사면에는 점토 석회질 토양이다. 그 외는 경사면에서 나온 퇴적물과 이회토로 되어 있으며 자갈이 많다.

쥬브레 샹베르탱의 등급은 빌라주급인 쥬브레 샹베르탱Gevrey-Chambertin, 프르미에 크뤼Les Appellation Premier Crus 그리고 최상급인 그랑 크뤼Les Appellation Grandd Crus로 나뉜다. 쥬브레 샹베르탱의 그랑 크뤼 제품은 가장 유명한 샹베르탱Chambedrtine과 샹베르탱 클로 드 베제Chambertine Clos de Beze를 포함하여 9개이다.

프랑스 요리가 제공되는 비즈니스 만찬에서는 디저트 코스 중에 치즈가 나오는 경우가 있다. 치즈 모듬이 개별적으로 제공되는 것이 아니라, 웨건치즈 트롤리이나 큰 접시에 여러 종류의 치즈가 담겨 나온다. 치즈는 단지 디저트의 한 종류라는 의미를 넘어, 서양의 식문화에 대한 이해와 미식가적인 수준을 가늠하는 척도이므로 그 지역을 대표하는 최고급 치즈를 준비하게 된다. 여기에서 자신이 좋아하는 치즈를 골라 그 자리에서 제대로 잘라서 먹을 줄을 알면, 서양 사람들은 서양 미식인 치즈를 제대로 이해하고 즐길 줄을 아는 사람으로 생각할 것이다. 그러므로 글로벌 비즈니스를 하는 사람은 즐거운 만찬을 위해서는 서양 미식의 최고봉인 치즈를 제대로 이해하고 즐길 줄을 아는 것이 좋다.

미국 작가 아베리 아메스Avery Aames는 "인생은 위대합니다. 치즈는 그것을 더 풍부하게 합니다.Life is great. Cheese makes it better"라고 말한 바 있다. 좋은 치즈와 좋은 와인은 서로 풍미와 복잡 미묘함을 증대해 준다. 치즈의 단백질은 레드 와인의 타닌을 부드럽게 해 준다. 프랑스의 블루 치즈인 로크포르Roquefort는 영국의 스틸톤Stilton 그리고 이탈리아 고르곤졸라Gorgonzola와 함께 세계 3대 블루 치즈로 프랑스의 그라브, 생테밀리옹 와인과 코트 뒤론 와인, 오스트레일리아의 쉬라즈 그리고 소테른의 스위트 와인과도 잘 어울린다.

네델란드의 경질 치즈인 고다Gouda 치즈는 디저트로써 과일과 함께 와인을 곁들여 먹으면 좋다. 네델란드 북부 에담이 원산지인 에담

Edam 치즈도 경질 치즈로 그 향미는 고다와 비슷하지만 좀 더 건조하며 딱딱한 감이 있으며, 피노누아로 만든 와인과 잘 어울린다. 스페인 중부의 척박한 환경에서 태어났지만 뛰어난 맛을 가지고 있는 만체고 Manchego는 스페인 리오하 지역 와인이나 이탈리아 브루넬로 디 몬탈치도 와인과 잘 어울린다. 맛과 향이 뛰어나고 음식과 조화를 이루면서, 키안티 클라시코 리제르바, 까베르네 소비뇽, 보르도 와인과 이탈리아 바롤로 등과 잘 어울리는 파르미지아노-레지아노 Parmigiano-Reggiano 이탈리아 치즈를 많은 사람이 '치즈의 왕'으로 꼽고 있다.

스위스 에멘탈 Emental, 프랑스 콩테 Conte 등의 경성 치즈는 산뜻한 화이트 와인이나 드라이한 레드 와인과 어울린다. 흰 곰팡이가 핀 연성 치즈류인 프랑스 북서부 노르망디에서 생산되는 카망베르 Camembert와 파리에서 동쪽으로 50km 떨어진 지역에서 생산되는 브리 Brie 등은 부드럽고 신맛, 떫은맛의 균형이 잡혀 있는 생테밀리옹, 생떼스떼프, 본 로마네 그리고 코트 뒤론의 샤토네프 뒤 파프 레드 와인과 잘 어울린다. 카망베르는 프랑스를 대표하는 연성 치즈이며, 나폴레옹의 치즈로도 유명하다. 카망베르 치즈의 향기가 나폴레옹의 연인 조세핀의 체취와 비슷하다는 이유로 나폴레옹이 카망베르 치즈를 즐겨 먹었다는 이야기가 전해지고 있다.

치즈는 박테리아가 살아 있어 숨을 쉬어야 하므로 보관에 세심한 주의가 필요하다. 치즈는 냉동하면 박테리아가 죽고, 높은 온도에서는 빠르게 숙성하므로 가장 이상적인 장소는 냉장고에 유제품을 보관하는 칸이나, 채소 칸에 보관하는 것이 좋다. 치즈는 서빙하기 전에 30분에서 1시간 전에 냉장고에서 꺼내 놓아야 향과 맛을 즐길 수 있다.

향과 맛이 다른 다양한 치즈

나폴레옹은 그의 생애에 무려 50여 회의 전쟁을 치렀는데, 당시 군대의 이동에는 언제나 와인통이 뒤따랐고, 나폴레옹 스스로도 오직 단 한 가지 와인을 즐겨 마셨다고 한다. 그것이 바로 나폴레옹의 와인이라고 불리는 부르고뉴의 샹베르탱이다. 샹베르탱은 부르고뉴 코트 드 뉘 지방의 피노누아로 만든 섬세한 맛의 와인이다. 석류빛 적색에 오크 향과 과일 향, 산딸기 향이 나며, 탄닌이 부드러우면서도 힘이 넘치는 쥬브레 샹베르탱 마을에서 생산되는 특등급 와인이다.

나폴레옹은 "샹베르탱 와인 한 잔을 바라보는 것 이상으로 미래를 장밋빛으로 만드는 것은 없다."라고 하였다. 나폴레옹이 영국과의 전쟁인 워터루Waterloo 전투에서 패배한 것은 '샹베르탱' 와인이 없었기 때문이라는 말이 있을 정도로 나폴레옹은 대단한 샹베르탱 애호가였다.

1821년 5월 5일, 아프리카 대륙에서 서쪽으로 1,900km 떨어진 세인트 헬레나섬에서 나폴레옹은 52세의 나이로 생을 마감하기 전, 죽음이 머지않았음을 알고는 샹베르탱을 마시고 싶다는 말을 했다고 한다.

봄도 푸르름을 더해 가고 있다. 개나리와 벚꽃이 지고, 조팝나무가 흰꽃 줄기를 펄럭이고, 산철쭉도, 자산홍도 자홍색 꽃잎을 활짝 피웠다. 라일락이 그윽한 향기를 뿌릴 채비를 하고, 배꽃도 황금산 등성이를 하얗게 수놓고 있다. 김동환[5] 시인은 그의 시, 〈꽃에게〉를 통해 꽃은 "오랜 열병 끝에/솟아난/그리움의 지문/사랑이여/함부로 지지 말아라"라고 노래하였다.

꽃에 대한 시인의 애틋한 마음처럼, 그리움의 지문인 사월의 꽃들이 함부로 지지 않는다면 여북이나 좋으랴. 화창한 봄의 계절에 조셉 드루앙Joeph Drouhin이나 루이 라투르Louis Latour 또는 루이 자도Louis Jadot 주브레 샹베르탱을 마시며, 나폴레옹의 기상을 느껴 보는 것도 좋으리라. 주브레 샹베르탱은 밝은 루비 빛의 신선한 딸기, 붉은 체리의 상큼함과 블랙커런트, 블랙베리, 블랙체리 등의 검은 과일 향의 풍미가 있다. 입안 가득 느껴지는 탄닌과 산뜻한 산도 그리고 과실의 아로마가 조화를 이루고 있으며, 쥬브레 샹베르탱의 특징적인 향신료 향이 은은하게 느껴지는 매력적인 와인이다.

5) 김동환, 金東煥, 1950~, 1989년 '부레옥잠' 동인으로 작품 활동. 시집 《거부하지 못하는 자의 슬픔》 외 다수

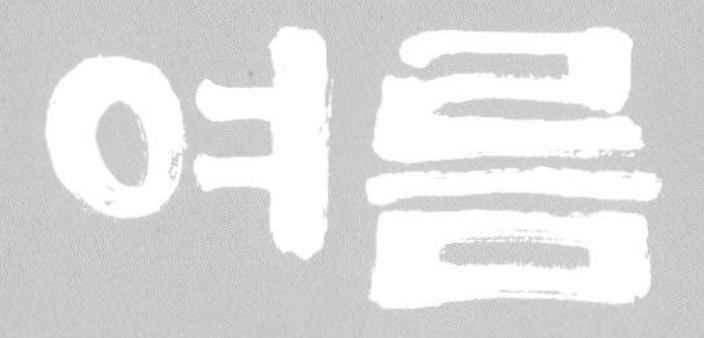

여름

한여름의 청량음료와
축제의 와인

화이트 와인, 상세르

White Wine - Sancerre

신선하고 깔끔한 레몬향과
라임 풍미에 끌려
그대를 사랑하지 않고는
견딜 수 없네
순수하면서도 우아한
미네랄 터치

혹여 그대를 사랑하지 않는다면
나를 원망이라도 하세요
상큼한 산도
드라이한 미감
싱그럽고 풋풋한
첫사랑 입맞춤

記 : 상세르는 〈노인과 바다〉로 1953년 퓰리처상과 1954년 노벨 문학상을 받은 어니스트 헤밍웨이가 좋아했던 와인으로 유명하다. 소비뇽 블랑 품종으로 만든 프랑스 브루고뉴 상세르 지역의 White Wine이다.

히딩크의 와인, '샤토 딸보 Château Talbot'

샤토 딸보

샤토 딸보 Chateau Talbot는 역사적인 스토리텔링이 있는 와인이며, 동시에 블랜드 네이밍으로도 성공한 와인이다. 우리나라 사람들이 프랑스 와인의 최고 등급인 그랑 크뤼 클라쎄 중에서 선호하는 와인이 샤토 딸보이다. 와인 문화에 익숙하지 않은 우리나라에서 샤토 딸보가 인기를 끌게 된 것은 1970년대 국내 기업들이 세계로 진출하여 유럽 사람들과 비즈니스를 하면서, 유럽 식문화에서의 와인의 존재를 알게 되면서이다.

외우기 쉬운 와인 이름과 적당한 가격대의 고급 와인을 고르다 보니, 샤토 딸보가 맞아떨어졌으며, 그 이름이 잘 알려지게 되었다는 것이다. 상품의 이미지를 쉽게 어필하기 위해 또는 역사적 사건을 기념하기 위해, 유명인의 이름을 직접 브랜드명으로 사용하기도 하는데 샤토 딸보가 그 대표적인 예이기도 하다.

샤토 딸보는 우리나라에서 가장 많이 알려진 대중적인 고급 와인의 대명사가 되었다. 와인 라벨에는 와인에 대한 간단한 정보들이 들어 있다. 샤토 딸보의 라벨은 엷은 노란 색조의 바탕색에 테두리는 장식 선이 있다. 맨 위에는 빨간 글씨로 그랑 크뤼 클라쎄GRAND CRU CLASSE가 적혀 있고, 그 아래 황금빛 문장紋章이 아로새겨져 있다. 문장 위에는 장식이 수수한 관 하나가 올려져 있고, 그 아래 큰 글씨로 검게 샤토 딸보라는 이름이 있다. 그 아래 생산지를 알리는 생줄리앙SAINT-JULIEN과 빈티지생산 연도가 쓰여 있다.

와인 이름인 샤토 딸보 아래 쓰인 황토색 문구는 이 와인을 이해하는 중요한 정보가 쓰여 있다. "Ancien Domaine du Connetable Talbot Gouverneur de la Province de Guyenne 1400~1453"총사령관 딸보의 오랜 영지, 기옌 지방의 영주. 딸보의 이름은 영국군 장군 존 톨벗John Talbot을 기려서 와인에 이름을 붙인 것이다. 백년전쟁 말기 영국 장군 존 톨벗은 헨리 6세의 명을 받고 1453년 백년전쟁 마지막 해에 전장

샤토 딸보 전경(출처: https://www.chateau-talbot.com/)

샤토 딸보 와이너리(출처: https://www.chateau-talbot.com/)

으로 향한다. 존 톨벗이 이끄는 영국군은 가스띠용Gastillon에서 샤를 7세가 이끄는 프랑스군과 마주치게 된다. 백년전쟁 후반기에는 오를레앙의 처녀, 잔다르크의 등장으로 인해 프랑스군이 승기를 잡고 있었다. 영국군은 열세에도 불구하고 프랑스군과 까스띠용에서 최후의 일전을 벌인다. 총사령관 존 톨벗은 가스띠용 전투에 참여해 1453년 7월 17일 장렬하게 전사하지만, 그 이름은 '딸보Talbot'라는 와인 이름으로 영원히 남게 되었다.

백년전쟁은 1337년부터 1453년까지 무려 116년에 걸쳐 지금의 프랑스 보르도 지방을 두고 싸운 영국과 프랑스 간의 전쟁이다. 이 전쟁의 원인이 된 인물은 프랑스 남서부에 광대한 영토를 가졌던 아키텐의 엘레오노르Eleonore 여인이다. 보르드 출신의 왕녀, 엘레오노르는 루이 7세와 이혼한 후, 1152년 30세의 나이로 앙주의 백작이자 노르망디 공작인 19세의 앙리와 재혼한다. 결혼한 지 2년 후 앙리는 영국 국왕의 자리를 이어받아 영국의 왕 헨리 2세가 된다. 이때 엘레오노르는 자신의 영지였던 프랑스 남서부의 아끼뗀보르드 지방을 모두 지참금으로 가지고 가버렸는데, 이것이 백년전쟁의 싹이 되었다.

샤토 딸보 카브(출처: https://www.chateau-talbot.com/)

샤토 딸보가 생산되는 생줄리앙은 오메독 지역의 뽀이약과 마고 사이에 자리하고 있다. 뽀이약이 일등급 포도원이 많은 것으로, 마고는 가장 균일적인 품질로 알려져 유명한데 비해, 생줄리앙 와인은 오메독에서 다소 과소평가되는 곳이다. 그러나 오메독 내 다른 어떤 지역보다도 양조 기술이 발달되어 생줄리앙 와인을 구매하게 되면, 가격 대비 최고 품질의 와인을 가질 수 있게 된다.

생줄리앙에는 특등급 샤토가 없고, 5등급 와인도 없다. 총 11개의 그랑 크뤼 샤토는 2등급 5개, 3등급 2개, 4등급 4개로 이루어져 있다. 이 11개의 샤토에서 생줄리앙 전체 와인 생산량의 80% 정도를 생산하고 있다. 생줄리앙 와인은 특징적인 부케를 지니고 있으며, 실크처럼 부드럽고 조화로우며 매우 섬세하다. 일부 사람들은 뽀이약 와인과 마고 와인 특징의 중간적인 성격을 갖고 있다고 한다.

생쥘리앙의 대표 와인은 레오빌 라스까스Leoviulle-Las-Cases이다. 2등급인 레오빌 라스까스는 뽀이약의 라투르와 인접해 있어, 뽀이약 와인과 비슷하다는 평을 듣고 있다. 바닐라 향이 가미된 탄닌 성분이 풍부한 농축된 와인으로 특등급 와인에 버금가는 맛을 낸다. 샤토 레오빌 라스까스는 블랙커런트와 삼나무 향을 매우 우아하게 뿜어내며, 타닌 향을 완화시키기 위해서는 적어도 10여 년의 세월이 요구되는 장기 숙성 와인이다.

샤토 딸보Chateau Talbot는 1855년 그랑 크뤼 분류에서 4등급으로 책정되었다. 까베르네 소비뇽Cabernet Sauvignon 66%, 메를로Merlot 26%, 프티 베르도Petit Verdot 5%, 까베르네 프랑Cabernet Franc 3%로 블렌딩된 샤토 딸보는 진한 루비색을 띠고 있다. 삼나무, 바닐라의 느낌과 카시스 열매와 잘 익은 과일의 풍부한 아로마와 부케를 가지고 있으며, 맛은 힘차고 강하다.

"와인은 글라스 맛이다."라는 말이 있을 정도로 와인은 어떤 글라스를 사용하느냐에 따라 그 맛과 향이 달라진다. 그러므로 와인의 종류와 특징에 따라 알맞은 와인글라스를 골라야 한다. 우리가 알고 있듯이, 혀의 앞쪽은 단맛을 느끼고, 양옆은 신맛을 그리고 끝 쪽은 쓴맛을 느낀다. 이렇게 맛을 느끼는 부위가 각각 다르기 때문에 와인이 혀의 어느 위치에 먼저 떨어지느냐에 따라 와인 맛이 크게 달라지는 것이다.

와인글라스는 와인의 품종과 종류에 따라 여러 모양으로 구분된다. 레드 와인용 글라스는 크게 보르도 스타일과 부르고뉴 스타일로 나누어진다. 보르도 스타일은 볼이 크고 깊으며 입구가 넓은 와인 잔이다. 이 잔은 다양한 종류의 와인을 편하게 마시기에 적합하다. 대부분의 신대륙 와인 역시 보르도 스타일의 와인이므로 보르도 타입의 잔을 가지고 있다면 다양한 스타일의 레드 와인도 무난하게 마실 수 있다. 반면 부르고뉴 스타일은 잔의 볼 부분이 더 넓기 때문에 화려한 향을 자랑하는 부르고뉴 레드 와인이나 신대륙의 피노누아 품종으로 만든 와인을 마시기에 적합하다. 넓은 볼은 마실 때 더 많은 향을 들이마실 수 있게 해 주기 때문이다.

화이트 와인용 글라스는 잔 밑부분은 둥글면서 입구는 끝부분까지 쭉 뻗은 모양을 하고 있다. 이렇게 만들어진 화이트 와인 글라스는 와인를 혀 앞쪽으로 떨어지게 하여 화이트 와인의 산도가 너무 튀지 않도록 도와준다. 이 잔은 일반적인 화이트 와인뿐만 아니라, 이탈리아 끼안띠나 보졸레 누보 같은 가벼운 레드 와인을 마실 때 사용해도 좋다. 샴페인을 위한 샴페인 글라스도 있는데, 이것은 샴페인의 풍부하면서도 생기 넘치는 거품을 맘껏 감상할 수 있도록 폭이 좁고 긴 플루트 모양의 잔이다.

와인 전문 글라스는 특정 지역, 포도 품종, 와인 스타일에 따라 와인의 향과 맛을 최고로 표현하도록 디자인되었다. 와인 잔은 오스트리아 리델Riedel과 독일의 슈피겔라우Spiegelau가 유명하다. 오스트리아가 자랑하는 세계적인 와인글라스 업체인 리델Ridel에서 나오는

리델 와인잔(출처: https://www.riedel.com/)

와인글라스는 수십 종에 이르며, 리델이 와인글라스의 철학을 만들었다는 평가를 받고 있다. 와인글라스의 기준인 리델Ridel사의 소믈리에 시리즈는 20세기를 대표하는 명품으로 뉴욕현대미술관에 영구보존 전시 중이다. 독일의 슈피겔라우는 리델보다 종류가 다소 적은 대신 실용성과 좀 더 견고한 것이 특징이다. 와인의 향과 맛을 최고로 표현하도록 디자인된 리델Riedel이나, 슈피겔라우Spiegelau의 와인잔으로 와인을 마신다면 즐거움은 배가 될 것이다.

샤토 딸보Chateau Talbot는 2002년 월드컵 당시 월드컵의 영웅 히딩크의 와인으로 화제가 되기도 하였다. 우리나라가 16강에 진출했을 때, 히딩크는 "오늘밤은 와인 한 잔 마시고 푹 쉬고 싶다."라고 하였다. 그날 밤 히딩크 감독이 마신 와인이 샤토 딸보 1998년산이었다고 한다. 히딩크는 샤토 딸보를 즐겨 마셨다고 하는데, 이 와인은 터프하면서도 부드러움과 섬세함을 가진 히딩크의 이미지와 일맥상통하는 점이 있다.

역사적으로 와인은 문화적 산물이자 최상의 진정제로 간주되었다. 신경안정제가 개발되기 이미 2,500년 전 그리스의 비극 시인 에우리피데스는 〈바카이〉에서 인간을 위해 핵심적인 두 가지 신성神性이 존재하는데, 첫째는 인간을 먹여 살리는 대지大地이고, 둘째는 포도를 주조해서 만든 와인이라 전제하면서 와인은 "가련한 인간을 고뇌로부터 해방시킨다."라고 주장하였다.

고대 그리스로부터 현대에 이르기까지, 와인이 인간의 정신과 육체의 건강에 미치는 영향에 대한 언급은 수없이 많다. 소크라테스는 와인에 대해 "사람의 성격을 부드럽고 점잖게 해주며, 걱정을 덜게

검붉은 과일의 우아한 아로마가 있는 샤토 딸보(출처: https://www.chateau-talbot.com/)

하고, 기쁨을 증가시켜 주기 때문에 꺼져 가는 인생의 불꽃에 기름과 같은 것이다."라고 하였다. 플라톤도 와인을 "늙음의 쓸쓸함에 대한 치유제"라고 말하면서, 와인 덕분에 "젊음을 되찾을 수 있고, 절망을 잊을 수 있다."라고 하였다.

시인 보들레르는 "와인은 태양의 신선한 아들이다."라고 말한 바 있으며, 괴테는 "와인은 인간을 기쁘게 해 주고, 기쁨은 모든 미덕의 어머니가 될 수도 있다."라고 하였다. 사람의 기분이 좋을 때, 저항력이 높아져 병에 걸릴 확률이 낮아진다는 것은 의학적으로도 검증된 사실이다. 페니실린을 발명하여 처칠 수상을 비롯한 수많은 인명을 질병으로부터 구한 알레산더 플레밍은 "페니실린은 병을 낫게 할 뿐이지만, 진정 인간에게 기쁨을 주는 것은 와인이다."라고 하였다.

샤토 딸보는 블랙커런트가 도드라지는 과일의 풍미가 눈부시게 화려하고 풍부하다. 뛰어난 산도와 좋은 밸런스를 이루고 있으며, 힘과 우아함을 겸비한 와인이다. 2002년 월드컵에서 우리나라가 16강에 진출하고 히딩크 감독이 마신 샤토 딸보는 축구 경기의 긴장감에서 벗어나게 한 신경안정제 역할을 했을 것이며, 아울러 승리의 기쁨을 자축하는 촉매제가 되었을 것이다. 골프에서 홀인원을 하거나, 싱글 스코어를 달성한 날이라면 바닐라, 검붉은 과일의 우아한 아로마와 힘차고 강한 감칠맛이 있는 샤토 딸보와 함께 한다면 승리의 기쁨과 즐거움은 배가될 것이며, 평생 기억에 남을 기념일이 될 것이다.

'상세르 Sancerre'의 풍미가 그리워지는 오월

온갖 꽃들이 피어나고 라일락이 그 진한 향기를 뿌리더니 긴 줄기 위에 붉게 핀 장미가 오월의 찬란함을 뽐내고 있다. 프랑스의 서정시인 샤를 도를레앙 Charles Dorleans은 〈내 사랑은〉이라는 시詩에서 장미처럼 붉은 그녀의 모습을 떠올리며, "내 사랑은/장미꽃과 은방울꽃/그리고 접시꽃도 피어나는/아담하고 예쁜 정원 안에 있습니다."라고 노래하였다. 아름다운 꽃들의 향연이 펼쳐지는 푸른 오월에 사랑하는 사람에게 미소와 함께 사랑의 말을 전한다면 얼마나 행복하고 좋으랴.

상세르

환한 미소는 그대를 사랑한다는 감출 수 없는 표현이 되고, 더 이상의 말을 하지 않아도 따뜻한 위안이 될 것이다. 불러야 할 사랑의 노래가 있다면, 장미가 피고 가슴이 설렐 때 불러야 한다. 사랑의 감정이 가슴 가득하게 하는 가장 매혹적인 노래가 될 수 있기 때문이다.

수목이 푸르름을 자랑하고 산철쭉도 그 진분홍빛을 더해 가는가 싶더니, 창밖엔 녹음이 짙어지기 시작하니 오월도 덧없이 가고 있다. 인생이 더없이 단순하게 느껴지지 않는 오월이다. 그래서일까 오월에는 더 허기가 진다. 이 세상에 그 무엇도 단순한 것은 없는 것 같다. 배고픔도 부유함도, 옳고 그름도, 사랑하고 헤어지는 것도.

어니스트 헤밍웨이의 회고록 《A Movable Feast: 움직이는 축제》[1]를 보면, 한 멋진 식당에서 화이트 와인 '상세르Sancerre'와 함께 근사한 점심을 먹었다는 내용이 있다. 헤밍웨이는 간결하면서도 멋진 글을 썼다. 자신이 묘사하는 인물의 성격을 잘 파악하고 있었으며, 그들에 대한 애정을 품고 있었다. 프랑스 파리 생활에서 헤밍웨이와 첫 번째 부인 해들리는 경마에서 운이 좋았던 날이면, 레스토랑 프루니에Prunier에서 경마장에서 딴 돈으로 굴 요리와 멕시코식 게 요리 그리고 루아르 계곡에서 온 매우 드라이한 화이트 와인 '상세르'를 즐겼다.

1920년대의 대부분을 파리에 살면서 전 유럽을 여행했던 헤밍웨이는 평생 동안 와인을 탐닉했으며, 헤밍웨이의 삶과 문학을 빛나게 한 와인들이 무수히 많다. 헤밍웨이는 세계 정상급 소믈리에 못지않게 와인을 완벽하게 즐기는 감식력을 지니고 있었다.

헤밍웨이의 《A Movable Feast: 움직이는 축제》
(출처: https://thedeliciouslife.com/)

1) 국내에서는 《A Movable Feast》를 《파리는 날마다 축제》로 번역 발간

상세르Sancerre는 프랑스 루아르Loire 지역 상세르 마을에서 소비뇽 블랑Sauvignon Blanc으로 만든 화이트 와인이다. 단단한 구조감과 라임의 상큼한 과일 맛과 드라이한 미네랄 그리고 높은 산도와 조화를 이룬 우아한 화이트 와인이다. 생선회, 스시, 굴, 생선 요리, 해산물 요리 및 염소 치즈와 잘 어울리는 상세르는 미네랄 터치와 신선하고 풋풋한 향으로 여름철의 청량제와도 같은 와인이다.

코로나19 팬데믹 사태로 모든 것이 단절되고, 모두가 겪어 보지 못한 고통과 고난을 맞고 있다. 고통과 고난은 해가 뜨고 지는 것처럼 인생의 일부라고 하지만, 이 두 낱말은 우리에게 불편한 감정을 갖게 한다. 고난과 시련은 아름답게 핀 장미와 같은 것일까. 줄기는 길고 가시로 덮였지만 끝에는 아름다운 꽃봉오리가 달려 있으니까.

레스토랑 프루니에(출처: https://www.doitinparis.com/)

꽃피고 새우는 봄철은 결혼하기 좋은 계절이다. 더구나 오월의 신부는 더 아름다울 것만 같다. 좋은 부부 관계란 부부 각자가 자기의 정체성Identity을 잃지 않으면서 함께 조화를 이룰 때만 가능하다. 아파치족 인디언들의 〈결혼식 축시〉는 부부 간의 동행을 노래하고 있다.

이제 두 사람은 비를 맞지 않으리라,
서로가 서로에게 지붕이 되어 줄 테니까.
이제 두 사람은 춥지 않으리라,
서로가 서로에게 따뜻함이 되어 줄 테니까.
이제 두 사람은 더 이상 외롭지 않으리라,
서로가 서로에게 동행이 되어 줄 테니까.
이제 두 사람은 두 개의 몸이지만,
두 사람의 앞에는 오직
하나의 인생만이 있으리라.
이제 함께 하는 날들의 새 출발을 위해
그대들의 집으로 들어가라.
그리고 이 대지 위에서
오래오래 행복하여라.

부부는 서로의 다름을 인정하고 존중하면서 상대의 장점을 키워주는 관계가 된다면 서로에게 좋은 동행이 될 것이다. 인생의 여정 속에서 "어느 봄 날/당신의 사랑으로/응달지던 내 뒤란에/햇빛이 들이치는 기쁨을/나는 보았습니다./어둠 속에서 사랑의 불가로/나를 가만히 불러내신 당신은/어둠을 건너온 자만이/만들 수 있는/밝고 환한 빛으로/내 앞에 서서/들꽃처럼 깨끗하게/웃었지요/아,/생각만 해도/참/좋은/당신."이라고 김용택[2] 시인의 〈참 좋은 당신〉을 읊조려 본다.

마른 가지에 여린 잎사귀들이 움트는 봄기운을 느낀 지가 엊그제 같은데 벌써 망월천 호수공원의 녹음이 짙어가고 있다. 덧없이 가는 신축년辛丑年 오월에 20세기 최초의 코스모폴리탄 작가인 어니스트 헤밍웨이를 생각하니, 레몬과 라임의 상큼한 맛과 상쾌한 산도로 긴 여운이 느껴지는 '상세르'의 풍미가 그리워진다. 참 좋은 당신과 함께하는 '상세르'의 상큼하고 우아한 맛을 그 어디에 비하랴. 유월이 되면 하남 황산荒山 숲에도 원숙한 여인 같이 녹음이 우거질 것이다.

2) 김용택, 金龍澤, 1948년 8월 26일~현재, 대한민국의 시인 겸 수필가.

레스토랑 프루니에(출처: https://en.wikipedia.org/)

새로운 도약을 꿈꾸는 젊은이들을 위한 와인, '몬테스 알파 까베르네 소비뇽 Montes Alpha Cabernet Sauvignon'

뉴월드 New World 와인들이 젊은 층을 사로잡고 있다. 뉴월드 와인 생산국은 미국, 캐나다, 남아프리카공화국, 오스트레일리아, 뉴질랜드, 남미의 칠레와 아르헨티나를 꼽는다. 뉴월드 와인 중에서도 칠레 와인의 강세가 두드러지고 있다.

몬테스 알파 까베르네 소비뇽

칠레의 포도 재배의 시초는 1600년대 이전으로 볼 수 있으나, 오늘날과 같은 포도원의 출현은 1850년대 이후 유럽의 포도 품종이 유입된 후로부터라고 볼 수 있다. 1980년대 초 칠레는 저렴하면서도 상대적으로 질이 좋은 새로운 와인의 공급원을 찾던 많은 미국, 영국의 와인 애호가들의 요청을 충족시키며 남미의 제일 큰 생산국으로 떠오르게 된다. 칠레는 면적과 인구가 적은 나라지만, 고급 와인의 관점에서 볼 때 남미의 최고급 와인을 생산하는 곳이다.

몬테스 와이너리(출처: https://www.global-wines.cz/)

칠레는 16세기 중반 스페인 사람들에 의해 최초로 포도 농장이 들어선 이후 수세기 동안 파이스Pais 품종을 이용하여 전통적인 가정용 와인을 만들면서 번영을 유지해 왔다. 그러나 칠레가 대표적인 신세계 와인 생산 국가로 불리는 이유는 1980년대 중반부터 와인 산업이 크게 성장했기 때문이다.

칠레는 1980년 이후 선진 기술을 도입하고 프랑스의 양조 기술자들을 대거 초청하여 와인 산업에 발전을 가져오며 1990년대부터 세계 시장에 등장하였다. 생산량 대비 수출 점유율 1위인 수출 주도형 와인 생산국으로 포도 재배에 이상적인 자연환경을 갖고 있으며, 땅값이나 노동력이 저렴하여 가격 대비 훌륭한 와인이 생산되고 있다. 수출 시장은 일본, 미국, 유럽 등지로 계속 세력을 확장하고 있으며,

우리나라와도 2004년 FTA 협정 체결 이후 최근 3년간 칠레 와인의 수입이 3배 이상 증가함을 보이고 있으며, 프랑스 와인 다음으로 높은 시장 점유율을 보이고 있다.

칠레는 남북이 아주 긴 나라로서 동서의 길이는 200km가 채 안 되는 데 비해 남북의 길이는 무려 4,000km가 넘기 때문에 남과 북의 기후 차이가 매우 크다. 북쪽은 건조한 사막지대이고, 남극과 가까운 남부는 빙하로 덮여 있으며, 그에 비하면 중앙부는 연중 온화한 날씨가 지속되는 편이다. 칠레의 주요 와인 산지는 산티아고에서 가까운 중앙의 센트럴Central 계곡에 자리 잡고 있다. 산티아고에서 북으로 100km, 남으로 300km 이내의 27만 5,000에이커의 포도원이 칠레 와인의 주 원산지이다.

남반구 위도 32~36도 사이에 위치한 칠레는 포도가 완숙하기에 충분한 양의 일조량과 온화한 기후를 가지고 있고, 여름은 무덥고 태양이 뜨겁지만 습기가 별로 없어 해 질 녘에는 가을 날씨를 연상케 할 정도로 선선한 바람이 불어온다. 이는 칠레의 서쪽에는 남태평양이, 동쪽에는 안데스산맥이 자리 잡고 있는데 기인한다. 태평양의 신선한 바닷바람은 병충해를 예방하고, 낮과 밤의 온도 차이가 질 좋은 포도로 와인을 제조할 수 있도록 한다. 게다가 더운 날씨에 비가 거의 오지 않으나 안데스의 높은 산맥에서 늘 흘러내리는 물을 이용해서 포도나무에 꼭 필요한 양만큼의 물을 주어 우수한 품질의 포도를 수확하고 있다.

칠레의 와이너리들은 와인 선진국들의 발전된 기술을 다양하게 받아들여 프랑스의 양조 기술자들을 초빙해서 선진 기법을 도입하고 있다. 그뿐만 아니라 보르도나 캘리포니아에 유학했던 젊은 와인 개척자들이 칠레 와인의 품질 향상을 위해 노력하고 있다. 덕분에 미국 시장에서 칠레산 와인의 시장 점유율은 계속 상승하는 중이며, 일본의 중저가 와인 시장도 칠레 와인이 잠식한 지 이미 오래되었다. 요즘은 유럽 시장으로 시장을 점차 확장하고 있다. 우리나라의 와인 숍에서도 저렴한 가격의 칠레 와인을 쉽게 구할 수 있으며, 가격에 비해 좋은 품질을 지닌 와인들로 많은 인기를 얻고 있다.

칠레는 와인 생산량으로는 세계 10위 안에는 들어가지 못하지만, 와인 수출 시장에서는 생산량이 많은 아르헨티나보다 더 큰 성공을 거두고 있다. 칠레의 기후는 뜨겁다기보다는 따뜻하다. 태평양의 한

몬테스 카브(출처: https://www.monteswines.com/)

류와 바람이 열대 기후를 식혀 주기 때문이다. 이곳에서 가장 유명한 와인 생산 지역은 센트럴밸리Central Valley 지역의 일부분인 마이포밸리Maipo Vally와 라펠밸리Rapel Valley이다. 가장 비중이 큰 와인은 까베르네 소비뇽, 메를로, 카르메네르로 만든 레드 와인과 샤르도네와 소비뇽 블랑으로 만든 드라이한 화이트 와인이 있다.

칠레 와인은 과거나 지금이나 가격에 비해 맛이 좋은 와인의 대명사이다. 또한, 유럽과 미국의 유명 회사들이 조인트 벤처joint venture를 통해 칠레 와인 산업에 투자를 하면서, 프리미엄급 와인도 생산되고 있다.

1970년 스페인의 미구엘 토레스Miguel Torres사가 처음 투자를 했고, 1987년 샤토 라피트 로칠드는 비냐 로스 바스꼬스Vina Los Vascos와 합작 투자를 하였다. 1994년에는 프랑스 알렉산드라 마르니에 라뽀스똘Alexandra Marnier Lapostolle이 와인 컨설턴트 미셸 롤랑과 함께 칠레의 라바뜨Rabat 가문과 공동으로 까사 라뽈스똘Casa Lapostolle을 출범시키고 1997년 끌로 아빨따Clos Apalta라는 최고급 레드 와인을 선보였다. 1997년 샤토 무통 로칠드는 칠레의 비나 콘차 이 토로Vina Conca y Toro와 합작하여 알마비바Almaviva를 출시하였고, 미국의 로버트 몬다비는 칠레의 비냐 에라쑤리스Vina Errazuriz와 함께 1995년 쎄나Sena를 생산하였다.

끌로 아빨따 알마비바

유럽과 미국의 유수한 포도원들이 칠레의 포도원들과 손잡고 프리미엄 와인들을 생산하면서 칠레의 와인 산업은 급성장하게 되었는데,

몬테스 와이너리 전경(출처: https://www.colchaguawinetours.com/)

칠레 토종 와인 생산 회사로 성공를 거둔 업체가 비냐 몬테스Vina Montes 이다. 이외에도 칠레 토종 와인 생산 회사인 에라쑤리스Errazuriz의 '돈 막시미아노Don Maximiano', 콘차 이 토로Concha y Toro의 '돈 멜초Don Melchor' 그리고 산타 리타Santa Rita의 '카사 레알Casa Real'이 유명 제품이다.

국내 시장에서 칠레 와인의 선두 주자라고 할 수 있는 비나 몬테스의 대표적인 제품이 몬테스 알파 까베르네 소비뇽Montes Alpha Cabernet Sauvignon이다. 몬테스는 칠레의 대규모 양조장에서 일하던 월급쟁이가 뜻을 모으고 쌈짓돈을 모아 보란 듯이 성공시킨 와인이다. 비나 몬테스Vina Montes는 현대 칠레 와인의 역사를 다시 쓰고 있는 개척자 아우렐리오 몬테스Aurello Montes에 의해 창립되었다.

아우렐리오는 칠레의 유서 깊은 와이너리인 운두라가Undurraga와 산 페드로San Pedro에서 경력을 쌓다가 자신의 이름을 걸고, 프리미엄 와인을 생산할 야심으로 와인 양조와 비즈니스에 경험 많은 4명의 파트너와 함께 회사를 설립하고, 1987년 몬테스 알파 까베르네 소비뇽을 출시하였다. 몬테스의 성장에는 3명의 주역들이 있다. 와인 메이킹은 아우렐리오, 수출은 더글라스 그리고 재무는 알프레도가 담당했다. 몬테스 알파 까베르네 소비뇽은 우리나라 시장에 선보이고 있는 칠레 와인 중 베스트셀러 제품이다.

몬테스 알파 까베르네 소비뇽은 까베르네 소비뇽 90%, 메를로 10%로 블렌딩된 제품으로 강렬한 느낌을 주는 루비색이 인상적인 와인으로, 붉은 과실류의 향과 블랙커런트, 레드커런트 등의 아로마가 바닐라, 민트 등의 부케와 함께 복합적으로 느껴진다. 과실의 향과 오크 터치의 향이 조화를 잘 이루고 있으며, 우아하면서도 강건한 구조감이 인상적이다. 중간 정도의 바디감과 잘 짜인 구조감이 편하게 느껴지며, 과실의 농축미가 진하게 다가오는 매력적인 와인이다.

몬테스의 베스트셀러 와인, 몬테스 알파 까베르네 소비뇽
(출처: https://www.hhfinewinesandspirits.com/)

몬테스 알파 까베르네 소비뇽은 오브리옹, 무통 로칠드, 페트뤼스 등이 포진한 1987년 빈티지 경연대회에서 샤토 린치 바쥬Chateau Lynch Bages만 제외하고 모든 보르도 와인들을 모조리 누르고 뛰어난 성적을 거두었다. 또한, 화이트 와인인 1998년 빈티자 몬테스 알파 샤르도네는 2000년 2월 이탈리아 슬로푸드와 비니탈리Vinitaly 조직위가 마련한 시음대회에서 세계 최고의 '샤르도네'로 선정되기도 하였다.

몬테스 알파 와인이 국내에서는 처음으로 누적 판매량 1,000만 병을 넘어서서 단일 브랜드로는 부동의 1위를 차지하고 있다. 몬테스는 '산'이라는 뜻이고, 알파는 '처음'이라는 뜻이다. 몬테스 알파는 '처음'이란 뜻의 알파 이름값을 한국에서도 톡톡히 해낸 셈이다. 2003년과 2019년 한국·칠레 정상회담 만찬주로 모두 몬테스가 선정됐고, 2005년 부산 APEC 만찬과 2011년 오바마 미국 대통령의 칠레 국빈 방문 기념 만찬에도 몬테스가 테이블에 올렸다. 몬테스 알파가 국민 와인으로 자리매김한 비결은 크게 두 가지이다.

첫 번째는 브랜드가 기억하기 쉽다는 것이다. 한국 사람들에게 와인이 어렵고, 복잡 불편한 존재였다면, 몬테스 알파는 부르기도, 기억하기도 쉬웠다. 마시는 것도 어렵지 않았다. 기껏 고른 비싼 와인이 막상 따라보면 텁텁해서 마실 시기나 조건을 따져야 했지만, 몬테스 알파는 그런 고민 없이 언제, 어떻게 먹어도 괜찮았다. 적당한 무게와 잘 짜인 구조 덕에 어릴 때는 어린 대로, 숙성됐을 땐 또 그 나름대로 매력을 보여 주고 있다.

두 번째는 중저급이라는 칠레 와인에 대한 편견을 깨버리는 맛이다. 몬테스는 아무도 칠레가 국제 무대에서 양질의 와인을 선보일 수 있을 것이라고 믿지 않았던 1980년대에 고품질 와인을 만들기 위해 모험을 감행했다. 당시 몬테스가 제정신이 아니라고 하는 이들이 대부분이었지만 새로운 지역, 새로운 품종, 새로운 농법에 대한 도전은 칠레 프리미엄 와인의 시작이 됐다. '몬테스 폴리Montes Folly'는 몬테스 도전의 상징과도 같은 와인이다.

칠레 최초의 '울트라 프리미엄 쉬라'로 소개되는 '몬테스 폴리Montes Folly'는 2000년에 처음 만들어졌으며, 백 레이블에는 "자부심을 가지고 칠레에서 생산됨From Chile with Pride"이라고 명기되어 있다. 폴리 제조용 포도는 아팔타 밸리Apalta Valley에 있는 몬테스 핀카 데 아팔타 포도밭의 가장 높고 가파른 비탈에서 재배된다. 와인 이름이 폴리Folly: 어리석은 행위인 이유는 그 당시 칠레에서 상대적으로 검증되지 않은 쉬라를 재배한다는 것이 정신 나간 행동으로 여겨졌기 때문이다. 300m 고도의 45도 가파른 경사면에서 그것도 한밤중에 손으로 포도를 수확하는 것은 여전히 미친 행동이라고 생각될 것이다. 포도와 포도송이는 낮은 경사면에 위치한 포도밭에서 재배된 것보다 훨씬 더 작고 진하게 농축되어 몬테스 폴리는 색이 진하고 깊으며 파워풀한 와인이 되었다.

몬테스
폴리

몬테스의 대표 와인은 '몬테스 알파 M'이다. 몬테스 알파 M은 보르도 스타일의 레드 와인이다. 몬테스 알파 M은 까베르네 소비뇽Cabernet Sauvignon 80%, 까베르네 프랑Cabernet Franc 10%, 메를로Merlot 5% 그리고 프티 베르도Petit Verdot 5%로 블렌딩된 제품으로 칠레의 프리미엄 와인이다. 블랙커런트 향취가 강하며 농익은 포도로부터 스며 나오는 붉은색 과일 향과 바닐라 향이 잘 어우러져 있으며, 후추와 같은 스파이시 향과 함께 맛의 깊이와 느낌이 고상한 풀바디 와인이다.

몬테스
알파 M

몬테스 알파 M의 'M'은 몬테스의 공동 창업자 더글라스 머레이Douglas Murray의 성姓의 이니셜로 칠레 와인의 세계 진출에 혁혁한 공을 세운 그의 업적을 기리기 위함이었다고 한다. 몬테스 알파 M 제품의 출시로 칠레만의 슈퍼 프리미엄급 와인을 꿈꾸었던 몬테스의 꿈이 실현되었다.

몬테스 알파 까베르네 소비뇽은 3~4만 원대 와인 중에서 품질이 뛰어나다. 진한 빛깔, 농익은 과일 향기, 풍부한 감촉, 부드러운 타닌 그리고 이어지는 뒷맛의 여운도 있는 전형적인 까베르네 소비뇽의 향취가 묻어나는 가성비가 좋은 와인이다. 몬테스 알파 까베르네 소비뇽은 적당한 바디감과 잘 짜인 구조로 5년 정도 숙성하면 까베르네 소비뇽의 진가가 나타나며, 10년 정도 묵혀도 꿋꿋한 구조를 유지하고 있어 비싸고 고급스러운 와인만이 오래 저장된다는 고정관념을 무색

과일향이 풍부한 몬테스 알파 까베르네 소비뇽
(출처: https://www.signorwine.com/)

하게 하는 와인이다. 코스트코COSTCO와 같은 할인 매장에서 몬테스 알파 까베르네 소비뇽 매그넘Magnum: 표준 용량 750㎖보다 두 배 큰 와인병을 몇 병 구입하여 장기간 숙성시킨다면, 부모님 환갑이나 칠순 잔치 또는 친구들과 친척들의 뷔페식 연회에 요긴하게 사용할 수 있을 것이다.

몬테스 알파의 성공은 비나 몬테스Vina Montes사의 고품질 와인을 만들기 위해 모험과 부단한 노력으로 품질의 탁월성을 인정받았기 때문일 것이다. 몬테스가 칠레 최초로, 그것도 경사 45도의 산중턱을 깎아 쉬라 품종을 심었을 때 사람들이 던진 어리석다Folly는 조롱이 지금은 당당히 와인의 이름이 됐다는 것은 몬테스의 자부심이다. 몬테스 알파 성장의 주역들은 고난과 좌절의 순간에도 결코 꿈과 열정을 포기하지 않았다. 소명 의식과 푸른 열정을 지녔던 이들을 생각하니, 미국의 시인 사무엘 울만이 78세에 쓴 〈청춘〉이란 시를 생각나게 한다.

청춘[3]

청춘이란 인생의 어느 한 시기가 아니라
마음의 상태를 뜻한다.
청춘이란 장밋빛 볼, 붉은 입술, 유연한 무릎이 아니라
강인한 의지, 풍부한 상상력, 활기찬 감정,

3) 사무엘 울만, 1840년 4월 13일~1924년 3월 21일, 미국의 시인, 사업가, 자선가, 종교 지도자.

그리고 인생의 깊은 샘으로부터 솟아나는 신선함을 뜻한다.
청춘이란 두려움을 물리치는 용기,
안이함을 뿌리치는 모험심을 의미하니
때로는 스무 살 청년보다 예순 살 노인이 더 청춘일 수 있다.
누구나 세월만으로는 늙어가지 않고
이상을 잃게 될 때 비로소 늙어간다.
세월은 피부를 주름지게 하지만
열정을 잃는 것은 영혼을 주름지게 한다.
또한 근심, 두려움, 자신감을 잃는 것은
우리의 기백을 죽이고 마음을 시들게 한다.
예순 살이든, 열여섯 살이든 가슴속에는
경이로움을 향한 동경과
아이처럼 왕성한 미지의 것에 대한 탐구심과
인생에서 기쁨을 얻고자 하는 열망이 있다.
그대와 나의 가슴속에는 무선국이 있어
인간과 신으로부터
아름다움, 희망, 활기, 용기, 힘의 메시지를 수신하는 한
언제나 청춘일 수 있다.
그러나 수신 안테나가 고장이 나서,
기백이 냉소의 눈雪과
비관의 얼음으로 뒤덮일 때,
그대는 스무 살이라도 이미 노인이라 할 수 있다.
그러나 수신 안테나를 다시 세우고

희망의 전파를 수신하는 한
그대는 여든 살이어도 늘 푸른 청춘이다.

아무리 젊더라도 꿈과 열정이 없으면 청춘은 이미 사라진 것이나 다름없을 것이다. 어떤 상황에서도 꿈과 열정을 포기하지 않는다면, 젊고 푸르게 인생을 살아가는 청춘의 주인공이 될 수 있을 것이다. 지금은 월급쟁이로 있지만, 언젠가는 자신의 꿈을 실현하고자 애쓰는 젊은이들에게 어울리는 와인이 몬테스 알파 까베르네 소비뇽이다. 많은 비즈니스맨이 바로 까베르네 소비뇽과 같은 강한 카리스마를 바탕으로 기업을 세웠다. 까베르네 소비뇽은 타닌이 많아서 영 와인 때는 떫은맛이 강하지만, 숙성이 될수록 부드러워지면서 고유의 맛을 풍긴다. 까베르네 소비뇽은 거친 것 같지만 깊이가 느껴지는 품위 있고 우아한 맛을 주며, 병 속에서 10년 이상 보관하면서 숙성된 맛을 즐길 수 있다. 새로운 도약을 꿈꾸는 젊은이들에게 몬테스 알파 까베르네 소비뇽 한 잔을 권하고 싶다.

몬테스의 다양한 와인

축제와 유혹의 와인, '샴페인Champagne'과 '스파클링 와인Sparkling Wine'

볼랭저
테탱저

샴페인은 생生의 가장 기쁜 순간을 위한 음료이다. 샴페인은 파리에서 150km 떨어진 프랑스 북동부의 지명인 샹파뉴의 영어식 발음이다. 우리가 축하의 도구로 사용하는 샴페인은 기포가 있는 와인이다. 와인은 발포성 유무에 따라 발효가 끝나 병입된 와인에 다시 첨가된 설탕과 효모가 일으킨 발효 작용으로 발생한 탄산가스가 와인 속에 용해된 와인인 스파클링 와인Sparkling Wine과 스파클링 와인이 아닌 일반 와인인 스틸 와인Still Wine으로 분류된다.

스파클링 와인에서 가장 중요한 것은 거품의 생성 방법이다. 기포가 있다고 모든 와인이 다 샴페인은 아니다. 프랑스 샴페인 지방에서 샴페인 방식Methode Champanois으로 최고의 기포 있는 와인을 만들 때만 샴페인이란 이름을 붙일 수 있다. 샴페인 외의 지방이나 나라에서 기포 있는 와인을 만들면 그것은 모두 스파클링Sparkling 와인이다.

만약 보르도 지역에서 샴페인 방식으로 기포있는 와인을 만들면, 샴페인이라고 할 수 없고 '크레망Cremant'이라는 이름을 쓸 수 있다. 알자스 지방에서도 샴페인 방식으로 기포 있는 와인을 만들면, '크레망 달자스Cremant d'Alsace'라 부른다. 이탈리아에서는 샴페인 방식으로 만든 와인을 '스푸만테Spumante'라고 하며, 독일에서는 '젝트Sekt'라고 한다. 그리고 스페인에서는 '카바Cava'라 부른다.

샴페인은 그 기포의 섬세함으로 사람들에게 근심과 우울을 걷어내고 기쁨을 주는 마력이 있다. 샴페인의 특징인 섬세한 기포를 제대로 음미하기 위해서는 준비해야 하는 것들이 있다. 기포를 잘 볼 수 있는 플루트라는 가늘고 긴 잔과 기포가 주는 섬세함을 제대로

눈을 즐겁게 하는 샴페인 기포(출처: shutterstock.com)

느끼기 위한 적절한 온도7~8도이다. 샴페인은 그 이름만으로도 사람을 설레게 하는 마력을 지닌다. 샴페인은 프랑스의 여류 문인 조르주 상드의 말처럼 경이로움에 이르도록 도와주며, 루이 15세의 애첩 마담 퐁파두르는 "아무리 마셔도 여성의 아름다움을 손상시키지 않는 유일한 술"이라고 하였다.

샴페인은 청포도로만 만들지 않는다. 적포도 품종인 피노누아Pinot Noir와 피노 므뉘에Pinot Meunier 그리고 청포도 품종인 샤르도네Chardonnay를 혼합하여 만든다. 와인 메이커에 따라 한 가지 포도만을 가지고도 샴페인을 만들 수 있다. 샤르도네만으로 만든 샴페인은 화이트로부터 만든 화이트라는 뜻으로 '블랑 드 블랑Blanc de Blancs'이라고 한다. '블랑 드 누와Blanc de Noirs'는 블랙으로부터 만든 화이트라는 뜻으로, 피노누아Pinot Noir로만 만든 샴페인이다.

피노누아와 피노 므뉘에
(출처: https://thechampagnecompany.com/)

샴페인은 크게 빈티지Vintage 샴페인과 논 빈티지Non-Vintage 샴페인으로 나뉜다. 포도 수확 연도인 빈티지가 좋으면 그 연도를 기념하여 빈티지 샴페인을 양조하고, 빈티지가 좋지 않으면 다른 연도의 샴페인과 혼합하여 논 빈티지 샴페인을 만든다. 매년 좋은 포도를 수확할 수 없으므로 샴페인 회사들이 만드는 샴페인은 주로 논 빈티지 샴페인이다.

일반 와인과 샴페인의 차이점은 숙성 방식에 있다. 샴페인의 숙성은 병 속에 있는 이스트 찌꺼기를 제거하지 않고 그대로 둔 채 이루어진다. 일반 와인은 숙성 과정에 들어가기 전에 이스트 찌꺼기를 건져 내는 반면, 샴페인은 숙성 내내 찌꺼기와 함께 하다가 출시하기 전에 찌꺼기를 건져 낸다. 이러한 숙성 스타일로 인해 샴페인의 구조는 튼튼해져서 오래 숙성할 수 있으며, 일반 와인과는 다르게 이스트 향이 난다.

샴페인은 기쁨과 축제의 상징이다. 탄생과 승리는 물론 인생의 중요한 순간을 기념하고 축하하는 자리에 함께하는 것이 샴페인이다. 처칠은 "한 잔의 샴페인은 유쾌함을 주고, 용기를 북돋우며, 상상력을 자극하며 재치가 넘치게 한다."라고 하였다. 처칠은 '폴 로제Pol Roger' 샴페인 맛에 매료되어 매일 마실 정도로 지극히 애호하였다. 처칠이 91세의 나이로 서거하자, 폴 로제는 샴페인에 검은 리본을 달아 조의弔意를 표하였다. 폴 로제는 그랑 크뤼 밭의 우량 포도를 단 한 번만 압착한 후 나온 즙으로 오크통 사용 없이 8년 동안 숙성시킨 '처칠 샴페인'을 만들어 폴 로제 최상의 브랜드인 '윈스턴 처칠 경 퀴베'로 이름 지었다. 처칠이 사랑한 샴페인, 폴 로제는 상쾌하고 쾌활하지만 질감이 있고 힘이 있는 샴페인이다. 폴 로제 '윈스턴 처칠 경 퀴베'는 불의와 타협하지 않는 친구를 격려하기 위한 더없이 좋은 샴페인이다.

폴 로제 애호가, 처칠
(출처: https://www.solicitorswinesociety.com/)

샴페인 '모에 샹동 임페리얼Moet Chandon Imperial'에서 '임페리얼'은 황제란 뜻으로, 모에 샹동의 창립자 모에가 동기 동창인 나폴레옹을 기리기 위해 붙인 이름이다. 전쟁을 치르기 위해 진군하던 나폴레옹은 샴페인에서 하루를 묵으며 원기를 회복하기도 하였는데, "난 샴페인 없이 못 살 것 같다. 샴페인은 승리에는 마실 자격이 되고, 패배에도 필요하다."라고 하였다. '모에 샹동 임페리얼'은 연말 송년 모임이나 신년 하례식에 어울리는 샴페인이다.

모에 샹동 임페리얼

모에 샹동사에서 샴페인의 아버지, 돔 페리뇽에게 경의를 표하기 위해 만든 최고급 샴페인 브랜드가 '퀴베 돔 페리뇽Cuvee Dom Perignon'이다. 1638년에 태어난 돔 페리뇽은 시력은 나빴지만 탁월한 미각을 바탕으로 샴페인 지방에 있는 오빌레 수도원에서 와인 양조자로 일했다. 돔 페리뇽은 이른 봄에 터져 버린 와인 병 속에서 부글부글 끓고 있는 거품을 발견하고는 2차 발효의 이치를 깨달았다. 한 가지 포도보다는 여러 가지 포도를 혼합하여 만든 와인이 더 맛있다는 것도 알게 되었다. 돔 페리뇽의 가장 큰 업적은 샴페인의 기포를 조절하는 방법과 블렌딩 방법을 고안한 것이다. 자신의 실명을 극복하고, 최고의 미각을 발휘하여 샴페인의 맛과 향을 드높인 돔 페리뇽을 기념하는 '퀴베 돔 페리뇽'은 고난과 역경 속에서도 정진하는 사업가들을 격려할 수 있는 최고의 샴페인이다.

퀴베 돔 페리뇽

미국 워싱턴주에서 생산되는 '도맨 생 미쉘Domain St-Michelle'은 병 속에서 2차 발효하는 샴페인 방식으로 만든 스파클링 와인이다. 도맨 생 미쉘 스파클링 와인은 샴페인보다 저렴하며, 미세한 기포가 활발하게 솟아나는 상쾌한 맛을 느낄 수 있어 즐겁고 기쁜 날에 자축을 위해 편하게 마실 수 있다.

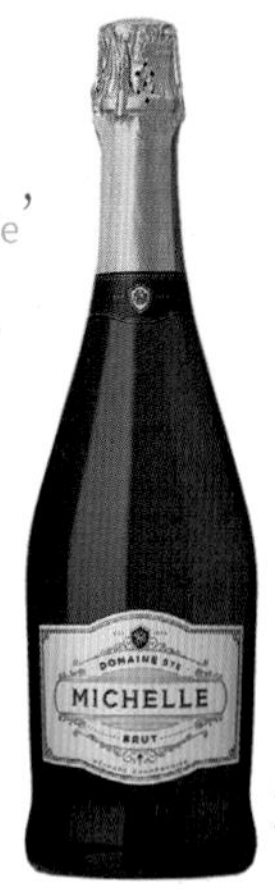

도맨 생 미쉘

이탈리아에는 이탈리아만의 스파클링 와인이 있는데, 롬바르디아Lombardia 지방의 프란차코르타Franciacorta이다. 이탈리아에서 샴페인 방식으로 양조한 스파클링 와인을 '스푸만테'라고 부르지만, 프란차코르타 사람들은 '스푸만테'라는 이름을 거부하고, '프란차코르타'로 불리기를 고수하고 있다. 그래서 프란차코르타 사람들은 프랑스에는 샴페인이 있고, 이탈리아에는 프란차코르타가 있다고 주장한다. 흰 기포가 끊임없이 솟아오르며 맑고 밝은 연노랑 빛을 자랑하는 대표적인 프란차코르타인 '벨라비스타Bellavista'는 새롭게 인생을 출발하는 결혼식에 어울리는 스파클링 와인이다.

벨라비스타

샴페인을 빛낸 여성 중에 뵈브 클리코 여사가 있다. 그녀는 병 속에 고인 찌꺼기를 제거함으로써 샴페인 제조의 필수 기술인 데고르주망Degorgement을 획기적으로 개선하였다. 1805년 27세에 남편을 여의고 상속받은 샴페인 회사를 성공적으로 경영한 뵈브 클리코 여사는

푸피트르(출처: http://diyshowoff.com/)

병 주둥이에 찌꺼기가 서서히 고이게 하는 나무 선반, 일명 '푸피트르Pupitre'를 고안하였다.

푸피트르에 있는 수십 개의 구멍 속으로 와인 병을 각각 집어넣고 조금씩 병을 회전시킨 다음에 3개월 후 찌꺼기가 완전히 병목에 고이면 병목 부분을 영하의 염화칼슘 수용액으로 급속 냉각시켜 그곳에 얼어붙어 있는 찌꺼기를 빼낸다. 그렇게 한 후에야 투명한 빛깔의 샴페인을 얻을 수 있게 된 것이다. 이 위대한 발명을 한 미망인 클리코를 기리기 위해 회사명도 '뵈브 클리코 퐁사르당Veuve Clicqout Ponsardin'으로 개명하였으며, 회사의 최고 샴페인의 브랜드도 '위대한 여성'이라는 뜻의 '라 그랑 담La Grand Dame'으로 정하였다. 샴페인의 빛깔과 거품을 확실하게 해결한 뵈브 클리코 여사를 생각한다면, 뵈브 클리코는 여성 CEO를 위한 축하 파티에 어울리는 샴페인이다.

돔 페리뇽 로제

여자는 프러포즈 받았을 때의 기억을 평생 특별한 추억으로 간직한다. 프러포즈할 때는 로맨틱한 분위기 연출을 위해 분홍 장밋빛 로제 샴페인을 준비하는 것이 좋다. 오렌지빛을 띤 황금색에 설탕에 절인 오렌지 껍질의 아로마를 지니고 우아하고 깔끔한 '돔 페리뇽 로제Dom Perignon Rose', 분홍빛을 띤 밀짚 빛 금색과 백합, 브리오슈, 구운 아몬드의 아로마와 우아한 레몬 향이 느껴지는 '로랑 페리어 로제 브뤼Laurent-Perrier Rose Brut' 그리고 아름답고 온화한 황금색에 무화과 열매, 대추야자, 바닐라 같은 부드러운 스파이스한 이국적인 아로마가 느껴지는 '뵈브 클리코 라 그란데 데임 로제Veuve Clicquot La Grande Dame Rose' 등이 프러포즈할 때 좋은 샴페인이다.

로랑 페리어 로제 브뤼　　라 그란데 데임 로제

우리는 '첫사랑', '첫 키스'에서처럼 '첫'자를 좋아하고 의미를 부여하기도 한다. 이 중에서도 사랑하는 사람과의 첫 키스의 추억은 영원히 잊지 못할 것이다. 영국의 시인 로버트 번즈Robert Burns는 키스를 "앞날의 행복을 약속하는 지순한 맹세, 최초의 아네모네꽃, 말없는 고백, 순결한 허락, 미래가 동트는 불타는 새벽" 등으로 표현한 바 있다. 이상주의적인 사랑과 자유를 동경했던 영국의 낭만주의 시인 퍼시 비시 셸리Percy Bysshe Shelley의 시, 〈Love's Philosophy: 사랑의 철학〉만한 '사랑과 키스'에 대한 절창絶唱이 또 있을까 싶다.

사랑의 철학[4]

샘물은 강물과 하나 되고
강물은 바다와 하나 되며,

4) 퍼시 비시 셸리, Percy Bysshe Shelley, 1792.8.4~1822.7.8, 영국의 낭만파 시인.

하늘의 바람은 영원히
달콤한 감정과 하나 된다.
세상에 혼자인 것은 없으니,
만물은 신의 법칙에 따라
하나의 영혼 속에 만나고 섞이는데,
왜 나는 그대와 하나 되지 못하는가?
보라! 산들이 높은 하늘과 입 맞추고
파도가 서로 껴안는 것을…
햇빛은 대지를 얼싸안고
달빛은 바다와 입 맞춘다.
허나 이 모든 달콤함이 무슨 소용이랴
그대가 나에게 입 맞추지 않는다면.

딸기 향과 레몬 향이 우아하게 퍼지는 장밋빛 로제 샴페인과 함께 하는 첫 키스는 얼마나 달콤할까. 로버트 번즈Robert Burns의 말대로 '말 없는 고백'이며, '순결한 허락'일 것이다. 칼랄 지브란은 그의 시 〈첫 키스에 대하여〉에서 "첫 키스는 생명의 나뭇가지 끝에 핀 첫 꽃망울"이라 하지 않았던가.

취직한 자녀를 축하하고 격려할 때는 태탱저Taittanger 샴페인을 권하고 싶다. 1734년에 설립된 태탱저 샴페인 회사는 샤르도네를 사랑하여, 샤르도네만으로 최상급 퀴베인 '콩트 드 샹파뉴Comte de Champagne'를 만들었다. '샴페인의 백작'이라는 뜻의 '콩트 드 샹파뉴'

는 황금빛의 녹색을 띠고 있으며, 레몬과 라임의 성숙한 맛이 느껴지는 매우 우아한 와인이다. 12세기에 십자군 원정을 떠난 샴페인 지역의 백작 티보 4세를 기념하여 만든 백작의 샴페인, '테탱저 콩트 드 샹파뉴Taittinger Comtes de Champagne'와 함께 취직한 자녀를 축하하고 "너의 빛나는 미래를 위하여"라며 건배를 제의한다면 뜻깊은 축하와 격려가 될 것이다.

생일 축하는 기쁘고 즐거운 일이다. 사랑하는 사람의 생일에는, 찰스 왕세자와 다이애나 비 결혼식 연회 샴페인으로 사용되었고 영화 '007 제임스 본드'의 샴페인으로도 유명한 볼랭저Bollinger가 좋을 것이다. 볼랭저는 피노누아, 샤도네이 그리고 피노 뮈니에를 블렌딩하였으며, 구운 사과, 생강 쿠키, 아몬드, 스모크의 풍부한 향과 인상적인 산도, 우아한 질감 그리고 겹겹이 펼쳐지는 다양한 풍미가 아름다운 샴페인이다. 볼랭저는 넌 빈티지인 스페셜 꾸베 브뤼Special Cuvee Brut NV가 있고, 빈티지 볼링저는 그랑 아네Grande Annee와 R.DRecenty Disgorged가 있다. 볼랭저 R.D는 볼랭저의 프레스티지 샴페인으로 장기간 숙성되어 깊고 그윽한데서 우러나오는 부케가 인상적이며, 초콜릿과 스파이스의 부가적인 컴플렉서티와 다채로운 아로마의 향연이 펼쳐지는 고품격 샴페인이다.

볼랭저와 초콜릿(출처: https://www.thosesomedaygoals.com/)

프랑스인들의 파티에는 항상 샴페인이 등장하고, 샴페인은 거의 모든 종류의 음식과 훌륭한 궁합을 이룬다. 프랑스 시인 바이런은 "와인은 슬픈 사람들을 위로하고 노인들에게 젊음을 되돌려 주며, 젊은이들을 영감으로 사로잡고 근심의 무게로 절망하는 이들을 북돋아 주는 역할을 한다."라고 하였지만, 샴페인은 그 이상의 무엇이 있다. 샴페인은 사람과 사람을 연결시켜 주는 훌륭한 매개체이자 사람들의 즐거운 순간을 최고조에 이르게 하는 매력적인 촉매제이다. 샴페인은 이를테면, 우리를 즐거움과 기쁨으로 이끄는 환상의 음료이며 축제와 유혹의 와인이다.

19세기 말 프랑스인들의 파티, 〈물랭 드 라 갈레트의 무도회〉, 오귀스트 르누아르, 1876(출처: Google Arts & Culture)

달콤함의 유혹,
'디저트 와인Dessert Wine'

격식을 갖춘 만찬이나 비즈니스 파티에서는 알코올 도수가 있으면서 감미가 있는 디저트 와인으로 인상적인 마무리를 하는 것이 좋다. 일반적인 디저트 와인으로는 스위트한 화이트 와인, 늦게 수확한 리슬링으로 만든 아우스레제 Auslese, 아이스 와인, 스위트한 포트 와인, 크림 셰리 와인 등이 있다. 소화를 촉진시키는 주류로는 꼬냑, 브랜디, 리큐르 등을 마시는 경우도 있다.

쉴로스 고벨스버그 트로켄베렌 아우스레제

디저트 와인으로 가장 사랑받는 와인은 당도가 있는 아이스 와인[독일에서는 아이스바인 Eiswein이라고 함]이 있으며, 최고급 디저트 와인으로 평가되고 있는 세계 3대 귀부 와인으로는 독일의 트로켄베렌아우스레제Trockenbeerenauslese와 프랑스의 샤토 디켐Chateau d'Yquem 그리고 헝가리의 토카이Tokay가 있다.

1. 욕심이 지나친 농부의 작품, '아이스바인Eiswein'

리슬링 아이스바인

많은 사람이 좋아하는 디저트 와인으로는 독일에서 태어나고 캐나다에서 대중화된 아이스 와인이 있다. 아이스 와인의 원조인 독일의 품종은 리슬링Riesling이며, 캐나다는 비달Vidal이다. 비달 품종이 두터운 껍질을 지녀 리슬링보다 냉해에 더 잘 견디는 장점이 있지만, 비달의 산미는 리슬링처럼 우아하지 못하다.

피치 못할 사정으로 늦게 포도를 수확하여 '슈페트레제Spatelse'라는 고급 와인을 만든 독일인들은 더 좋은 와인을 만들기 위해 포도를 더 늦게 수확하려고 노력하던 중 불행하게도 날씨가 갑자기 추워져 포도알이 얼어 버리는 일이 발생하였다. 포도를 급히 수확하여 압착하였으나 포도 속의 수분은 얼지 않은 약간의 당분만이 조금 흘러나왔다. 그런데 이를 정성껏 발효해 마시니 그 맛이 형언할 수 없이 좋았다. 이렇게 만들어진 와인이 아이스바인이다. 독일에서 리슬링으로 만든 아이스바인은 독일의 트로켄베렌아우스레제, 프랑스 쏘테른 지역의 샤토 디켐과 바르싹의 샤토 끌리망과 함께 최상의 디저트 와인으로 꼽히고 있다.

서양 식단에서 가장 창의적인 영역이 디저트인데, 주방장의 예술적 감각과 미적 가치가 드러나는 디저트를 빛나게 하는 것이 아이스 와인이다. 감미로움과 산미가 조화를 이루어 긴 여운의 맛을 느끼게 하는 아이스 와인의 마시는 온도는 5~7도가 좋다. 디저트와 함께하면 더욱 빛이 나는 아이스 와인은 아이스크림과 함께 마시면 그 맛의 조화가 일품이다.

2. 귀부병이 든 포도로 만든 디저트 와인, '트로켄베렌아우스레제 Trockenbeerenauslese'와 '샤토 디켐 Chateau d'Yquem'

단맛은 피할 수 없는 유혹 같은 본질적인 맛이다. 그런 유혹을 지닌 스위트 와인 중에 최고는 단연 '귀부貴腐 와인'이다. 독일의 와인 생산업자들은 슈페트레제에서 '늦게 포도를 수확하니 좋은 와인이 된다'는 힌트를 얻어 수확 시기를 늦춰 이우스레제와 베렌아우스레제를 잇따라 탄생시켰다.

샤토 드 쉬드로 샤토 디켐

어떤 욕심 많은 사람이 더 좋은 와인을 만들려고 늦은 가을까지 포도를 수확하지 않았는데 불행하게도 귀부병에 걸려 썩어 들어갔다. 귀부 와인은 알이 꽉 찬 포도로 만들지 않고 쭈글쭈글해진 포도로 만들어진다. 그 이유는 '보트리티스 시네레아Botrytis Cinerea'라는 잿빛 곰팡이균이 포도알의 수분을 빼앗기 때문이며, 포도알 속에는 벌꿀 같은 향취가 난다. 버리기 아까워 병든 포도송이 중 마른 알갱이만 모아 와인을 만들었는데 이듬해 맛을 보니 부드럽고 달콤하기가 비할 데 없었다. 이것이 트로켄베렌아우스레제Trockenbeerenauslese이다.

귀부병에 걸린 포도 알맹이들은 상하기 시작하는데 이를 노블 랏Noble Rot: 포도가 곰팡이로 썩는데도 고급스러운 맛을 내기 때문에 '숭고한 썩음'이라고 부름이라고 불리는 현상이다. 곰팡이균의 작용으로 당분만 남은 포도알 속에는 벌꿀 향과 어디에서도 찾아보기 힘든 우아하고 감미로운 맛이 난다.

독일 최고의 스위트 리슬링 와인, 트로켄베렌아우스레제는 라인가우Rheingau 지역에서는 쉴로스 볼라드 Schloss Vollrads와 쉴로스 요한니스베르크Schloss Johannisberg의 와인이 유명하다. 2019년 10월 중순 쉴로스 요한니스베르크 와인 투어를 하면서 요한니스베르크의 최고 등급인 트로켄베렌아우스레제를 시음해 보았다. 트로켄베렌아우스레제는 눈부시게 반짝이는 황금빛을 띠었고 캐러멜을 입힌 살구, 레몬의 폭발적인 아로마가 보트리티스 포도의 벌꿀 향에 겹겹이 박혀 있었다. 믿을 수 없을 정도로 농밀하고 우아한 향은 고귀하고 고혹적인 매력을 느끼게 하였다.

독일 스위트 리슬링 분야의 최고로 인정받고 있는 회사는 모젤Mosel 지역의 에곤 뮐러Egon Muller이다. 샤르츠호프베르거 빈야드에서 생산되는 에곤 뮐러의 트로켄베렌아우스레제는 오렌지, 살구 향이 살포시 녹아 있고, 매끄러운 스트럭처는 꿀과 함께 켜를 이루며 달콤한 과일과 조화를 이룬다. 황홀한 농축미와 세련미를 뽐내는 이 와인은 거부할 수 없는 매력을 지닌 스위트 와인이다. 에곤 뮐러의 최고 등급, 트로켄베렌아우스레제는 보르도의 쏘테른처럼 보트리티스의 축복을 받은 곳이며, 샤토 디켐Chateau d'Yquem에 필적하는 고가의 스위트 화이트 와인이다.

귀부 와인의 메카는 프랑스 보르드 남동쪽에 위치한 쏘테른Sauternes과 바르싹Barsac 지역이다. 이 지역의 귀부 와인은 '귀하게 부패한' 세미용 포도로 만든다. 세미용은 귀부곰팡이가 달라붙는 포도이다. 그래서 세미용은 농익을 때까지 기다려 늦게 수확한다. 쏘테른 지역의 프르미에 크뤼급 귀부 와인은 샤토 라 투르 블랑슈와 샤토 라포리 페라게, 샤토 드 쉬드로와 샤토 리외섹을 포함한 9개의 샤토가 있으며, 바르싹 지역의 프르미에 크뤼는 샤토 클리망과 샤토 쿠테가 있다. 쏘테른Sauternes의 귀부 와인은 아름다운 황금색을 띠고 있으며, 감귤류, 아카시아, 살구 등의 복합적인 향이 조화를 이루고 있다. 맛은 매우 감미롭고 달콤하며 실크처럼 부드럽다.

귀부균에 감염된 세미용 포도(출처: https://www.winetraveler.com/)

귀부 와인의 대표는 쏘테른의 샤토 디켐Chateau d'Yquem이다. 쏘테른도 메독처럼 1855년에 등급이 매겨졌는데, 샤토 디켐만이 유일하게 특1등급으로 정해졌다. 디켐은 쏘테른 와인 중에서 가장 비싼 와인이다. 디켐은 달지만 넘치는 당분 속에 숨어 있는 톡 쏘는 벌꿀 향취가 일품이다. 색깔은 시간이 흐르면서 점점 황금빛이 되고 강력한 벌꿀 향 부케가 나타나며, 우아함과 매혹적인 달콤함으로 세계에서 가장 우수한 디저트 와인으로 명성을 유지하고 있다. 영불 협정 100주년을 맞이하여 2004년 4월 영국 엘리자베스 여왕이 프랑스를 국빈 방문했을 때, 프랑스 시라크 대통령은 만찬에서 최고의 샴페인, 돔 페리뇽 95년산, 보르도 지방 메독 지역의 최고급 레드 와인, 샤토 무통 로칠드 88년산 그리고 최고급 디저트 와인인 샤토 디켐 90년산으로 환대하였다.

샤토 디켐을 마셔 보는 것은 그 자체만으로도 큰 기쁨이고 즐거움이다. 샤토 디켐의 권장 음용 온도는 섭씨 12도이고, 약간 차갑게 마시는 것이 좋다. 벌꿀보다 더 단 성분, 신선하고 상쾌한 산도, 복숭아와 살구의 향이 완벽한 조화와 균형을 이루고 긴 여운을 더해 주는 샤토 디켐은 세계에서 가장 위대한 환상적인 스위트 와인이다.

2004년 6월 노르망디 상륙작전 60주년 기념 오찬에서는 프랑스 시라크 대통령은 16개국의 국가 원수와 정부 대표들에게 노르망디 식재료를 사용한 요리와 샴페인 떼땡제 꽁트 드 상파뉴 95년산, 보르도 지방 메독 지역의 최고급 레드 와인, 샤토 라투르 89년산 그리고 바르싹의 디저트 와인, 샤토 클리망 89년산을 서빙하여 각국 대표들로부터 큰 환심을 샀다. 샤토 클리망Chateau Climens은 쏘테른의 샤토 디켐 못지않은 바르싹의 최고급 디저트 와인이다.

샤토 클리망

바르싹Barsac의 귀부 와인은 푸릇한 금빛에서 시간이 흐를수록 황금색으로 그리고 진한 호박색으로 변화

된다. 살구, 설탕에 절인 오렌지, 아카시아 꿀, 열대 과일 등의 복합적인 향이 있으며, 우아한 부케가 있다. 바르싹의 대표 스위트 화이트 와인은 샤토 클리망Chateau Climens이다. 클리망은 꿀과 살구, 무화과의 느낌이 있으며, 입안에서는 설탕에 절인 오렌지와 꿀, 바닐라의 풍미가 있는 농밀한 귀부 와인이다.

3. 왕들의 와인, '**토카이**Tokay'

헝가리의 토카이 와인은 세계 최초의 스위트 와인이다. 독보적인 맛으로 황실과 귀족의 와인으로 유명했다. 프랑스 황제 루이 15세는 애첩이던 마담 퐁파두르에게 이 와인을 건네며 "와인의 왕이며, 왕들의 와인이다.King of Wines, The Wine of Kings"라고 일컬었다. 바로 이러한 사연으로 토카이가 세계적인 명성을 얻게 되었다.

로얄 토카이

토카이는 귀부병에 걸린 포도로 만든 단맛의 화이트 와인으로 옅은 황금색을 띤다. 토카이는 헝가리 북동쪽 '토카이 헤갈라야Tokaj-Hegyalja'에서 나오는데, 이 지역은 여름이 덥고 건조하며 가을이 따뜻하고 습하기 때문에 포도에 귀부병이 자주 발생한다. 귀부병이 걸린 포도는 당분이 농축되어 스위트 와인을 만드는 데 최적의 조건을 제공한다. 토카이를 만드는 청포도 품종은 푸르민트Furmint, 하르쉴레벨류Harslevelu 등이다. 헝가리는 독일에서 귀부병에 걸린 포도로 트로켄베렌아우스레제를 만들기 100년 전, 또 프랑스 보르도의 쏘테른 지역의 최고급 스위트 화이트 와인이 제조되기 200년 전에 토카이를 만들기 시작했다.

토카이에는 몇 가지의 품질 등급이 있다. 보통 품질의 토카이는 토카이 자모로드니Tokaji Szamorodni라고 하고, 이밖에 토카이 아수Tokaji Aszu, 토카이 아수 에센시아Tokaji Aszu eszencia, 토카이 에센치아Tokaji Esszencia 등이 있는데 뒤로 갈수록 고급이다. 토카이 아수Tokaji Aszu는 곰팡이 낀 포도아수를 거두어들이는 25ℓ 용기포도로 20kg를 푸톤Putton이라고 하는데, 여기서 아수Aszu를 죽 상태로 으깬 다음에 140ℓ들이 통에 몇 개의 푸톤을 넣고, 나머지를 드라이 와인으로 채운다. 이때 사용하는 드라이 와인은 건강한 푸르민트나 하르쉴레벨류 포도로 그해 생산한 와인이다. 이때 첨가하는 아수Aszu의 푸톤 숫자가 많을수록 더 달고 고급품이 되는데 7단계로 나누어진다.

토카이 6 푸토뇨스는 로얄 토카이 와인 컴퍼니와 오레무스의 제품을 국내에서 구매할 수 있다. 로얄 토카이 6 푸토뇨스는 싱싱하고 즙이 많은 복숭아와 박하, 모과 및 벌꿀 향이 난다. 멋진 밸런스와 경이로운 스트럭처 그리고 매우 긴 뒷맛이 인상적이다. 오레무스 6 푸토뇨스는 달콤한 꿀이 살짝 가미된 복숭아와 살구의 풍미가 압도적이며, 파워풀한 산도를 느낄 수 있다. 프와그라, 블루치즈, 과일과 함께한 디저트와 최고의 마리아주Mariage를 이룬다.

토카이 에센치아Tokaji Esszencia는 곰팡이 낀 포도를 25ℓ 용기, 즉 푸톤Putton에 으깨 넣고, 6~8일 두면 바닥에 주스가 고이는데 이 순수한 아수Aszu만으로 만든 와인이며, 잔당이 250g/L 이상이다. 에센치아영어의 Essence는 토카이 와인의 지존이다. 그보다 아랫급인 아수 에센치아는 7 푸토뇨스 와인과 맞먹는데, 진짜 에센치아는 당분이 너무 많아 발효가 느려 좋은 셀러에만 보관한다면, 100년도 묵힐 수 있는 와인이다. 바로 이 오랜 수명을 생명을 주는 힘이라고 여겼으며, 에센치아를 진상받은 왕과 군주들은 원기 회복을 위해 가까이에 두고 마시기도 하였다.

토카이 에센치아(출처: https://edition.cnn.com/)

토카이 에센치아는 국내에서 구하기 어려운 가장 비싸고 귀한 와인으로, 놀라운 달콤함과 농밀함 그리고 긴 여운을 가지고 있다. 이 와인은 스푼에 살짝 따라 마시는 진정한 액체 황금으로, 영국의 와인 평론가 휴 존슨은 토카이 에센치아를 '액체 비아그라'라고 표현하였다. 토카이 에센치아는 병든 사람도 벌떡 일어나게 한다는 묘약이며, 가장 희귀하고 전설적인 와인이다.

푸톤의 수는 병목 부근에 별도로 부착된 넥 라벨Neck Label에 표기되는데, 4~5푸톤이면 독일의 베렌아우스레제, 6푸톤리터당 당분 함량 150g이면 프랑스 쏘테른 정도의 단맛을 갖는다. 혼합된 와인은 서늘하고 습기가 있는 지하 저장고에서 2차 발효를 일으키는데 보통은 수개월, 어떤 경우는 수년간이 걸린다. 숙성 기간은 푸톤의 수에 2년을 더한다. 즉 3푸톤이면 숙성 기간이 5년이 되기 전에는 병입하지 않는다. 토카이Tokay는 세계 3대 귀부 와인의 하나로 가장 오랜 기간을 저장해 마실 수 있는 와인이다. 유명 메이커로는, 로얄 토카이 와인 컴퍼니Royal Tokaji Wine Company, 샤토 파이소스Chateau Pajzoz, 토카이 오레므스Tokaji Oremus와 디소노코Disznoko 등이 있다.

격식을 갖춘 만찬에서 기호에 맞는 스위트 와인으로 식사를 마무리한다면, 인생에서 기억할 만한 사건이 될 것이다. 벌꿀 향과 복숭아와 살구의 환상적인 아로마Aroma가 있는 매우 감미롭고 달콤하며, 실크처럼 부드러운 디저트 와인은 만찬에 초대된 모든 사람을 즐겁게 해 줄 것이다.

세계 최초의 스위트 와인, 토카이(출처: https://winesofhungary.hu/)

한여름의 청량음료,
'화이트 와인 샤블리 Chablis'

어니스트 헤밍웨이는 그의 투우 전문서, 논픽션 《Death in the Afternoon: 오후의 죽음》에서 "와인은 세상에서 가장 문명화된 것. 가장 위대한 완벽의 경지에 다다른 자연물의 하나다. 또한, 돈으로 살 수 있는 순수하게 감각적인 것들 중 그 무엇보다 넓은 향유와 감상의 폭을 제공해 준다."라고 피력한 바 있다. 또한, 헤밍웨이는 그의 회고록 《A Moveable Feast: 움직이는 축제》[5]에서 "당시 유럽에서는 와인을 음식처럼 몸에 좋은 정상적인 식품, 기쁨과 즐거움을 주는 음료로 간주하고 있었다. 나는 단맛이 나거나 너무 진한 와인을 제외하면 모든 와인을 좋아했다."라고 밝힌 바 있다.

루이 러투르 샤블리

헤밍웨이는 그 자신이 스페인, 이탈리아, 프랑스 등 다양한 유럽의 와인을 즐겼으며, 작품 속에도 많은 와인이 등장하고 있다. 헤밍웨이는

5) 국내에서는 《A Movable Feast》를 《파리는 날마다 축제》로 번역 발간

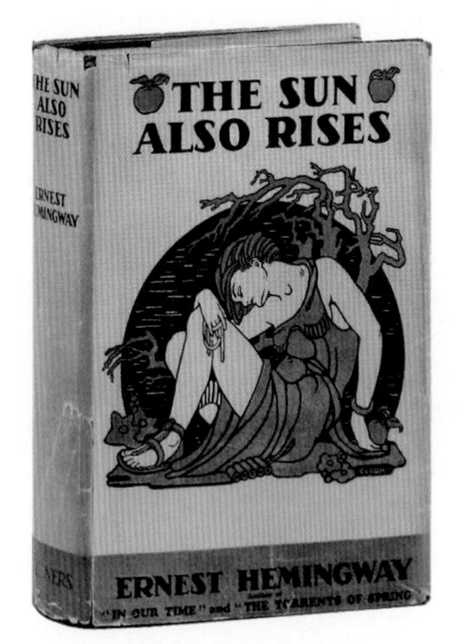

헤밍웨이 《태양은 다시 떠오른다》

자신과 주변인들이 겪은 혼돈과 방황을 그의 첫 장편소설인 《태양은 다시 떠오른다》 속에 그려 내었다. 제1차 세계대전 이후 방향 감각을 상실한 젊은 세대를 일컫는 표현인 '길 잃은 세대'를 다룬 이 작품으로 헤밍웨이는 일약 미국 문단을 이끌어 갈 젊은 작가로 부상하였다. 《태양은 다시 떠오른다》에서 제이크 반스와 고튼은 자신들이 파리발 스페인행 기차를 타고 가는 가톨릭 순례자들의 끝없는 행렬 끝에 붙어 있다는 것을 알고, 점심거리로 화이트 와인 샤블리와 샌드위치를 주문하는 내용이 있다.

> 우리는 샌드위치를 먹고 샤블리를 마시면서 창밖의 시골 풍경을 바라보았다. 곡식이 막 익기 시작했고, 들판에는 양귀비가 지천으로 피어 있었다. 초록색 목초지와 아름다운 숲이 있었으며, 때로는 큰 강들과 성城이 나무 사이로 보였다.[6]

헤밍웨이의 자전적 요소가 가장 많이 나타나는 작품인 《태양은 다시 떠오른다》의 주인공 제이크 반스는 제1차 세계대전에 참전하였다는 점과 전쟁 중 심한 부상을 입었다는 점에서 헤밍웨이의 분신으로 볼 수 있다. 이 대목에서는 샤블리 한 잔이 기차의 창문으로 보이

6) Ernest Miller Hemingway, 《The Sun Also Rises》, p93, 1926, 저자 재번역

는 평화로운 풍경을 보완해 주는 역할을 하고 있다. 샤블리Chablis는 프랑스 부르고뉴Bourgogne 지방에서 생산되는 녹색빛이 도는 황금색의 유명한 화이트 와인이다. 드라이 화이트 와인의 대명사로 불리는 샤블리Chablis는 샤르도네Chardonny 품종으로 만든 화이트 와인으로 프랑스 부르고뉴 지방에서 가장 북쪽에 위치한 와인 산지다.

영화 〈태양은 다시 떠오른다〉의 한 장면
(출처: https://www.bygeorgejournal.ca/)

샤르도네는 청포도 품종의 여왕이라는 칭호처럼 우아하고 기품 있는 화이트 와인을 만든다. 샤블리 와인은 견고하면서도 맑고, 순수한 풍미가 특징이다. 흔히 샤블리 와인은 미네랄 풍미가 강하다고 한다. 이 지역은 중생대 2기 쥐라기에 바다였으나, 신생대 3기에 아프리카판과 유라시아판이 충돌하면서 융기해 육지가 된 까닭에 굴이나 조개껍데기 등 해양 생물의 화석이 퇴적해 형성된 석회질 토양으로 이루어져 있다. 이 성분이 바로 샤블리가 생선, 굴 등 해산물과 환상의 궁합을 이루는 요소이다.

샤블리에는 프티 샤블리Petit Chablis, 샤블리Chablis, 샤블리 프르미에 크뤼Chablis Premier Cru, 샤블리 그랑 크뤼Chablis Grand Cru라는 4개

등급의 원산지 명칭이 있다. 프티 샤블리는 가장 낮은 등급으로 거의 자국에서 소비되고 있다. 샤블리는 스테인리스 스틸 통에서 발효 숙성하여 드라이하면서도 상큼하다.

샤블리 프르미에 크뤼는 가격 대비 품질이 양호하고, 주병 후 3~5년간 숙성시킬 수 있다. 푸르숌Fourchaume, 몽 드 밀리외Monts de Milieu, 몽테 드 톤네르Montee de Tonnerre, 몽맹Montmains, 바이용Vaillons, 코트 드 레셰Côte de Léchet, 코트 드 불로랑Côte de Vaulorent이 유명한 포도밭이다. 샤블리 프리미에 크뤼는 오크통 숙성으로 클래식한 복숭아, 사과, 레몬의 과일 향과 부드러운 버터 향, 샤블리 특유의 미네랄 캐릭터가 살아 있는 와인이다. 오크 숙성의 풍미가 풍부하면서도 복합적인 맛을 지녀 담백하게 요리한 생선구이, 연어 샐러드, 치킨 샐러드 및 농어, 대구 등 흰살 생선 요리와 크림소스 해물 파스타, 체다, 파마산파르미지아노-레지아노 치즈 등과 잘 어울린다.

샤블리 프르미에 크뤼
푸르숌 몽맹 바이용

샤블리 그랑크뤼는 샤블리 와인의 왕이라 불리며 우아함과 섬세함의 절정을 보여 준다. 연노란색에 엷은 연둣빛을 띠고 있으며, 잘 익은 레몬, 자몽, 바닐라, 꿀, 미네랄의 상큼한 아로마와 부드럽고 우아한 질감과 파워풀한 과일 맛이 아름답게 조화를 이루는 와인이다.

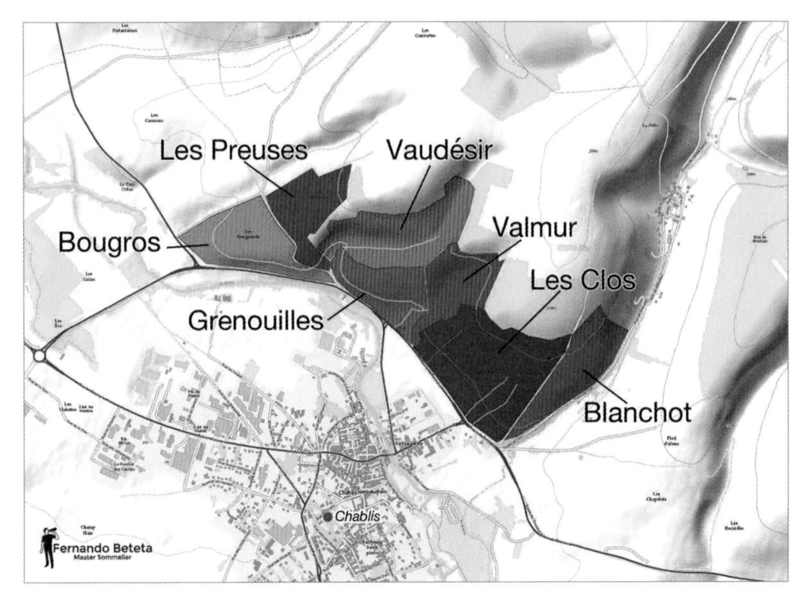

샤블리 크랑 크뤼 포도밭 지도(출처: https://fernandobeteta.com/)

음용 온도는 11~13도에서 마시는 것이 가장 좋다. 주병 후 5~20년 숙성이 가능하며, 블랑쇼Blanchot, 부그로Bougros, 레 클로Les Clos, 그르누유Grenouilles, 레 프뢰즈Les Preuses, 보데지르Vaudésir, 발뮈르Valmur 7개의 크랑 크뤼 포도밭이 있다.

생굴에는 오크통에서 숙성한 고급 샤블리그랑 크뤼와 프르미에 크뤼가 오히려 굴의 비릿함을 더 배가시키기 때문에 스테인리스 스틸 통에서 발효 숙성한 마을 단위 등급의 샤블리가 더 어울린다. 굴이 제철일때 통영굴과 고흥굴에 스테인리스 스틸 통에서 숙성한 신선하고 산뜻한 느낌의 윌리암 페브르 샤블리William Fevre Chablis나 깔끔한 산도와 미네랄의 섬세한 느낌이 있는 루이 라투르 샤블리Louis Latour Chablis 또는 죠셉 드루앙 샤블리 Joseph Drouhin Chablis 같은 일반적인 샤블리 와인을 함께 먹으면 최고의 맛을 즐길 수 있다.

샤블리 프리미에 크뤼나 그랑 크뤼 와인은 마시는 내내 새롭게 피어나는 레몬, 자몽, 싱싱한 복숭아, 싱싱한 멜론, 파인애플 등의 과일 향과 은은한 미네랄 터치의 오크 향이 특징이다. 다채로운 향과 풍미를 즐기기에는 향이 강한 굴보다 담백한 해산물 요리, 생선구이, 크림소스 해산물 파스타가 어울린다. 샤블리 그랑 크뤼나 프르미에 크뤼는 버터구이 랍스터나 전복 요리 등도 잘 어울리지만, 굴에 밀가루를 입혀 버터에 노릇하게 지져낸 버터구이 굴 굴 뫼니에르과 페어링하면 환상의 마리아주가 된다.

생선, 굴 등 해산물과 어울리는 샤블리
(출처: https://www.chablis-wines.com/)

샤블리는 연두빛이 감도는 황금색을 띠며 레몬, 라임, 싱싱한 파인애풀, 미네랄, 쌉쌀한 허브 향이 있다. 싱싱한 산도가 활기차게 느껴지는 화이트 와인으로 가벼운 샐러드, 담백한 흰살생선 요리 및 각종 갑각류 요리와 잘 어울린다. 헤밍웨이의 자전적 소설 《태양은 다시 떠오른다》에 등장한 샤블리는 신선하고 경쾌한 풍미로 한여름의 더위를 잊게 하는 청량음료로 더할 나위 없이 좋을 것이다.

가을

가을의 서정抒情을
느끼게 하는
매혹적인 와인

더 데드 암 쉬라즈

Red Wine - The Dead Arm Shiraz

초래청에서 마주한
그대 루비빛 모습
어찌나 황홀한지
내내 가슴 뛰었오
강렬한 느낌의 달콤함
삼나무결의 은은한 맛
계피와 모카 맛이 어우러진
스카치 캔디의 앙상블

블랙베리, 후추, 허브 향의 아로마
진한 자두맛, 블랙체리의 부케
힘 있는 풀바디 베리의 맛
부드러운 타닌과 초콜릿 오크향의 농축된 풍미
탄탄한 구조, 걸쭉한 질감
육자배기 한 자락이면
운치가 더할
혀끝에 감도는 블루베리의 여운

記 : 데드 암 쉬라즈는 사우스 오스트렐리아 맥라렌 베일의 다렌버그d'Arenberg에서 생산된 와인으로 포도나무가 병유티파 라타에 걸려 한쪽 가지를 잘라내자 모든 영양소가 남은 가지로 가게 되어 뜻밖의 결과로 최고의 와인을 얻게 된 것에서 이름을 따게 된 100% 쉬라즈 품종으로 만든 Red Wine이다.

양귀비만큼 매혹적인 '마스 라 플라나Mas La Plana'

마스 라 플라나

영국의 도자기 업체인 로얄 알버트Royal Albert사에서 만든 흔히 '달잔Monthly Cup'으로 일컫는 커피잔 시리즈 중 8월의 잔에는 양귀비Poppy꽃이 그려져 있다. 중국 당나라 현종의 사랑을 받은 양귀비楊貴妃는 서시西施, 왕소군王昭君, 초선貂蟬과 더불어 중국의 4대 미인으로 일컬어지고 있다. 경국지색傾國之色의 아름다움을 지닌 양귀비가 사람의 마음을 미혹하고, 중독시키는 치명적인 마약인 아편을 만드는 양귀비꽃이 되었으니, 꽃 중에서 가장 매혹적인 붉은 색상을 지닌 꽃이 양귀비일 것이다.

몇 해 전 여름날, 진양 CC에서 산기슭에 핀 양귀비꽃을 보고 그 고혹적인 새빨간 자태에 흠칫 놀란 적이 있다. 개양귀비가 아닌 진짜 양귀비의 그 붉디붉은 꽃은 고혹적이다 못해 치명적인 아름다움을

등심스테이크, 양갈비, 생등심 등 붉은 육류 요리와 어울리는 마스 라 플라나(출처: https://www.torres.es/)

지니고 있었다. Royal Albert사의 8월의 잔으로 커피를 마시다가, 잔에 그려진 양귀비꽃을 바라보면서 양귀비만치 매혹적인 와인이 떠올랐다. '그렇지, 마스 라 플라나Mas La Plana! 이 와인이면 양귀비만큼 매혹적일 거야!' 속으로 중얼거렸다. '풍부한 아로마, 크리미한 블랙 커런트, 멋지고 사치스러울 만큼 부드럽고 유연한 타닌의 스트럭처' 나도 모르게 입가에 미소가 번졌다.

마스 라 플라나는 스페인 카탈루나 페네데스 지역에서 까베르네 소비뇽 100%로 생산되는 레드 와인이다. 1979년 프랑스 파리 올림피아드에서 프랑스 보르드 특등급 와인을 제치고 1등을 차지하면서, 스페인 와인에 대한 인식이 전환되는 계기를 준 신비로운 마력의 와인이다.

카탈루나 페네데스 와이너리(출처: https://www.torres.es/)

알코올 도수 14.5%의 풀바디에 가까운 묵직한 바디, 잘 익은 검은 과일과 미네랄의 풍부한 터치, 좋은 산도, 허브, 감초, 바닐라의 복합적인 향, 입안을 살짝 조여 주는 타닌 등이 어우러져 힘과 우아함이 조화로운 와인이다. 짙은 암적색에 루비빛을 띠고 있으며, 블랙체리, 허브, 민트, 바닐라, 견과류, 삼나무 향에 오크에서 숙성된 토스트 아로마가 더해져 실크와 같은 부드러운 타닌과 풍부하고 감각적인 맛이 특징이다.

스페인은 헤밍웨이의 가장 훌륭한 작품들의 바탕을 이룬 영감의 원천이었다. 헤밍웨이는 1920년대 몇 해 동안 겪은 스페인의 여름을 《태양은 다시 떠오른다》에서 표현하였으며, 1930년대 초에 투우에 관한 《오후의 죽음》을 썼다. 그리고 그가 사랑한 나라가 내전으로 만신창이가 되는 것을 목도하면서 1937년 종군기자로 스페인 내전에 참전하였으며, 스페인 민중에 대한 애정을 가지고 《누구를 위하여 종을 울리나》를 썼다. 헤밍웨이는 스페인에서 투우와 와인에 매료되었는데, 그의 투우 전문서 《오후의 죽음》에서 "나는 스페인산 와인이 유럽 최고라고 생각한다."라고 밝히고 있다.

헤밍웨이
《오후의 죽음》

와인은 대중음악이든 클래식이든 음악적 영감을 얻는 데 영향을 주었다. 야생과 광기를 드러내는 디오니소스적인 성향의 수많은 오페라의 아리아, 발레곡, 코믹 오페라 등은 와인을 주제로 혹은 와인을 위해 작곡되기도 하였다. 몬테베르디가 작곡한 〈오르페우스〉, 모차르트의 오페라 〈마적〉과 〈돈 조반니〉, 중세 신화를 바탕으로 작곡한 바그너의 〈파르시팔〉, 베르디의 〈라 트라비아타〉 등 수많은 작품이 있다.

오르페우스는 그리스 신화에 나오는 천하제일의 명가수로 음악의 신 아폴론과 현악기의 여신 칼리오페의 아들로 태어났다. 오르페우스의 수금 켜는 솜씨와 노래는 참으로 훌륭했다. 오르페우스의 음악에는 사람뿐만 아니라 짐승과 자연까지도 매혹당하였다고 한다. 짐승도 오르페우스의 수금 가락에 거친 성질을 누이고 다가와 귀를 기울였으며, 나무나 바위도 그 가락의 매력에 감응했다. 나무는 그가 있는 쪽으로 가지를 휘었고, 바위는 그 단단한 성질을 잠시 누그러뜨리고 가락을 듣는 동안만은 말랑말랑한 상태로 머물러 있었다고 한다.

오르페우스와 에우뤼디케(출처: J. 폴 게티 미술관)

이 천하제일의 명가수 오르페우스는 나이가 들자 에우뤼디케라는 처녀와 혼인하였다. 결혼한 지 열흘이 채 안 되는 어느 날, 새색시 에우뤼디케는 동무들과 함께 올림푸스산 기슭의 템페 계곡으로 꽃을 꺾으러 갔다. 꿀벌 치는 아리스타이오스라는 청년이 말을 붙여 보려고 따라오는 것을 피해 달아나다가 에우뤼디케는 풀밭에서 독사에게 발뒤꿈치를 물려 죽고 말았다.

졸지에 새색시를 잃은 신랑 오르페우스는 신과 인간은 물론이고 숨쉬는 모든 것에 수금 소리와 노래로 슬픔을 전했다. 오르페우스는 저승에 간 아내를 구하기 위해 대지의 여신 데메테르에게 심금을 울리는 수금 반주에 맞추어 애간장 저미는 노래로 탄원하자, 혼령의 나라로 가는 길을 가르쳐 주었다. 그러나 저승의 강, 불의 강 그리고 망각의 강을 건너는 일은 데메테르 대지의 여신이 도와줄 수 있는 일이 아니었다.

맨 먼저 앞을 가로막은 저승의 강인 아케론강의 뱃사공 카론 영감은 오르페우스가 산 자임을 알아보고는 그를 내리치려고 노를 둘러메었다. 그러나 오르페우스가 수금을 뜯으며 노래를 부르자 아케론강은 저승에 가로누운 제 신세를 한탄했고, 뱃사공 카론 영감은 오르페우스를 태워 강을 건네 준 뒤에도 배로 돌아가려 하지 않았다. 너무 감동한 나머지 돌아가는 것을 잊었던 것이다. 오르페우스의 수금 앞에서 '통곡의 강'은 머리를 풀고 통곡했고, '불의 강'은 불길을 헤쳐 길을 내어 주었으며, '망각의 강'은 제가 망각의 강이라는 것을 잊었다.

에우뤼디케를 저승에서 구하려는 오르페우스의 사랑과 열정에도 불구하고, 저승길에서 이승으로 오는 도중 "내 땅을 벗어날 때까지 네 아내의 얼굴을 보아서는 안 된다. 이것이 저승의 법칙이다."라는 명계冥界를 다스리는 신 하데스의 말을 잊고 말았다. 아내가 잘 따라오는지 확인하고 싶어 뒤를 돌아다보다가 에우뤼디케가 다시 저승으로 떨어져 버린 비극적인 내용을 담은 신화이다. 수금 연주로 카론

파밀리아 토레스에서 생산하는 까베르네 소비뇽(출처: https://www.torres.es/)

영감을 감동시켜 저승의 강을 건너고, 저승에 간 아내를 데려올 수 있도록 하데스의 허락을 받은 '오르페우스의 수금'과 '오르페우스의 노래'는 대단한 힘을 지녔다고 할 수 있다.

한국 대중음악 장르 중 우리나라 사람들이 가장 좋아하는 것이 트롯일 것이다. 트롯에는 시대상과 짙은 한국적 정서와 한恨 그리고 흥興을 담고 있어서 많은 사람이 트롯을 애창하고 있는 듯하다. 날로 뜨거워지는 대한민국 트롯 열풍에 활력을 더하고 제2의 트롯 전성기를 이끌 차세대 트롯 스타들을 배출하기 위해 시작된 TV조선의 미스트롯과 미스터트롯 경연은 큰 성황을 이루었다. '미스트롯1'은 송가인, '미스터트롯1'은 임영웅, '미스트롯2'에서는 양지은, '미스터트롯2'에서는 안성훈이 우승의 영예를 안았다. 2024년 3월 7일 실시된 '미스트롯3' 결승전에서는 리틀 이미자로 불리는 열여섯 소녀 정서주가 최연소 '진眞'의 영광을 차지하였다.

2020년 1월 2일부터 3월 14일까지 방영된 TV조선 '미스터트롯1'에서 우승한 임영웅은 일약 불세출의 스타가 되었다. '미스터트롯1' 출연 당시 불렀던 〈바램〉과 〈어느 60대 노부부 이야기〉로 시청자들의 마음을 사로잡았다. 임영웅의 노래로 아픈 마음이 치유되었다는 팬들이 많을 뿐만 아니라, 임영웅의 노래를 들으면 눈물이 나고 마음에 감동이 온다는 것은 삶의 고통과 어려움을 견디고 있는 사람들을 위무하는 가수라는 것을 말해 주고 있다.

'미스터트롯1'은 시즌 최고 시청률이 35.7%였으니, 코로나로 지치고 힘들었던 국민들이 큰 위로를 받았을 것이다. 임영웅은 드라마 OST 〈사랑은 늘 도망가〉와 첫 정규 앨범 〈아임 히어로, IM HERO〉를 발표한 후에 국민적 관심과 사랑을 받았으며, 앨범 발매 직후 임영웅의 노래들은 2024년 3월 3주차까지 '아이돌차트' 평점 랭킹 156주 연속 1위라는 진기록도 만들어 내었다.

트롯 이야기를 하면, 트롯의 황제, 나훈아와 엘레지의 여왕 이미자를 빼놓을 수 없을 것이다. 우아하고 고급스러운 음색을 지닌 이미자는 1959년 〈열아홉 순정〉을 시작으로 〈동백아가씨〉, 〈황포돛대〉, 〈울어라 열풍아〉, 〈흑산도 아가씨〉, 〈섬마을 선생님〉, 〈유달산아 말해다오〉, 〈기러기 아빠〉, 〈한번 준 마음인데〉, 〈여자의 일생〉, 〈님이라 부르리까〉, 〈아씨〉, 〈삼백리 한려수도〉, 〈여로〉, 〈모정〉 등 굴곡진 한국 현대사를 노래해 오면서 국민들의 심금을 울린 한국 트롯의 여제女帝라고 할 수 있다.

2020년 KBS 2 TV에서 방송한 〈2020 한가위 대기획 대한민국 어게인〉 언택트 공연에서 나훈아는 신곡 〈테스 형〉, 〈명자〉 등을 포함한 30여 곡의 히트곡을 불러 코로나19로 인한 팬데믹 사태 장기화로 힘든 시기에, 세대를 초월하여 지친 국민들을 위로하고 감동과 희망을 주어 가황歌皇다운 면모를 보여 주었다.

트롯은 꺾는목Turn, 반꺾는목Half Turn, 흔드는목Mordent, 뒤집는목Flipping Voice과 두성頭聲 그리고 복부 바이브레이션Vibration 등을 사용하여 부를 때에 화려하고도 맛깔스러운 노래 맛을 느낄 수 있게 한다. 가황 나훈아의 화려한 노래 기법과 저음과 고음, 가까이 그리고 멀리 들리는 원근감과 입체감을 느낄 수 있는 첫사랑을 회상하는 노래, "첫사랑 만나던 그날 얼굴을 붉히면서 / 철없이 매달리며 춤추던 사랑의 시절 / … (중략) … / 곱게핀 장미처럼 우리 사랑 꽃필 때 / 아아아 아아아 잃어버린 첫사랑 / 생각이 납니다 / 애정이 꽃피던 시절"을 한번 불러보면서 트롯의 맛을 느껴 보는 것도 즐거운 일이다.

나훈아만치 트롯에 맛깔스러운 기교와 감정을 넣어 호소력 있게 부르는 가수도 많지 않은 것 같다. 1984년 나훈아가 발표하고, 2021년 8월 TV조선 '사랑의 콜센타'에서 임영웅이 불렀고, 2022년 12월

스페인의 토착품종의 장점을 발전시킨 토레스, (출처: https://www.torres.es/)

'미스터트롯2'에서 박서진이 불러 화제가 된 슬픈 이별의 사연이 있는 〈붉은 입술〉이라는 노래도 가황 나훈아의 맛깔스럽고 화려한 기교들이 어우러져 트롯의 멋과 맛을 느낄 수 있는 명곡名曲이다.

밤을 새워 지는 달도 별을 두고 가는데
… (중략) …
이렇게 밤을 새워 울어야 하나
잊지 못할 붉은 입술

나를 두고 가는 사람 원망도 했다마는
… (중략) …
사랑의 노래를 들려주던
잊지 못할 붉은 입술[1]

이 곡에서도 가황 나훈아는 온꺾는목Perfect Turn, 반꺾는목Half Turn, 흔드는목Mordent 그리고 뒤집는목Flipping Voice 등 매력 있는 창법을 사용하여 정통 트롯의 맛을 기가 막히게 살려내었다. 트롯 여제 이미자와 트롯 황제 나훈아 그리고 TV조선이 배출한 걸출한 트롯 가수 임영웅 노래의 힘은 그리스 신화에 나오는 명가수 오르페우스 못지않은 것 같다. 좋은 노래를 들으면 스트레스가 50% 날아가고, 좋은 노래를 부르면 스트레스가 100% 날아간다고 한다. 마음에 맞

1) 붉은 입술, 작사: 나영진, 작곡: 윤음동, 노래: 문평일(나훈아 1984년 리메이크), 1967년 11월 1일

는 친구들과 와인 한 잔을 하고, 트롯 한 곡을 불러 보는 것은 또 얼마나 즐거운 일이랴.

닐 베케트가 책임 편집한 《죽기 전에 꼭 마셔 봐야 할 와인 1001 1001 Wines You must taste before you die》에도 포함된 마스 라 플라나Mas La Plana는 육류 요리등심 스테이크, 갈비, 생등심 등와 육류가 토핑된 피자 그리고 파스타와 잘 어울린다. 마스 라 플라나는 완숙하고 육감적이며, 농밀하다. 농축된 베리류의 과일 향과 오크의 풍미가 절제되고 부드럽지만 활기차다.

마스 라 플라나는 내가 마셔본 까베르네 쇼비뇽 중 가장 매력적인 와인이다. 자두, 오크 향이 풍부하고 강건한 타닌에도 부드러운 산도와 조화로운 과일 향이 혀끝을 감싸고돈다. 입안을 가득 메우는 등심 스테이크의 감칠맛에 손은 저절로 마스 라 플리나 와인 잔으로 향하고, 기름진 맛과 부드러운 탄닌으로 와인의 맛은 화려하고 풍성한 느낌을 갖게 된다.

치명적인 아름다움을 지닌 양귀비의 그 매혹 만큼이나 매력적인 마스 라 플라나는 까베르네 소비뇽 특유의 열정적인 아로마와 농축미로 등심 스테이크, 양갈비, 생등심 등 담백하게 구워 낸 육질이 도톰한 붉은 육류 요리와 멋진 앙상블Ensamble을 이루며, 늦여름 축제에 최상의 마리아주Mariage가 될 것이다. 와인은 정녕 유혹이고 낭만이며 즐거움이 아닐 수 없다.

헤밍웨이가 첫사랑과 마셨던 스파클링 스위트 화이트 와인, '아스티 스푸만테Asti Spumante'

20세기 최초의 코스모폴리턴 작가 어니스트 헤밍웨이는 세익스피어 이후 탁월한 작가로 평가받고 있다. 1899년 7월 21일 미국 시카고 교외의 오크파크에서 출생한 헤밍웨이는 고교 시절 시와 단편소설을 쓰면서 문학에 관심을 가졌다. 헤밍웨이는 소설, 에세이, 논픽션, 희곡과 시 등 거의 모든 장르의 글을 썼으며, 장편소설 《태양은 다시 떠오른다》, 《무기여 잘 있어라》, 《누구를 위하여 종은 울리나》는 세계적인 베스트셀러가 됐다.

아스티 스푸만테

헤밍웨이는 그의 '백조의 노래'로 일컬어지는 《노인과 바다》로 1953년 퓰리처상과 1954년 노벨문학상을 수상하였다. 《노인과 바다》에서 가장 화제가 된 문구는 청새치를 잡아 오던 중 상어 떼와

헤밍웨이 《노인과 바다》

사투를 벌이는 동안 노인이 "인간은 파멸당할 수는 있을지 몰라도 패배할 수는 없어 A man can be destroyed but not defeated."라고 말하는 내용이다. 외부의 힘에 의해 파멸할망정 정신적으로는 좀처럼 패배를 인정하지 않는 주인공산티아고의 백절불굴의 정신이야말로 헤밍웨이가 무엇보다 소중하게 생각하는 덕목이며 가치일 것이다.

헤밍웨이는 전쟁이 있는 곳이라면 어디든지 달려가는 특파원, 스페인 팜플로나의 투우를 즐기던 투우광, 아프리카 수렵 여행가, 멕시코만의 심해 바다 낚시꾼 등 그를 대표하는 다양한 이미지가 있다. 1920년대의 대부분을 파리에 살면서 전 유럽을 여행했던 헤밍웨이는 미식가였으며, 와인은 헤밍웨이가 평생토록 탐닉한 대상이었다.

미국 적십자사 앰블런스 부대원으로 제1차 세계대전에 자원 입대한 헤밍웨이는 포살타 디 피아베에서 이탈리아 병사들에게 초콜릿, 커피, 담배, 우편엽서 등을 분배하던 중 오스트리아 군대가 쏜 박격포탄이 떨어져 심한 부상을 입었다. 헤밍웨이는 밀라노 병원으로 후송되어 미국 적십자 병원에서 치료를 받으며 지냈다. 이때 헤밍웨이 삶에 일대 전환점이 되는 일이 났는데, 바로 밀라노 병원에 근무하던 미국인 간호사 아그네스 폰 쿠로스키를 만나 사랑하게 된 일이다.

헤밍웨이보다 무려 일곱 살 연상인 아그네스 폰 구로스키는 처음에는 헤밍웨이를 멀리하였다. 그러나 얼마 지나지 않아 쿠로스키는 헤밍웨이의 매력과 열정에 끌려 마음을 움직였다. 1918년 8월 31일 토요일 밤에 헤밍웨이와 아그네스 폰 쿠로스키는 밀라노의 뒤 노르 Du Nord 식당에서 저녁 식사를 함께했다. 이것이 헤밍웨이가 처음 하게 된 진짜 데이트였다고 전해지고 있다. 뒤 노르에서 어니스트 헤밍웨이와 아그네스 폰 쿠로스키는 아스티 스푸만테 Asti Spumante 한 병을 나눠 마셨는데, 이 스파클링 화이트 와인은 이후 아그네스가 가장 좋아하는 와인이 되었다.

스위트한 아스티 스푸만테
(출처: https://www.winewithpaige.com/)

1919년 1월 헤밍웨이는 아그네스와 결혼하기 위해 일자리를 얻으려고 귀국하였고, 쿠로스키는 헤밍웨이가 미국에 돌아가자 곧바로 그에게 편지를 보내 절교를 선언하였다. 헤밍웨이에게 보낸 편지에서 쿠로스키는 자신과 결혼하기에는 헤밍웨이의 나이가 너무 어리다고 털어 놓았다. 그러면서 지금은 마음이 아프겠지만, 앞으로 좀 더 성숙하면 자신이 이렇게 결정한 것을 오히려 고맙게 생각하리라는 말도 잊지 않았다.

실연의 경험은 헤밍웨이에게 엄청난 상처를 가져다주었다. 다리 부상 못지않게, 아니 그보다 훨씬 큰 정신적 외상 또는 외상성 신경증을 남겼다. 그러나 이 실연의 상처는 뒷날 헤밍웨이가 작가로 성공하는 데 소중한 밑거름이 되었다. 당시 미국의 차세대 작가로 떠오른 헤밍웨이를 세계적인 작가로 발돋움하게 한 대표작인 《무기여 잘 있어라》에서 헤밍웨이는 쿠로스키를 모델로 삼아 여주인공 '캐서린 바클리'라는 인물을 창조하였다.

> "미스 바클리는 상당히 키가 컸다. 간호사 제복 차림의 그녀는 금발이었고 황갈색 피부에 눈은 잿빛이었다. 정말 아름다웠다."[2]

소설 속 캐서린은 영국인이고 금발로 나오지만, 현실의 아그네스는 미국인에 밤갈색 머리를 하고 있었다. 둘 다 키가 컸고 늘씬했고 성격이 명랑하고 활기찼다. 차이라면, 아그네스가 일곱 살 연상이라는 사실이다. 헤밍웨이는 중년에 이르기까지 주로 연상을 좋아했다. 아그네스와 헤어진 후 결혼한 첫 번째 아내 해들리 리처드슨은 여덟 살 연상이었고, 해들리와 이혼하고 재혼한 두 번째 아내 폴라인 파이퍼도 네 살 연상이었다.

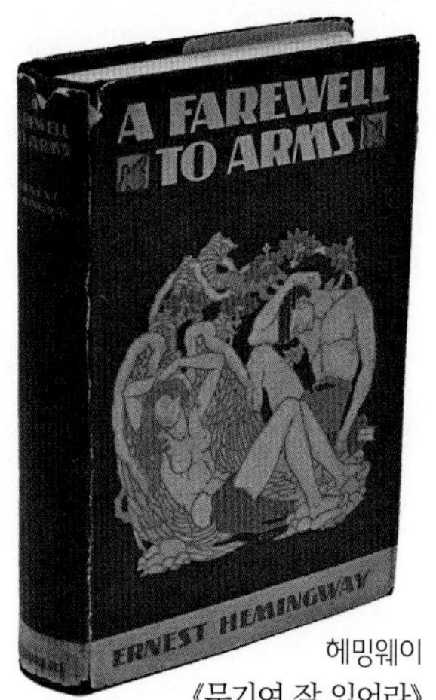

헤밍웨이
《무기여 잘 있어라》

아그네스가 어니스트의 사랑을 저버렸지만, 헤밍웨이는 자전적인 전쟁 소설 《무기여 잘 있어라》 속에 아그네스 폰 쿠로스키가 가장 애호한 음료를 위한 자리를 만들어 놓았다.

---

2) Ernest Miller Hemingway, 《A Farewell to Arms》, p16, Scribner, 1929, 저자 재번역

"나중에 나는 읍내로 내려와 장교용 위안소 창문으로 눈이 내리는 모습을 바라보면서 친구와 아스티 한 병을 나눠 마셨다. 천천히 내리는 폭설暴雪을 바라보고 있으려니 이제 한 해도 끝났다는 생각이 들었다."[3]

헤밍웨이가 첫사랑 쿠로스키와 마신 아스티 스푸만테Asti Spumante는 이탈리아 피에몬테의 소지역인 아스티에서 생산되는 스파클링 스위트 화이트 와인이다. 이탈리아 포도 품종 모스까또Moscato 100%로 생산되는 아스티 스푸만테는 알코올 4.5~7.5%로 볏집 컬러와 연한 골드 색상을 띄고 있다. 모스까또Moscato는 달콤한 열대 과일 향과 이국적 향신료 향이 가득 풍기는 화이트 와인 품종으로 짙은 풍미와 당도로 주로 디저트 와인으로 이용되고 있다.

모스까또(출처: https://www.vinovest.co/)

향긋한 플로랄 계열의 향들과 오렌지 그리고 섬세한 허니 향과 달콤한 아로마가 기분 좋은 미감으로 마무리되는 아스티 스푸만테는 연인과 마시기에 딱 좋은 스파클링 와인이다. 헤밍웨이가 쿠로스키와의 첫 데이트에서 카나페, 생과일, 케이크 등 가벼운 간식과 달콤

3) Ernest Miller Hemingway, ≪A Farewell to Arms≫, p6, Scribner, 1929, 저자 재번역

한 디저트와 어울리는 세미 스위트 스파클링 와인을 함께 마신 것은 연상의 여인을 사모하는 사랑의 발로였을 것이다.

중국에서는 미혼의 젊은이들은 발렌타인데이를 기념하지만, 결혼한 청년들이나 중년들은 발레타인데이보다는 중국 전통의 연인의 날인 칠월칠석음력 7월 7일을 더 많이 기념하고 있다고 한다. 칠월칠석을 '칠석절七夕节'이라 부르며, 연인이나 부부가 꽃이나 반지 또는 목걸이를 선물하면서 사랑을 표현하는 날로 기념하고 있다.

칠월칠석은 우리나라뿐만 아니라 중국과 일본에서도 전통적인 행사 중의 하나로 꼽힌다. 칠석七夕의 유래는 중국의 《제해기薺諧記》에 처음 나타나며, 주周나라에서 한대漢代에 걸쳐 우리나라에 유입된 설화이다. '견우직녀 설화'는 사실 별자리에서 유래됐다. 하늘의 견우성과 직녀성 두 별이 음력 7월 7일인 칠석날에 은하수를 사이에 두고 매우 가까워지며 이를 본 옛날 사람들이 견우와 직녀 이야기를 만들었다고 전해진다.

옛날 하늘나라에 소를 돌보는 견우와 베를 짜는 직녀가 있었다. 이 둘은 그 누구보다 부지런해 자신의 일을 열심히 하며 살았고, 늦도록 서로 배필이 없음을 옥황상제가 안타깝게 여겨 서로를 이어 줬다. 그러나 결혼 이후 맡은 일은 하지 않고 놀기만 하자 화가 나 둘을 은하수 건너편에 떨어뜨려 만나지 못했다.

견우와 직녀는 은하수를 사이에 두고 서로를 그리워하며 지냈는데, 이를 안타깝게 여긴 까치와 까마귀가 칠월칠석 날에 자신들의 몸

여름철 은하수 견우와 직녀 별자리(출처: https://www.kasi.re.kr/, 사진: 신범영)

으로 다리를 만들어 견우와 직녀를 만나게 도와줬다. 이 이야기에서 까마귀와 까치가 만든 다리가 우리가 흔히 아는 '오작교烏鵲橋'이다. 칠석七夕 다음날 까마귀와 까치의 머리를 보면 모두 벗겨져 있는데, 그것은 오작교를 놓기 위해 머리에 돌을 이고 다녔기 때문이라 한다.

칠석날에는 비가 내리는데 하루 전에 내리는 비는 만나서 흘리는 기쁨의 눈물이고, 이튿날 내리는 비는 헤어지면서 흘리는 슬픔의 눈물이라고 한다. 또는 낮에 오는 비는 기쁨의 눈물이고 밤에 오는 비는 슬픔의 눈물이라고 한다. 고려 중기의 문장가인 백운거사白雲居士, 이규보李奎報의 〈칠석에 비를 읊다〉라는 시詩는 견우와 직녀의 애틋한 사랑을 묘사한 절창絶唱이다.

칠석날에 비 안 오는 일이 적은데
나는 그 까닭을 모르네.
신령한 배필이 기쁨 이루려 하니
비의 신이 응당 질투할 것이로다.

고려 공민왕이 왕후와 더불어 칠석날 궁궐에서 견우성과 직녀성에 제사하고 백관들에게 녹을 주었다고 하였고, 조선조에 와서는 궁중에서 잔치를 베풀고 성균관 유생들에게 절일제節日製의 과거를 실시한 기록도 있다. 옛날 칠월칠석 민간에서는 칠석 놀이가 행해졌다. 견우를 기다리며 베를 짜던 직녀를 따라 여자들은 바느질과 수놓기 대회를 하고, 남자들은 씨름, 새끼 꼬기 등 여러 가지 민속놀이를 했다. 옛날 서당에서는 학동들에게 견우직녀를 시제詩題로 시를 짓게 하였으며, 또 옷과 책을 햇볕에 말리는 폭의曝衣와 폭서曝書 풍속도 있었다.

일본은 메이지유신 이후로 모든 명절을 양력으로 지내고 있기 때문에 양력 7월 7일에 칠석날을 기념한다. 이날 일본에서는 종이에 소원을 적어 대나무에 걸어 두고 지역에 따라서 칠석날을 기념하는 칠석 축제를 열기도 한다. 칠월칠석의 유래를 생각해 보니, 2월 14일 여성이 남성에게 초콜릿을 선물하는 발렌타인데이보다는, 우리에게는 음력 7월 7일 칠석七夕날을 청춘 남녀들의 정인절情人節로 지키는 것이 의미가 있겠다는 생각도 든다.

100여 년 전에 헤밍웨이가 그의 첫사랑 쿠로스키와 마신 아스티 스푸만테Asti Spumante는 지금도 이탈리아 스파클링 와인으로 세계인의 사랑을 받고 있다. 사랑하는 사람과 데이트를 하거나, 사랑과 희망을 이야기하고 싶은 MZ세대에게는 아스티 스푸만테Asti Spumante나 빌라 M 로쏘Villa M Rosso와 함께하면 좋을 것이다. 빌라 M 로쏘는 알코올 5.5%의 브라케또Bracheto 품종으로 만든 세미 스위트 로제 스파클링 와인이다. 맑고 밝은 루비색을 띠고 있으며, 초콜릿케이크, 과일파이, 티라미수와 어울리는 빌라 M 로쏘는 달콤한 체리 향과 딸기 셔벗과 과일 캔디의 맛이 사랑의 마음을 더 달달하게 해 줄 것이다.

빌라 M 로쏘(출처: 매일경제)

아스티 스푸만테의 달콤한 아로마는 사랑의 감정을 더해 줄 것이며, 빌라 M 로쏘는 꽃과 향수의 스위트한 향이 사랑의 온도를 더 높여 줄 것이다. 아스티 스푸만테나 빌라 M 로쏘는 꿈결 같은 향기와 스위트한 느낌으로 달콤한 사랑을 고백할 수 있도록 분위기를 연출할 수 있는 젊음과 사랑의 와인이다.

세계에서 가장 세련되고 우아한 보르도 '그랑 크뤼 클라쎄' 1등급 와인

프랑스의 대표적인 와인 산지 보르도는 최상급 와인 생산지로는 전 세계적으로 가장 넓은 지역이다. 보르도 지방에 포도나무를 심기 시작한 이후, 거의 천 년에 가깝도록 전 세계에서 세련되고 섬세한 와인을 생산하는 가장 큰 지방으로 보르도가 지목되어 온 것은 결코 우연이 아니다.

보르도 1등급 와인

보르도의 와인 생산업자들은 "우수한 와인은 밭에서 만들어지는 것이지, 와인 양조장에서 생성되는 것이 아니다."라고 강조한다. 포도밭의 특징을 나타내는 자연적 요소의 포괄적인 개념이 떼루아르Terroir이다.

샤토 무통 로칠드 와이너리(출처: https://www.chateau-mouton-rothschild.com)

1885년 나폴레옹 3세의 명에 의해 최상급 와인을 5개의 등급으로 분류하였는데 오메독 지역의 60개 샤토가 포함된다. 1973년 1등급 그랑 크뤼 클라쎄 Premier Cru Classe로 무통 로칠드 Mouton-Rothschild가 수정된 것을 제외하고는 변함이 없다. 1등급 5개, 2등급 14개, 3등급 14개, 4등급 10개와 5등급 18개의 크뤼로 분류되어 있다. 샤토 오브리옹은 그라브 지역이지만 1885년에 적포도주로 1등급에 분류되어 메독 크뤼 클라쎄 분류 때 함께 사용하기도 한다. 이 5등급 안에든 와인을 통칭해서 그랑 크뤼 클라쎄 Grand Crus Classs라고 한다.

세계에서 가장 세련되고 우아한 보르도 와인으로 꼽히는 1등급 프르미에 그랑 크뤼 Premiers Grands Crus에는 샤토 라피트 로칠드 Chateau Lafite Rothschild, 샤토 마고 Chateau Margaux, 샤토 라투르 Chateau Latour, 샤토 오브리옹 Chateau Haut-Brion 그리고 샤토 무통 로칠드 Chateau Mouton-Rothschild 가 있다.

1. 완벽한 균형미를 지닌 기품 있는 샤토 라피트 로칠드Chateau Lafite-Rothschild

1855년 그랑 크뤼 분류 당시 라피트 로칠드는 네 개의 그랑 크뤼 1등급 중 랭킹 1위로 꼽혔다. 라피트 로칠드는 전 세계에서 완벽한 균형미를 지닌 기품 있는 와인 중 하나일 것이다. 라피트 로칠드는 포도밭이 생떼스떼프와 맞닿은 뽀이약 마을의 가장 북쪽 높은 언덕에 자리하고 있기 때문에 언덕을 뜻하는 라피트라는 이름으로 불리게 되었다.

샤토 라피트 로칠드 라벨

라피트가 유명세를 타기 시작한 것은 18세기의 일이다. 1755년 리슐리외Richelieu 공작은 기엔Guyenne 지방의 장관으로 부임하였고, 임기를 마치고 파리로 돌아온 후 루이 15세를 알현하게 되었다. 그의 얼굴을 본 루이 15세는 "아니 리슐리외 공, 도대체 어찌 된 게 기엔에 가기 전보다 25세는 젊어 보인단 말이오."라고 하였다, 그 말을 들은 리슈리외는 은밀하게 얘기를 하였다. "아뢰오리다, 폐하!" 60세가 된 노老 공작은 그 이유를 설명하였다. "영원한 젊음의 비결을 발견하였나이다. 그건 다름 아닌 샤토 라피트입니다. 신에게 어울리는 강장제요, 맛있는 신주神酒였사옵니다." 리슈리외는 루이 15세에게 라피트를 권했고, 그때부터 베르사유 궁전은 라피트로 인해 떠들썩해졌다.

샤토 라피트 로칠드 전경(출처: https://en.wikipedia.org/)

또한, 라피트의 인기 상승에 일조한 것은 뽕빠두르Pompadour 후작 부인이었다. 뽕빠두르 후작 부인은 "여자가 마셔도 추해지지 않는 술은 샴페인뿐이다."라는 말로 와인에 대해 많은 일화를 남겼다. 당시 프랑스 궁정에서는 브르고뉴 와인이 인기가 높았다. 루이 15세의 총애를 받던 뽕빠두르 후작 부인은 왕을 기쁘게 해 주기 위해 골몰하고 있었다. 그래서 로마네 꽁띠Romanee-Conti를 손에 넣으려 했지만 실패하는 바람에 분통을 터뜨리고 있었다. 바로 그때 알레상드르 드 세귀 후작이 뽕빠두르 부인에게 다가와 라피트를 소개하였다. 라피트를 마셔 보고 반한 뽕빠두르 부인은 그때부터 궁정 만찬이 열릴 때면 항상 라피트를 내놓곤 하였다.

세귀Segur 가문에서 소유하고 있던 라피트는 1868년 영국 출신의 은행가 제임스 드 로스차일드James de Rothschild의 소유가 되었으며, 이름도 라피트 로칠드로 바뀌게 되었다. 라피트 로칠드를 포함한 보르도 1등급 와인은 모두 장기 숙성이 가능한 와인들이다. 라피트 로칠드는 풍부한 향기와 더불어 균형미가 좋으며 복합적인 맛을 과시한다. 라피트 로칠드는 때로는 샤토 마고보다 우아하고, 무통 로칠드나 라투르보다 강건한 면모를 보여 주기도 한다. 이처럼 미묘한 맛을 이끌어 내는 비결은 포도 품종을 어떻게 블렌딩하느냐에 달려 있다.

라피트 로칠드는 까베르네 소비뇽 70%, 메를로의 비율은 25%에 달한다. 샤토 라투르에 비해 5%가량 더 심어진 메를로가 토양과 어우러지면서 보다 복합적이고 균형 잡힌 와인으로 탄생하게 된다. 모든 와인은 자기를 창조하는 포도나무가 자라는 땅의 성격을 반영하고 있다. 라피트 로칠드의 포도밭은 석회암반 위에 이회토가 깔리고 그 위에 하얀 자갈들이 펼쳐진 땅이다. 햇살이 잘 비치고 배수가 잘되는 토양이다. 포도나무에 대지의 영양분이 공급되면서 열매의 과육이 풍부해지고 집중도 높은 와인이 태어나는 것이다. 라피트 로칠드는 뽀이약 특유의 블랙커런트 향과 꽃향기들이 화사하고 균형 잡힌 정교한 맛을 낸다.

샤토 라피트 로칠트 카브(출처: https://www.lafite.com/)

미국의 와인 평론가 로버트 파커는 1982년 이후 라피트 로칠드 네 개 빈티지에 100점 만점을 부여하였는데, 1982년, 1986년, 1996년 그리고 2000년이다. 특히 1996년 빈티지는 1등급 와인에서 찾아볼 수 있는 근육질과 아로마 그리고 고품격 세련미로 맛이 풍부하고 농후하여 환상의 와인으로 평가받았다. 달콤한 향신료와 베리류 과일의 부케가 피어나고, 입안에서는 탄성을 자아낼 듯 풍부한 타닌의 여운은 길고 강하게 느껴지는 라피트 로칠드는 완벽한 균형미를 지닌 기품 있는 뽀이약의 1등급 와인이다.

2. 강건하고 남성적인 샤토 라투르 Chateau Latour

오메독Haut-Medoc 지역 뽀이약Pauillac에는 세 개의 그랑 크뤼 1등급 와인이 있다. 라피트 로칠드, 무통 로칠드 그리고 라투르이다. 와인 애호가라면 프랑스 보르도의 그랑 크뤼 1등급으로 알려진 5대 와인 중 하나인 '샤토 라투르Chateau Latour'는 죽기 전에 꼭 마시고 싶은 와인이다. 삼성의 이건희 회장은 프랑스, 이탈리아, 미국에서 생산되는 수많은 와인을 사랑하였지만, 그중에서도 프랑스 보르도 뽀이약의 남성적인 와인 샤토 라투르를 선호하였다. 그리고 2004년 6월 김대중 전 대통령의 방북 시 김정일이 주최한 환영 만찬에 라투르 1993 와인이 등장하여 '평화의 와인'으로 명명되기도 하였다.

샤토 라투르 라벨

일본의 와인 만화 《신의 물방울》에서는 러시아 음악의 거장 라흐마니노프 교향곡 2번Rachmaninow, Symphony No. 2 in E minor, OP.27에서 느낄 수 있는 신비한 깊은 숲의 향기와 강한 생명력이 넘치는 와인으로는 '샤토 라투르'밖에 없다고 언급하였다. '라투르'는 '탑'이라는 뜻이다. 보르도는 항구 도시라 해적이 자주 나타났으므로 방어 차원에서 성곽을 쌓았고 망루로 탑을 사용했었는데, 이 탑이 '생랑베르St-Lambert의 탑'이라고 불린다. 이 탑은 사라졌지만 샤토 라투르의 상징이다.

1600년대에는 이 지역은 대부분 황무지로 밀과 호밀을 경작하였으나, 타이 소관 영지에 만들어진 포도원은 1세기 들어 '보르도 와인의 신'이라 불리던 니콜라 알렉상드르 드 세귀 후작의 소유가 되었다. 무려 270년 동안 세귀 가문에서 소유하고 있던 라투르가 1963년 영국 자본에 매각되면서 프랑스인의 콧대 높은 자존심에 상처를 입히게 되었다.

샤토 라투르 와이너리(출처: https://monochrome-watches.com/)

그러다가 1993년 다시 프랑스의 프랭탕 백화점의 오너이면서 와인 마니아로 유명한 프랑수아 피노가 샤토 라투르를 인수하면서 프랑스의 자존심이 회복되었다,

탑 위에는 사자 한 마리가 올라가 있다. 갈기를 휘날리는 백수의 제왕은 곧게 편 다리와 위로 올라간 꼬리가 제왕다운 용맹스러움을 느끼게 한다. 라벨을 보면, 시각적인 인상은 라투르는 전투적이고 남성적일 듯하다. 라투르의 맛은 강렬하고 진하다. 묵직한 맛이 강하고, 때로는 거친 야성미도 느껴진다. 강건하고 남성적인 와인답게 라투르는 까베르네 소비뇽 포도가 많이 쓰인다. 75%의 까베르네 소비뇽, 20%의 메를로 그리고 5%는 까베르네 프랑과 쁘띠 베르도로 향과 맛을 마무리 짓는다.

짙은 루비 색상의 매혹적인 자태를 지닌 라투르는 멋들어진 꽃내음과 블랙커런트, 자두, 오크 향이 풍부하고, 강건한 타닌에도 부드러운 산도와 농축된 과일 맛은 목을 휘감고 넘어갈 때 여운이 길어서 와인의 뒷맛은 황홀함을 느끼게 한다. 강건하고 남성적인 라투르Latour와 함께 하면, 남성적이면서도 화려하고 중후한 로맨틱 선율의 느낌을 갖는다.

3. 최고급 와인의 여왕, 우아함과 매혹적인 향기를 지닌 샤토 마고Chateau Margaux

샤토 마고는 기품 넘치는 여왕처럼 낭만적인 와인의 대명사로 알려져 왔다. 1771년 샤토 마고 출시 이후 '보르도 최고의 와인'이라는 격찬을 받았다. 마고는 보르도 오메독 주요 4개 마을생떼스떼프, 뽀이약, 생줄이앙, 마고 중 가장 광활한 262헥타르의 포도밭을 갖고 있다. 보르도 오메독의 3개 마을생떼스떼프, 뽀이약, 생줄리앙은 서로 연결되어 있지만, 마고는 따로 남쪽에 떨어져 있기 때문에 세 지역의 와인과 확연히 다른 맛의 차별성이 있다.

샤토 마고 라벨

마고 지역은 마고를 비롯하여 깡뜨냑Cantenac, 수쌍Soussans, 라바르드 Labarde, 아르삭Arsac 등 다섯 개의 작은 마을로 구성되어 있다. 마고의 그랑크뤼 샤토는 무려 21개에 이르며, 이 중에서 그랑크뤼 1등급은 샤토 마고뿐이다. 마고 지역 각 마을의 떼루아르, 즉 자연환경과 토양은 다르기 때문에 와인 맛에도 차이가 있다. 깡뜨냑Cantenac은 산과 타닌이 부드럽고 온화하며, 라바르드Labarde는 바디감이 무겁고 단단하다. 마고 와인은 타닌이 풍부하고 깊은 맛에 장기 숙성해야 자신의 개성이 들어난다.

샤토 마고의 역사는 12세기로 거슬러 올라가는데, 1522~1582년에 피에르 드 레스토낙Pierre de Lestonnac이 이곳 땅을 개간하여 곡물과 포도를 재배한 기록이 있다. 1705년 런던 가제트London Gazette 신문은 샤토 마고의 첫 영국 진출을 기록하였으며, 그후 크리스티의 보르도 그랑 크뤼 와인 경매에서 1771년산 샤토 마고가 처음으로 선보였다.

샤토 마고 전경(출처: https://www.vinovest.co/)

샤토 마고는 많은 명사에게 회자된 와인으로, 대문호 어니스트 헤밍웨이가 파란만장한 삶을 살았던 나날 중에 가장 위로가 된 와인이기도 하다. 헤밍웨이는 “내 삶에서 변하지 않는 것은 손녀와 샤토 마고에 대한 사랑”이라며 손녀의 이름을 “마고 헤밍웨이”라고 지었다.

샤토 마고 디캔팅(출처: https://www.chateau-margaux.com/)

미국의 3대 대통령 토마스 제퍼슨은 프랑스 대사 시절 1784년 빈티지 샤토 마고를 마시고 "보르도에서 이보다 더 좋은 와인이 없다."라고 평가하였다.

샤토 마고는 사랑스러운 루비빛을 띠며, 과일 향기가 특징적으로 두드러진다. 파워는 절제되어 있고 부드러움과 여유가 있다. 마고 와인은 아주 섬세하고 민감하며, 풍부하면서도 유연한 특징이 있다. 이러한 유연함으로 인해 마고의 와인은 메독에서 가장 여성적인 와인으로 일컬어진다. 샤토 마고에는 향기로운 부케와 실키한 접촉이 있고 우아함이 있다. 이 우아함과 매혹적인 향기 그리고 화려하면서도 거부할 수 없는 그윽한 매력이 샤토 마고를 최고급 와인의 여왕이라고 불리게 하는 이유일 것이다.

세계적인 와인 평론가 로버트 파커가 1990년, 1999년, 2000년, 2009년 빈티지를 99~100점으로 평가한 샤토 마고는 프랑스 와인의 자존심이다. 샤토 마고는 프랑스인들에게 부의 상징이요, 명예의 상징이기도 하다. 제2차 세계대전이 끝난 후 패전국이 된 독일은 프랑스 마고 성에서 공식적인 사과를 하였다. 그 장소의 의미란 단순하게 사과만을 뜻하는 게 아니라 프랑스인의 명예와 직결되는 일이기도 했던 것이다.

샤토 마고는 평균 35년 정도 자란 포도나무에서 열리는 포도로 만든다. 까베르네 소비뇽 75%, 메를로 20% 그리고 5%는 까베르네 프랑과 쁘띠 베르도로 채워진다. 샤토 마고의 맛은 섬세하고 우아하다. 샤토 마고의 화려한 향기는 어떤 와인도 쫓아갈 수 없는 꽃처럼 화사하다. 농염한 블랙커런트의 아로마, 깊은 오크 향과 스파이시하면서도 은은한 바닐라 향 그리고 입안을 가득 채우는 풍성한 과일 향은 여왕의 모습을 보여 주기에 부족함이 없이 우아하고 매혹적이다.

4. 프랑스 최초의 컬트 와인, 샤토 오브리옹Chateau Haut-Brion

샤토 오브리옹Chateau Haut-Brion은 그랑 크뤼 클라쎄 1등급 5개 와인 중 유일하게 메독 지역이 아닌 그라브Graves 지역의 빼삭 레오냥 마을에서 생산되는 와인이다. 나폴레옹 3세는 1855년 파리 세계박람회를 개최하면서 보르도 와인에 등급을 부여했다. 이때 레드 와인은

샤토 오브리옹 라벨

메독 지역만을 대상으로 했는데, 예외적으로 인근 그라브 지역에 있는 샤토 오브리옹 와인을 포함했다. 이 와인은 17세기까지만 해도 잘 알려지지 않은 무명의 와인이었다. 그러나 독자적으로 레이블을 만들고 최초로 '샤토'란 명칭을 사용하면서 영국 런던의 사교계에 파고들었다. 영국 정치인과 문인들 사이에서 세계 최고 와인으로 인정받아 브랜드 명성이 자자해지자 파리 세계박람회 출품을 위한 등급 분류에서도 차마 제외시킬 수 없었던 것이다.

샤토 오브리옹에 관한 유명한 일화가 있다. 나폴레옹이 전쟁에서 패한 후, 오스트리아 빈에선 프랑스의 배상 문제에 관한 회의가 열렸다. 빈 회담은 승전국인 오스트리아, 영국, 프로이센, 러시아가 1814년 11월부터 이듬해 6월까지 오스트리아 수도 빈에서 유럽의 전후 처리 문제를 논의하기 위해 개최한 자리였다.

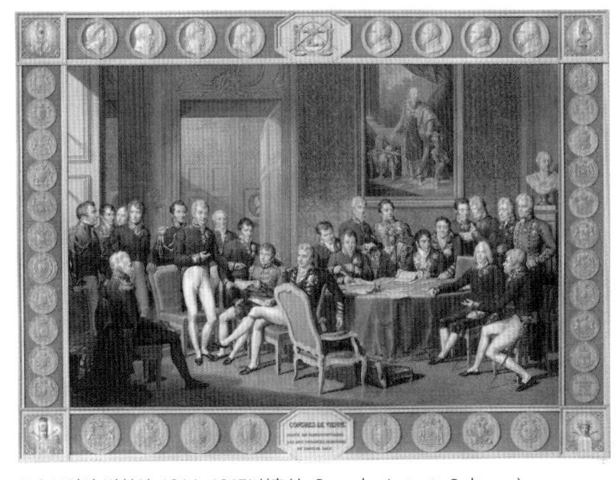
오스트리아 빈회의, 1814~1815년(출처: Google Arts & Culture)

당시 프랑스 외무장관 샤를모리스 드 탈레랑 페리고르1754~1838년는 자신이 소유하고 있던 샤토 오브리옹 와인과 함께 당대 최고의 요리사 마리 앙투안 까렘Marie Antoine Careme이 준비한 만찬을 제공하여 각국의 대표들이 오브리옹의 매력에 푹 빠지게 했다. 오스트리아의 메테르니히 재상, 러시아의 알렉산드로 1세, 영국의 캐슬레이 외무장관 등은 프랑스의 요구 조건을 대폭 받아들였다. 프랑스가 패전국이면서 유리한 조건으로 협상이 타결된 것은 오브리옹을 통한 와인 외교가 일조를 했으며, 따라서 "샤토 오브리옹이 프랑스를 구했다."라는 얘기가 전해지고 있다.

문학가들도 샤토 오브리옹을 좋아했다. 《로빈슨 크루소》의 작가 다니엘 디포, 《걸리버 여행기》를 쓴 조나단 스위프트, 영국의 계관 시인이며 비평문학의 아버지 존 드라이든은 샤토 오브리옹을 즐겨 마셨으며, 영국의 작가 새뮤얼 페피스는 오브리옹에 대해 극찬하였다. 이런 점에서 오브리옹은 보르도 와인 중에서 최초로 국제적인 명성을 획득한 와인이며, 프랑스 최초의 컬트 와인이기도 하다.

샤토 오브리옹은 1533년 장 드 퐁탁 가문에 의해 설립됐다. 와인 레이블에는 1550년에 그가 쌓은 성이 그려져 있다. 1749년 푸멜 가문, 1801년 타레란드 가문, 1836년 라리유 가문 등을 거쳐 1934년 미국의 금융가 클라렌스 딜런이 인수하면서 오늘날까지 이어진다. 현재는 다글라스 딜런의 외손자인 찰스 룩셈부르크 왕자가 경영하고 있다. 1977년 보르도에서 가장 능력 있는 양조가 델마는 샤토 오브리옹에 특화된 포도 품종을 찾고, 좋은 종자를 생산하기 위해 'NARI National Agricultural Research Institute'와 공동으로 프로젝트를 진행하였다. 그 결과 자갈과 점토의 토양에 적합한 포도 품종을 찾는 데 성공하여 약 550그루의 포도나무를 새로 재배해 차별화하였다.

샤토 오브리옹 전경(출처: https://www.wineinvestment.com/)

오브리옹의 맛은 다른 그랑 크뤼 1등급 와인의 맛과는 다른 개성을 지니고 있다. 타닉함이 덜하고 산뜻하다. 오브리옹의 기본 블렌딩은 까베르네 소비뇽 45%, 메를로 37% 그리고 까베르네 프랑 18% 정도다. 다른 1등급 와인들이 까베르네 소비뇽을 70% 이상 사용하는 데 비하면 오브리옹은 까베르네 소비뇽 비율이 적은 편이고, 메를로를 많이 씀으로써 부드러운 맛이 더하게 된다.

바닐라, 과일 향과 송로버섯 향 그리고 미네랄, 허브의 달콤한 향기가 어우러진 아로마는 화려하다. 맑게 빛나는 아름다운 루비빛을 띠며, 우아하고 부드러운 맛을 더해 주는 오브리옹은 절제되고 풍부한 바디감과 입안에 착 감기는 듯한 맛은 기품 있는 프랑스 컬트 와인의 면모를 느끼게 한다.

5. 파워풀한 맛과 아트 레이블로 유명해진 샤토 무통 로칠드 Chateau Mouton-Rothschild

프랑스 보르도에서 유일하게 2등급에서 1등급으로 승격한 역사적인 와인이 샤토 무통 로칠드이다. 18세기 후반에 유럽 경제를 주물렀던 로칠드 가문이 등장하였다. 로칠드 가문의 시조인 암셀 마이어 로칠드는 프랑크 푸르트의 유대인 거주 지역인 게토에서 환전과 대금업으로 돈을 모은 후 로칠드 은행을 설립하였다. 암셀 마이어는 막내아들과 본점을 운영하면서 유럽 주요 도시인 런던, 파리, 빈 그리고 나폴리에 지점들을 열기 시작하였다. 이는 메디치 가문 이후 유럽을 통괄하는 금융 네트워크의 탄생이었다. 나폴레옹이 전쟁을 일으키자 로칠드 은행은 각국 정부에 돈을 빌려주면서 가문의 부를 크게 늘리게 되었다.

샤토 무통 로칠드 라벨

암셀 마이어의 아들 5형제 중 영국으로 이주하여 런던에 은행을 설립하였던 셋째 아들, 네이든의 슬하의 넷째 아들이었던 나다니엘 드 로칠드 남작이 1853년 보르도의 샤토 무통 로칠드를 구매하였다. 1855년 파리 만국박람회를 앞두고 나폴레옹 3세가 보르도 메독 지방의 샤토들을 5개 등급으로 지정할 때, 샤토 무통 로칠드는 1등급에 들지 못하고 2등급에 머무는 수모를 겪었다. 언제나 최고임을 자부해 온 무통으로서는 안타까운 일이었다.

무통 로칠드의 설립자인 나다니엘의 손자 필립 남작은 1922년 스무 살의 젊은 나이로 무통의 지휘자가 되어 당돌해 보이는 모토를 내걸었다. "나는 1등이 되지 못함. 나는 2등에 만족 안 함. 나는 무통이다First I may not be. Second I will not be. Mouton I am." 필립 남작의 이 말에는 언젠가는 1등급이 되고 싶은 의지가 담겨 있다. 와인 업계의 젊은 혁명아, 필립 남작은 편안함을 버리고 모험을 하는 데서 출발하였다. 20세기 초 보르도에서는 와이너리에서 직접 와인을 병에 담아서 완성품 형태로 출시하지 않았기 때문에 소비자들에게 완벽한 신뢰를 줄 수 없었다. 특히 포도가 흉작인 해에는 고급 와인이 저급 와인과 섞일지, 아니면 와인 자체를 바꿔치기 하는지 믿을 수가 없는 상황이었다. 필립 남작은 이러한 불신을 타개하기 위하여 1924년 최초로 모든 와인을 '샤토에서 병입mis en bouteille au Chateau'하기 시작하였다. 이것은 그 당시로는 혁명이었다.

고급 와인을 만들고 그 품질을 지켜 나간다는 무통 로칠드의 자부심은 이처럼 직접 완제품을 시장에 내놓음으로써 지켜질 수 있었다. 1973년 무통 로칠드는 118년의 기다림 끝에 프랑스 전 대통령 자크 시라크가 농무장관 시절에 보르도 와인 등급 역사상 유일하게 2등급에서 1등급으로 승격되었다. 1등급이 된 이후에도 무통에 대한 자신감과 신념은 변치 않았으며, "무통은 현재 1등급, 예전에는 2등급. 무통은 변하지 않는다First I am, second I was. Mouton doesn't change"라고 좌우명을 바꿨다.

무통 로칠드는 까베르네 소비뇽 85%, 메를로 7% 그리고 까베르네 프랑 8%로 블렌딩되어 파워풀하면서도 중후하다. 최상의 해에 만나는 무통은 다른 와인들을 압도하는 경우가 많다. 최고의 무통은 라피트 로칠드처럼 세련미를 지니고, 라투르처럼 강한 파워를 수반하기도 한다. 저명한 와인 평론가 로버트 파커는 1960년대 이후 생산된 와인 중 1982년과 1986년산 무통 로칠드에 100점 만점을 주었다. 짙은 루비빛을 띠고 있는 무통 로칠드는 견과류의 기름진 향과 말린 자두의 달콤함 그리고 바닐라의 부드러움으로 복합적인 조화를 느끼게 하는 멋진 와인이다.

무통 로칠드는 맛으로도 유명하지만, 마케팅 실력도 세계 최고 수준이다. 무통 로칠드가 유명해진 가장 중요한 이유는 라벨 디자인 때문이다. 1945년부터 매년 저명한 예술가들의 그림으로 장식된 무통 라벨은 그 자체만으로도 수집가들의 인기를 끄는 품목이다. 와인과 명화의 만남으로 무통 로칠드는 전 세계 대중들의 호기심을 자극할뿐더러, 와인 컬렉터들의 수집 대상으로도 첫손에 꼽히게 되었다.

그림은 와인 라벨의 상단을 장식한다. 라벨을 보고 있으면, 마치 20세기 현대 미술의 거장들의 전시회 그림들을 보는 듯하다. 1940년대 화가로는 주로 프랑스의 거장들이 선정되었다. 1947년에는 영화감독이었던 장 꼭도, 1948년에는 여류화가 마리 로랑생, 1955년 조르쥬 브라끄, 1958년 살바도르 달리, 1964년 헨리 무어, 1967년 세자르, 1969년 후앙 미로, 1970년 마르끄 샤갈, 1971년 바실리 칸단스키, 1973년 파블로 피카소, 1975년 앤디 워홀, 1988년 키스 하링, 1990년 프랜시스 베이컨으로 이어졌다.

샤토 무통 로칠드 라벨

1999년도 샤토 무통 로칠드 와인 라벨은 프랑스의 유명한 포스트 아티스트인 레이먼 사비낙이, 참신한 아이디어로 무통 로칠드를 상징하는 광고성이 강한 양羊을 그렸다. 양이 1999년을 뒷발로 차내면서 다가올 2000년 새로운 밀레니엄을 고대하는 익살스러운 표정이 흥미롭다. 2013년에는 한국 현대 미술의 거장인 이우환 화백의 그림으로 라벨을 장식하였다.

무통은 양羊이라는 뜻이다. 그래서 라벨의 소재는 양이나 포도, 와인이다. 1973년은 세기의 와인 무통 로칠드와 20세기 최고의 천재 화가 파블로 피카소가 만난 해이다. 무통 로칠드는 1등급에 오른 경사를 맞이한 해이고, 현대 미술을 대표하는 거장 피카소는 생애를 마감한 해이다. 1973년산 무통 로칠드 라벨에는 피카소의 그림 〈바쿠스의 주연〉이 그려져 있다. 와인은 흉작에 가까운 해였지만, 피카소가 그린 라벨 때문에 와인은 품귀 현상을 빚었다.

시라크 전 프랑스 대통령이 블레어 전 영국 총리에게 1898년산 샤토 무통 로칠드를 선물하기도 했던 이 와인은 우아하고 감미로운 향과 탄닌이 놀라울 정도로 진한 풍미와 파워풀한 미감을 지니고 있다. 블랙커런트와 같은 과일들의 농익은 향기가 풍부하게 퍼지는 무통 로칠드는 바닐라와 초콜릿 향이 주는 부드러움과 달콤함 사이로 계피와 후추 같은 향이 살며시 올라오고, 풍부한 과일의 아로마와 파워풀한 맛이 무한한 즐거움을 선사하는 와인이다.

오늘은 처서處暑와는 다르게 확실히 가을이 왔음을 알 수 있을 정도로 기온과 습도가 낮아지기 시작하는 시기인 백로白露이다. 대서大暑와 입추立秋 전후로 더위의 절정을 겪은 후 처서 즈음해서 급격하게 최저 기온이 내려가며 폭염과 열대야가 사라지더니, 귀뚜라미 소리가 들리기 시작하는 백로에는 가을이 곁에 왔음을 느낀다. 가을의 기운이 완연한 이 좋은 계절에 윤동주의 〈서시〉를 읊조려 본다.

서시序詩[4]

죽는 날까지 하늘을 우러러
한 점 부끄럼이 없기를,
잎새에 이는 바람에도
나는 괴로워했다.

4) 윤동주, 尹東柱, 1917년 12월 30일 ~ 1945년 2월 16일, 일제강점기의 독립운동가, 시인, 작가.

별을 노래하는 마음으로
모든 죽어가는 것을 사랑해야지
그리고 나한테 주어진 길을
걸어가야겠다.
오늘 밤에도 별이 바람에 스치운다.

열 줄도 안 되는 뛰어난 시詩를 생각할 때면, 나는 단연코 윤동주의 〈서시〉를 떠올린다. "진리를 세우는 또 하나의 길은 본질적 희생이다."라는 하이데거의 말을 빌리지 않더라도, 일제의 폭력은 자유와 평화, 사랑과 희망, 그 모든 생명 가치를 짓밟는 진리의 적이나 다름없었기에 윤동주의 순국은 진리를 위한 본질적 희생이었다.

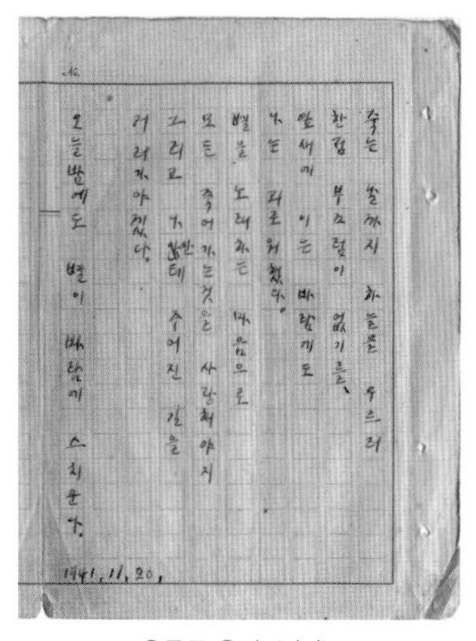
죽는 날까지 하늘을 우러러
한점 부끄럼이 없기를,
잎새에 이는 바람에도
나는 괴로워했다.
별을 노래하는 마음으로
모든 죽어가는 것을 사랑해야지
그리고 나한테 주어진 길을
걸어가야겠다.
오늘 밤에도 별이 바람에 스치운다.
1941.11.20.

윤동주 육필 〈서시〉

윤동주의 민족혼은 독립투사의 심장처럼 뜨거웠고, 그의 저항은 의열단義烈團의 전투처럼 처절했으며, 그의 성찰은 철학자의 명상보다 진지했고, 모든 죽어가는 것들을 향한 시인의 사랑은 종교인의 신앙보다 거룩했다. 백로의 밤하늘을 바라보며, 윤동주 시인의 고결한 영혼에 강건하고 생명력이 넘치는 샤토 라투르Chateau Latour 한 잔을 바치고 싶다. "별을 노래하는 마음으로 모든 죽어가는 것을 사랑해야겠다."라는 시인의 거룩한 독백이 메아리쳐 들려오는 백로의 밤하늘 별들은 외경스럽다.

이탈리아 와인의 그랑 크뤼,
'토스카나 브루넬로 디 몬탈치노 Brunello di Montalcino'

프랑스에서 가장 유명한 와인 지역이 메독이라면 이탈리아는 토스카나이다. 이탈리아의 중북부 지역으로 남으로는 라치오, 북으로는 리구리아, 동으로는 에밀리아 로마냐, 움부리아와 경계를 이루고 있다. 이탈리아 토착 품종인 산지오베제 Sangiovese로 만든 토스카나의 유명 와인은 키안티 Chianti, 키안티 클라시코 Chianti Classico, 브루넬로 디 몬탈치노 Brunello di Mntalcino와 비노 노빌레 디 몬테풀치아노 Vino Nobile di Montepulciano가 있다. 산지오베제는 이태리 서북부 피에몬테 Piemonte 지역의 네비올로 Nebbiolo 품종과 더불어 이탈리아를 대표하는 고급 토착 품종이다.

가야
브루넬로
디 몬탈치노

산지오베제 품종은 껍질이 두껍고 씨가 많아 새큼하고 씁쓸한 포도주를 만든다. 산지오베제는 상당히 많은 변종을 가지고 있는데,

이 중 어느 것을 선택하느냐에 따라 품질에 차이가 난다. 변종 중에 가장 고급인 산지오베제 그로소Sangiovese Grosso 중 하나인 브루넬로 100%로 만든 와인이 브루넬로 디 몬탈치노이다. 산지오베제의 다른 변종인 프루뇰로와 기타 품종을 혼합하여 만든 것이 비노 노빌레 디 몬테풀치아노Vino Nobile di Montepulciano이다.

산지오베제
(출처: https://specialtyproduce.com/)

이탈리아 토착 품종으로 만든 와인 중 피에몬테에서는 네비올로Nebbiolo로 만든 바롤로Barolo와 바르바레스코Barbaresco가 유명하고, 토스카나에서는 브루넬로 디 몬탈치노Brunello di Montalcino가 최고의 와인이다. 키안티와는 달리 브루넬로 디 몬탈치노는 타닌 함량이 많고 묵직한 레드 와인으로 병 속에서 5~10년 숙성시켜야 제맛이 난다. 보통 50개월 숙성 기간 중 2년은 오크통에서, 4개월은 병에서 숙성시키는데, 리제르바Riserva는 62개월 숙성 기간 중 2년은 오크통에서, 6개월은 병에서 숙성시킨다. 브루넬로 디 몬탈치노는 토스카나 지방에서 생산되는 전통적인 와인 중 맛과 향이 가장 풍부한 와인이다. 1964년 이탈리아 최초로 DOCDenominazione di Origine Controllata 등급이 되었으며, 1980년에는 바롤로, 바르바레스코와 더불어 DOCGDenominazione di Origine Controllata e Garantita 등급으로 지정되었다.

오크통 숙성(출처: https://www.consorziobrunellodimontalcino.it/)

브루넬로 디 몬탈치노 와이너리(출처: https://www.consorziobrunellodimontalcino.it/)

토스카나 산골 마을 몬탈치노 주변에서 브루넬로 디 몬탈치노라는 토스카나를 대표하는 최고급 와인들이 나온다. 이탈리아에는 마을 이름과 포도 품종 이름을 병행해서 부르는 와인들이 많다, 몬탈치노 마을과 브루넬로 품종이라는 고유명사 두 개가 나란히 붙어서 하나의 와인 이름이 된 것이다. 몬탈치노 마을에 브루넬로 디 몬탈치노를 생산하는 와이너리는 브루넬로 디 몬탈치노를 만들었던 비온디 산티 Biondi Santi를 포함하여 150 개가 넘으며, 《와인 바이블》의 저자, 케빈 즈랠 리가 추천한 브루넬로 디 몬탈치노 생산자들도 30곳이 넘는다.

《죽기 전에 꼭 마셔 봐야 할 와인 1001》에 소개된 브루넬로 디 몬탈치노는 비온디 산티를 포함하여 9개 와이너리가 있다. 잘 익은 과일과 꽃향기가 풍부하고 밸런스가 좋은 아르지아노 Argiano, 잘 익은 자두, 체리, 말린 허브 향이 풍부하고, 미국에서 인기가 높은 카스텔로

과일향이 풍부하고 밸런스가 좋은 다양한 브루넬로 디 몬탈치노

반피Castello Banfi, 검붉은 과일 향이 풍부하고, 타닌과 산도, 알코올의 균형감이 좋고 구조감과 밸런스가 우수한 비온디 산티Biondi Santi, 향이 진하고 우아한 안드레아 코스탄티Andrea Costranti, 컴플렉시티와 생명력이 있는 시로 파첸티Siro Pacenti, 신맛 나는 체리와 달콤한 가죽 향이 있는 피에베 디 산타 레스티투타Pieve di Santa Restituta, 블랙베리, 체리, 감초와 달콤한 향신료의 풍미가 있는 포데레Podere, 제비꽃 향, 체리 향, 토바코 향의 풍부한 부케와 세련미를 갖춘 살비오니Salvioni 그리고 신선한 과일, 허브, 꽃의 아로마와 정교함과 우아함을 갖춘 솔데라Soldera이다. 이밖에도 국내에 소개된 풍부한 과일 향과 벨벳 같은 촉감 그리고 밸런스가 좋은 라 포데리나La Pederina와 잘 익은 자두와 체리 향, 탄닌의 질감이 좋고 풍성한 과일의 느낌이 있는 루피노 그레뽀네 마찌Ruffino Creppone Mazzi 그리고 풍부한 과육의 풍미가 겹겹이 층을 이루는 아로마가 특징인 프레스코발디Frescobaldi 등이 있다.

브루넬로 디 몬탈치노 제품 중에서는 이탈리아 국보급 와이너리인 비온디 산티가 최고봉이며, 솔데라 브루넬로 디 몬탈치노도 신선하고 마른 과일, 허브, 꽃의 아로마와 풍미가 혀를 애무하듯 스쳐가는 백합처럼 순수하고 정갈한 맛으로 영묘한 몬탈치노로 평가받고 있다. 1970년대에 브루넬로 디 몬탈치노에 대한 투자 분위기가 형성되어 많은 브루넬로 생산자들이 생겨났으며, 이탈리아 토스카나 와인의 명가, 안티노리와 프레스코발디에 이어 피에몬테의 맹주 안젤로 가야도 브루넬로 디 몬탈치노 생산에 입성하였다. 이탈리아 와인 생산의 최고수들이 몬탈치노에 합류하여 와인의 품질은 계속 높아지고 있으며, 브루넬로 디 몬탈치노는 토스카나 최고의 와인으로 명성을 유지하고 있다.

브루넬로의 역사는 브루넬로 디 몬탈치노를 만들었던 비온디 산티Biondi Santi 집안의 클레멘테 산티Clemente Santi라는 한 개인과 더불어 시작되었다. 약학을 전공한 클레멘테 산티는 몬탈치노 인근에 자리한 포도밭에서 실험을 하면서 와인을 개량하였다. 클레멘테 산티의 딸은 피렌체의 의사였던 야코포 비온디와 결혼하게 된다. 이러한 혼인으로 비온디 산티라는 이름이 만들어지게 되었다. 두 사람 사이에 태어난 페루치오Ferruccio는 와인과 포도 재배에 대한 외할아버지, 클라멘테 산티의 열정을 고스란히 물려받았다.

페루치오
(출처: tuscanytreasurehunting.com/)

페루치오는 알이 작고 껍질이 두꺼운 변종을 찾아 가족 소유의 포도밭에 재식再植하였으며, 주변 생산자들이 대부분 신선하고 가벼운 와인을 만들었지만, 최상의 포도송이들을 골라서 와인을 담금으로써 타닌은 강화되고 집중도가 높은 풍부한 와인이 만들어지게 되었다.

비온디 산티 와이너리(출처: http://www.biondisanti.it)

이 산지오베제 변종이 브루넬로였다. 페루치오 비온디 산티는 이 포도 품종의 장점을 다른 포도원에도 알렸으며, 이후 몬탈치노에서는 브루넬로가 광범위하게 재배되었다. 페루치오의 아들 탄크레디도 대를 이어 포도 농사를 지었고, 양조자가 되었다. 탄크레디는 1964년 이탈리아에 와인 아카데미를 세우고 브루넬로의 재배 확장을 유도해 나갔다. 현재 비온디 산티의 수장은 탄크레디의 아들, 프랑코 비온디 산티이다.

브루넬로 디 몬탈치노는 100% 브루넬로 품종으로 만들어야 한다. 비온디 산티 가문에서 자발적으로 브루넬로로만 만들었던 와인은 지금은 강제적인 규정으로 지켜지고 있다. 이런 노력 덕분에 브루넬로 디 몬탈치노의 품질이 유지되고 있다. 비온디 산티의 브루넬로 디 몬탈치노는 4년 숙성한 것은 아나타Annata라 하고, 5년 동안 숙성한 것은 리제르바Riserva로 부른다. 비온디 산티의 명성을 높인 와인은 비온디 산티 리제르바 1955년 빈티지이다. 1969년 4월, 런던 주재 이탈리아 대사관의 만찬에 제공된 1955년 비온디 산티 리제르바는 엘리자베스 여왕을 비롯한 많은 귀빈들을 놀라게 했다. 비온디 산티의 유명세는 미국에도 알려지게 되었다. 1999년 세계적인 와인 전문지 《와인 스펙테이터》가 선정한 20세기 최고의 와인 12선에 비온디 산티 리제르바가 선정되었다. 이탈리아 와인으로 20세기를 대표하는 1955년산 비온디 산티 브루넬로 디 몬탈치노 리제르바는 명성만치나 고가의 와인이다.

비온디 산티 브루넬로 맛의 비밀은 신맛과 타닌이 풍부한 브루넬로를 전통 있는 포도밭 일 그레포 Il Greppo에서 재배하며, 잘 익은 포도만을 골라 와인을 만들고, 긴 숙성 기간을 통해 숙성력이 좋고 오래 즐길 수 있는 최고의 와인을 양조하려는 비온디 산티의 와인 생산에 대한 철학 때문이다. 비온디 산티 브루넬로는 산딸기, 검붉은 과일 등의 풍부한 향과 벨벳 같은 촉감과 타닌과 산도, 알코올 등의 밸런스가 훌륭한 와인이다.

사람들은 토스카나 피렌체를 사랑한다. 그리고 브루넬로 디 몬탈치노를 좋아한다. 감각적이며 화사한 장미 향기를 매혹적으로 내뿜는 브루넬로 디 몬탈치노 한 잔을 마셔 보는 것은 큰 즐거움이다. 따사로운 토스카나의 햇살과 르네상스의 도시 피렌체의 정취를 생각해 보는 것만으로도 행복감은 이를 데 없을 것이다. 브루넬로 디 몬탈치노와 함께 푸치니의 오페라 〈토스카〉 중 2막의 '노래에 살고 사랑에 살고'나 3막의 '별은 빛나고'를 들으면, 이탈리아의 그랑 크뤼 와인인 몬탈치노의 블랙커런트, 체리의 농밀한 아로마와 풍부한 과일 맛 그리고 우아한 여운이 거부할 수 없는 와인의 매력에 빠져들게 할 것이다.

사랑과 희생으로 꽃피운
'더 데드 암 쉬라즈The Dead Arm Shiraz'

입추立秋에서 시작되는 가을 절기는 한로寒露가 되면 계절의 깊이를 더한다. 추분秋分과 상강霜降 사이에 찾아드는 절기인 한로에는 찬 이슬이 내리기 시작하고 추수의 손길이 분주하며, 제비 같은 여름새와 기러기 같은 겨울새가 자리바꿈하는 때이다. 가을의 중턱을 넘어서니 하늘은 높푸르고 조석으로 선선하니 온몸으로 가을을 느낀다.

더 데드 암 쉬라즈

하남 망월천望月川의 갈대꽃은 담백색을 띠기 시작하였고, 국화도 함초롬 맺힌 이슬 애써 감추고 가을 향기 홀로 품고 있다. 황산荒山 숲도 추색秋色으로 짙어가고, 여름 꽃보다 더 아름다운 가을 단풍 곱게 물들어 가는 이즈음엔 와인 한 잔의 맛과 낭만이 그리워지는 계절이다.

와인은 와인마다 다양성과 복합성을 지니고 있다. 와인을 즐기는 최상의 경지는 와인마다의 개성을 이해하고, 그 다양성과 복합성을 만끽하는 것이다. 와인의 개성은 포도 품종에 따라 달라지고, 양조 방법에 따라 달라지며, 와인의 생산 연도인 빈티지Vintage에 따라 달라진다.

와인은 우리를 미지의 세계로 보내 준다. 프랑스 와인은 프랑스로, 이탈리아 와인은 이탈리아로, 호주 와인은 호주로 우리를 안내한다. 이렇듯 와인은 경험해 보지 못한 새로운 세계로 훌쩍 떠나게 만드는 묘한 매력이 있다. 사실 와인은 친절한 음료나 주류가 아니다. 알면 알수록 그 풍미를 더 잘 느낄 수 있기에 마시는 사람들로 하여금 더 많이 깨닫기를 요구하는 음료이다.

레드 와인의 대표 품종에는 프랑스 보르도 지역 대표 품종인 까베르네 소비뇽Cabernet Sauvignon, 메를로Merlot, 그리고 프랑스 론 지역의 쉬라Syrah/쉬라즈Shiraz, 프랑스 부르고뉴 지역의 피노누아Pinot Noir가 있다. 이탈리아는 피에몬테 지역의 네비올로Nebbiolo와 토스카나 지역의 산지오베제Sangiovese가 있으며, 스페인의 대표 품종인 템프라니요Tempranillo, 크로아티아 원산의 캘리포니아 특산품이 된 진판델Zinfandel 그리고 아르헨티나 대표 품종이 된 말벡Malbec이 있다.

와인은 기후 조건과 떼루아르Terrior 그리고 인간의 노력이 만들어 낸 걸작품이다. 프랑스 대문호 빅토르 위고는 "신은 물을 만들었을 뿐이지만, 인간은 와인을 만들었다."라고 말했다. 고대로부터 오랜 역사를 가지고 있는 전통의 품종인 쉬라Syrah/쉬라즈Shiraz는 더운 기후를 좋아하기에 주로 지중해 주변에서 재배되고 있으며, 호주 등 신 세계 전역에서 그 활동 범위를 넓혀 가고 있다. 쉬라Syrah는 프랑스 론 지역에서 호주로 전래되는 과정에서 이름이 쉬라즈Shiraz로 바뀌 불리게 되었으며, 프랑스 론 지방의 쉬라Syrah와 호주의 쉬라즈Shiraz는 와인의 스타일이 다르다.

쉬라즈의 생산과 특성을 나타낸 트리
(출처: https://www.shutterstock.com/)

프랑스 쉬라Syrah는 산딸기, 블랙베리, 블랙커런트, 피망, 통후추, 계피, 제비꽃 등의 향이 나며, 숙성되면 가죽, 동물 향의 느낌이 있다. 입에서는 높은 산도와 섬세한 향과 미네랄 터치를 느낄 수 있다. 호주 쉬라즈Shiraz는 블랙베리, 블랙커런트, 토스트, 스모키, 코코넛, 바닐라, 초콜릿, 스카치 캔디 같은 맛이 난다. 프랑스 쉬라에 비해 선이 짙고 굵으며, 더 부드럽고 걸쭉한 질감을 나타낸다.

쉬라즈는 까베르네 소비뇽 못지않은 거친 맛과 강한 타닌 그리고 특유의 향신료 같은 향이 특징이며, 학창 시절 다정했던 친구처럼 편안함을 주는 레드 와인 품종이다. 척박한 토양과 덥고 건조한 기후를 선호하는 쉬라즈는 호주에서 꽃을 피웠다. 100% 쉬라즈로 생산되는 펜폴즈Penfolds의 그랜지Grange와 헨쉬케Henscheke의 힐 오브 그레이스Hill of Grace는 프랑스 보르도 특등급 와인들과 어깨를 겨루고 있다.

호주 쉬라즈 와인 중 눈길을 끄는 와인이 더 데드 암 쉬라즈The Dead Arm Shiraz이다. 더 데드 암 쉬라즈는 호주 사우스 오스트레일리아주 맥라렌 베일 지역의 다렌버그d'arenburg사에서 100% 쉬라즈로 생산되는 풀바디 와인이다. 1912년 설립된 다렌버그 와이너리는 와인마다 만들어진 모티브와 스토리텔링으로 소비자들에게 깊은 인상을 심어 주고 있다.

더 데드 암 쉬라즈는 다렌버그사의 대표 와인으로 다렌버그에서도 가장 오래된 포도나무들이 걸렸던 유티파 라타Eutypa Lata라는 곰팡이균에 감염된 포도나무 가지마름병에서 이름을 땄다. 이 병은 포도나무 가지 하나를 서서히 죽여 결국은 말라 버리게 한다. 그 대신에 포도나무 다른 가지에 농도가 높고 향이 진한 열매가 소량 열리게 되는데, 이로 인해 블록버스트 레드 와인을 만들기 위한 이상적인 조건이 되는 것이다. 더 데드 암 쉬라즈는 포도나무의 팔이라고 할 수 있는 한쪽 가지가 가지마름병으로 말라

유티파 라타 곰팡이균에 감염되어 가지마름병이 생긴 포도나무
(출처: https://obcwines.com/)

죽고, 다른 가지에서의 농도 짙은 포도로 만들어진 그야말로 한쪽 가지의 사랑과 희생으로 꽃피운 와인이다.

루비빛이 감도는 더 데드 암 쉬라즈는 꽉 찬 강렬한 느낌의 달콤함 그리고 삼나무 결의 은은한 맛과 부드럽게 젖어오는 질감, 오크의 조화로운 맛으로부터 배어 나온 바닐라 향, 과육의 느낌을 그대로 전해 주는 블랙베리의 스파이시한 향과 계피와 모카 맛이 느껴지는 힘 있는 풀바디 베리의 끝 여운이 일품인 와인이다.

닐 베케트가 책임 편집하고, 영국의 와인 평론가 휴 존슨이 서문을 쓴 《죽기 전에 꼭 마셔 봐야 할 와인 1001》에도 포함된 더 데드 암 쉬라즈는 잘 익은 자두와 카시스Cassis 열매 아로마를 보여 주며, 아메리카 오크 향이 더해진 매우 농도 짙은 와인이다. 22개월간 오크통에서 숙성되며, 알코올 도수 15%로 서빙 온도는 18~19도이고, 양갈비, 등심 스테이크, 스파이시한 소스의 육류 요리, 파스타, 스모크 치즈 등과 잘 어울린다.

계피와 모카 맛이 느껴지는 더 데드 암 쉬라즈
(출처: https://cdn.ct-static.com/)

한 알의 포도 안에는 그가 태어나고 자란 대지의 빛과 향기가 스며 있다. 우리 인생은 와인과도 같다. 한 송이의 포도가 주어진 환경 그들과 함께할 줄 아는 인간과 더불어 순환하며, 자신의 최고점에 도달하여 훌륭한 와인으로 숙성되듯, 사람 역시 인생에서 마주했던 사람들과 주변 환경 그리고 자신과의 관계

회복을 통해 지혜로운 인생을 만들어 간다. 와인과의 진지한 만남은 인간에게 자연과의 교감을 일으키는 계기가 될 수도 있을 것이다. 페르시아의 위대한 시인, 오마르 하이얌은 "내가 와인을 마시는 것은 개인적인 만족을 위해서가 아니다. 개인이 아닌 자연의 순간으로서의 나를 호흡하기 위해서이다."라고 하였다.

가장 자유스러운 음악 장르인 재즈와 와인은 닮았다고 할 수 있다. 재즈 역사에서 가장 아름다운 음반 중 하나로 꼽히는 마일즈 데이비스Miles Davis의 〈Kind of Blue: 카인드 오브 블루〉를 들으며, 더 데드 암 쉬라즈를 마시는 것은 가을의 정취를 더해 주는 멋진 일이며, 삶의 활력을 되찾는 일이기도 하다.

마일즈 데이비스의 〈카인드 오브 블루〉

〈카인드 오브 블루〉의 'So What'은 피아노와 베이스로 비교적 잔잔하게 시작한다. 더 데드 암 쉬라즈 한 잔을 들고 찬찬히 색깔과 뉘앙스를 음미해 본다. 와인의 색을 관찰하면서 재즈가 우리 내면에서 불러일으킬 음색을 상상해 보는 것도 즐거운 일일 것이다. 시작 부분의 리듬은 부드럽고 단조로운 듯하지만, 예사롭지 않은 텐션Tension을 느낀다. 그리고는 마일즈 데이비스의 약간은 냉소적이고 차가운 그러나 격렬한 트럼펫의 음색에 자리를 내주는 급격한 전환을 맞는

다. 마일즈 데이비스의 트럼펫, 존 콜트레인 John Coltrane의 색소폰 그리고 빌 에반스 Bill Evans의 피아노가 멋지고, 우아하고, 진지하면서도 완벽한 조화를 이루어 내고 있다.

눈으로 확인한 와인이 어떤 향을 드러낼지 궁금해하며, 잔을 돌린 후 천천히 그리고 편안한 마음으로 잔에다 코를 들이박고 와인이 내뿜는 다양한 향을 즐겨본다. 더 데드 암 쉬라즈의 블랙베리, 블랙커런트, 자두, 체리, 바닐라 향이 코끝을 스친다.

재즈 음반 중 걸작이라는 〈카인드 오브 블루〉의 'Freddie Freeloader'에서 존 콜트레인의 섹소폰 솔로 즉흥 연주는 우리를 환상적인 비행으로 이끌고 있다. 고급스럽게 들리는 음색 또한 우리를 새로운 차원으로 안내하고 있다. 더 데드 암 쉬라즈가 내뿜는 풍부한 과일 향, 블랙베리의 스파이시한 향과 자두 향 그리고 부드러운 타닌과 초콜릿 오크 향의 농축된 풍미가 전해진다.

'Blue in Green'은 가사 없이도 악기가 사랑의 말을 전해 주고 있다. 사랑하는 사람과 와인 잔을 부딪치면서 이 음악을 듣고 있으면, 재즈가 가진 섹슈얼한 감성에 완전히 매료되는 곡이다. 15세기 이베리아 반도의 카스티아-레온 왕국의 차기 계승자 이사벨 공주와 아라곤 왕국의 차기 대권자 페르난도 2세 왕자의 비밀 연애부터 결혼, 레콩키스트 국토회복운동 그리고 콜럼버스의 신대륙 발견 후 일어나는 여러 사건들로부터 이어진 아프리카 흑인들의 노예 역사에 의해 재즈는 탄생되었다.

이사벨 공주와 페르난도 왕자와의 비밀 연애로 시작된 재즈의 역사는 역시 사랑이다. 특히 성적 매력Sexual attraction이다. 사랑할 때 가슴의 두근거림이 재즈의 리듬감과 동일시되기 때문이다. 박拍, Beat이 모여 박자拍子, Time가 되고, 박자가 모여 리듬Rhythm이 된다. 박은 인간의 맥박에서 온 것이며, 그 맥박은 심장박동에 기초한다. 사랑하는 순간의 심장박동은 성적 매력인 것이다.

페르난도와 이사벨(출처: https://en.wikipedia.org/)

통일 스페인 왕국을 이룬 이사벨 여왕의 삶은 참 다이내믹했다. 카스티아-레온 왕국의 차기 계승자 이사벨 공주와 아라곤 왕국의 차기 대권자 페르난도 왕자와의 밀애는 흥미롭다. 엔리케 4세 왕은 이복동생인 이사벨 공주를 포르투갈 왕 알폰소 5세에게 시집보내려고 하였다. 이 소식을 접한 이사벨은 당시 통행이 자유로웠던 수도사에게 부탁하여 그의 외모와 나이 등의 정보를 캐낸 결과, 도저히 시집가기 싫은 캐릭터라고 결론을 내렸다. 나이가 20세나 많은 못생긴 남자, 아무리 국왕이라도 싫었기 때문에 이사벨은 자신의 사랑을 직접 찾기로 당돌한 결심을 하였다.

카톨릭 수도사에게 세 가지 기준을 주며 비밀리에 각국으로 파견하여 남자 고르기 작업에 들어갔다. 조건은 대화가 통해야 하고, 취미 활동을 같이 하며, 사랑할 수 있는 남자였다. 이 세 가지 조건은 후에 덴마크 영화 〈All about Anna: 안나의 모든 것〉의 대사로도 사용되었다. 영특한 이사벨은 수도사들이 가져온 정보를 바탕으로 각국의 왕, 왕자 등의 인물표를 만든 결과, 최고점에 한 살 연하인 아라곤 왕국의 페르난도 2세 왕자를 점찍었다. 이사벨은 밤새워가며 도톰한 입술, 풍만한 가슴, 잘록한 허리, 매력적인 눈 등 자신의 여러 가지 신체적인 매력을 어필하는 편지를 작성하여 페르난도 2세 왕자에게 보냈다. 편지를 전해 받은 페르난도 2세 왕자는 호기심이 발동하여 자신의 초상화와 함께 답장을 보냈다.

페르난도 2세 왕자의 초상화와 함께 편지를 받아든 이사벨은 주위에 그림 잘 그리는 화가를 찾아 자신의 초상화를 그려서 페르난도 왕자에게 두 번째 편지를 보냈는데, 그 내용은 좀 더 노골적인 사랑 표현과 함께 앞날의 계획까지 포함하였다. 수도사가 편지를 들고 두 사람 사이에 사랑의 전령 역할을 했다는 건 소설fiction 같은 사실nonfiction이었다. 마침내 둘은 야반도주하기로 하였고, 1469년 1월 20일 바야톨리드 어느 저택에서 그들만의 결혼식을 올려 부부가 되었다. 그리고 각자 자기 나라로 돌아가 각각의 왕이 된 이사벨과 페르난도 2세는 두 왕국을 합쳐 카스티아-아라곤 왕국을 선포하고 부부 왕공동 왕이 되었다.

부부왕이 된 이사벨과 페르난도(출처: https://en.wikipedia.org/)

초콜릿 오크향의 농축된 풍미가 있는 더 데드 암 쉬라즈(출처: https://veronikasadventure.com/)

더 데드 암 쉬라즈 한 모금 머금고 입안 여러 부위로 와인을 굴러본다. 와인이 입안의 여러 부위를 스쳐 지나가면서 전해 주는 다양한 느낌과 감동을 만끽해 본다. 질감, 타닌, 산도는 물론 와인의 몸체를 구성하는 구조Structure 그리고 밸런스를 느껴 본다. 루비빛이 감도는 더 데드 암 쉬라즈의 강렬한 느낌의 달콤함이 황홀감에 빠져들게 한다.

'All Blues'에서 마일즈 데이비스Miles Davis가 연주하는 트럼펫은 흐느끼듯 격렬해지면서 다른 연주자들과는 아무런 상관도 없다는 듯 자기만의 속도와 톤을 유지한다. 음표, 소리, 음정, 음색은 그 어떤 이념보다 강렬하게 들려온다. 섹스텟의 금관악기들이 폭발하듯 터져 나오며 귀를 요란하게 뒤흔들기 시작한다. 빌 에반스Bill Evans는 아름다운 피아노 선율에 자신만의 독특함을 더해 주고 있다.

더 데드 암 쉬라즈 와인이 입안 가득 꽉 차오르는 느낌을 전해 준다. 입안에서 급격하게 온도가 상승한 와인은 코에서는 블랙체리의 부케가 올라온다. 후반부에는 리듬악기들이 피날레를 향해 역동적으로 질주한다. 마일즈 데이비스의 Blues는 우울과 슬픔이 아니라 희망과 기쁨의 메시지를 담고 있다.

'Flaminco Sketches'는 다정한 친구들과 함께 들으면 더없이 낭만적인 음악이다. 트럼펫, 색소폰, 피아노의 너무나 아름다운 하모니가 로맨틱한 분위기로 이끈다. 마일즈 데이비스와 존 콜트레인의 트럼펫과 색소폰의 빛나는 솔로는 그들의 인생을 이야기하는 듯하다. 탁월한 즉흥 연주는 열정과 활력을 더해 주고 있다. 입안에 머금었던 와인을 천천히 삼켜 본다. 더 데드 암 쉬라즈의 강렬한 느낌의 달콤함, 삼나무 결의 은은한 맛, 계피와 모카의 맛, 블랙베리, 후추, 허브 향의 아로마와 진한 자두 맛 그리고 부드러운 타닌과 초콜릿 향의 농축된 풍미를 느낄 수 있다.

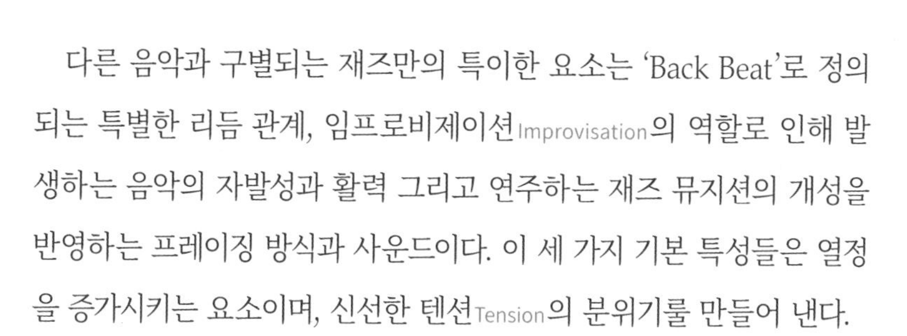

다른 음악과 구별되는 재즈만의 특이한 요소는 'Back Beat'로 정의되는 특별한 리듬 관계, 임프로비제이션Improvisation의 역할로 인해 발생하는 음악의 자발성과 활력 그리고 연주하는 재즈 뮤지션의 개성을 반영하는 프레이징 방식과 사운드이다. 이 세 가지 기본 특성들은 열정을 증가시키는 요소이며, 신선한 텐션Tension의 분위기를 만들어 낸다.

열정이 재즈의 가장 큰 매력이라면, 와인에도 재즈의 소울Soul이 흐른다고 할 수 있다. 모든 와이너리는 그들만의 고유한 방식으로 와인을 주조한다. 다시 말해 와인 메이커의 개성이 와인을 통해 드러나게 된다. 이러한 개성은 재즈 뮤지션들이 프레이징과 사운드를 통해 그들의 개성과 열정을 드러내듯이 와인 메이커들은 와인에 대한 해박함과 열정으로 와인의 개성을 드러낸다. 훌륭한 와인의 주조는 열정과 지속적인 긴장감을 가지고 임프로비제이션을 제대로 할 때에만 가능한 것이다. 그런 점에서 와인과 재즈는 유사점이 많다고 할 수 있을 것이다.

음악이 끝나도 얼마간 여운은 남아 있듯이, 삼킨 와인이 주는 여운을 음미해 본다. 탄탄한 구조, 걸쭉한 질감, 혀끝에 감도는 블랙베리의 여운에서 더 데드 암 쉬라즈의 열정적인 매력을 엿볼 수 있다. 재즈가 지닌 힘과 열정으로 삶의 활력을 느낄 수 있는 것처럼 와인 한 잔의 맛과 멋은 삶에 독특한 즐거움과 기쁨을 줄 것이다.

가을의 서정이 깊어져 가는 이 낭만의 계절에 마일즈 데이비스의 〈카인드 오브 블루〉를 들으며, 다정한 친구들과 풍부한 과일 향을 품고 있는 더 데드 암 쉬라즈와 마주한다면, 학창 시절의 추억과 푸른 열정이 새록새록 피어날 것이다.

다렌버그 레스토랑에서 내려다 보이는 다렌버그 와이너리(출처: https://www.darenberg.com.au/)

이탈리아 피에몬테,
군주의 와인 '바롤로 Barolo'와
여왕의 와인 '바르바레스코 Barbaresco'

이탈리아 피에몬테 최고의 레드 와인은 바롤로와 바르바레스코이다. 토스카나의 브루넬로 디 몬탈치노와 함께 이탈리아 전통을 이어가는 삼총사라고 할 수 있다. 피에몬테는 'Foot of Mountain'이란 뜻으로 알프스산맥 기슭에 있으며, 프랑스에서 이탈리아로 가는 도중에 몽블랑 산 아래의 터널을 지나면 아름다운 산악지대가 나오는데, 이 지역이 피에몬테이다. 대륙성 기후로서 겨울은 매우 춥고 길며, 여름은 덥고 건조하다. 토양은 점토와 이회토, 석회질 비율이 높다.

피오 체사레 바롤로

피에몬테에서는 유명한 바롤로와 바르바레스코라는 최고급 등급인 DOCG Denominazione di Origine Controllata e Garantita 레드 와인을 생산

바롤로 와이너리(출처: https://www.barolowinetours.net/)

하고 있는데, 모두 이탈리아 토착 품종인 네비올로Nebbiolo로 만들어진다. 네비올로는 포도알이 작고 껍질은 두껍고 타닌은 풍부하다. 네비올로라는 이름은 안개를 뜻하는 '네비아Nebbia'에서 유래된 말이다. 늦가을 포도가 익으면서 포도 표면이 미세한 흰색의 안개 같은 것이 덮이기 때문이다. 프랑스 부르고뉴의 피노누아 품종에 비견되는 것으로 풍미는 부드러우며 세계적인 품질의 와인을 만들지만, 재배 지역의 환경에 민감하며 조건이 맞아야 잘 자라는 까다로운 품종이다.

피에몬테는 2006년 토리노 동계올림픽을 통해 우리에게 알려진 이름이다. 토리노는 라바차Lavazza 커피의 본산이며 초콜릿으로 유명한 도시이기도 하다. 토리노에서 남동쪽으로 60km가량 떨어진 곳에 소도시 알바Alba가 있다. 알바는 와인과 송로버섯 산지로 이탈리아에서 가장 유명한 곳이다. 이탈리아 와인의 왕과 여왕이 알바 인근의 작은 마을 바롤로와 바르바레스코에서 나오며, 이 지역을 둘러싼 참나무 숲에서는 땅속의 다이아몬드로 불리는 흰 송로버섯화이트 트러플이 채취된다. 매년 늦가을이면 전 세계 미식가와 레스토랑들이 참여하는 경매가 열린다. 하나는 바롤로 경매이고, 다른 하나는 흰 송로버섯 경매이다.

송로버섯은 캐비아철갑상어 알, 푸아그라거위 간와 함께 '서양 3대 진미'로 꼽힌다. 송로버섯이 비싼 이유는 온도, 습도, 토질 등 생장 조건 맞추기가 까다로워 인공 재배가 불가능에 가깝기 때문이다. 흰 송로버섯이 특히 더 비싸다. 검은 송로버섯의 국제 시세가 1kg당 110만~120만 원인 반면, 흰 송로버섯은 440만~450만 원으로 4~5배 높다. 흰 송로버섯 경매 역대 최고 기록은 2007년 경매에 나온 1.5kg짜리가 33만 달러약 4억 3,400만 원에 낙찰되었다.

송로버섯과 와인(출처: Getty Images, Giorgio Perottino)

송로버섯 향은 버섯과 흙, 나무뿌리, 사향 등이 뒤섞인 듯 야하고 강렬하다. 그래서 성적性的 흥분 효과가 있다는 페로몬과 비슷하다고도 한다. 송로버섯을 조금만 음식에 넣어도 엄청난 존재감을 발휘한다. 요리의 감칠맛과 풍미를 증폭시키고, 복합적이고 풍성한 맛으로 바꿔 놓는다.

1. 군주의 와인 '바롤로 Barolo'

바롤로는 묵직한 와인으로 네비올로 100%로 만든다. 피에몬테의 남동부 지역 란게 Langhe 언덕에서 생산되는 이 와인은 알코올 농도도 높고 진한 맛을 내기 때문에 요리도 묵직하고 진한 맛을 가진 것을 선택해야 한다. 피에몬테 지역의 와인을 마실 때는 가벼운 바르베라 Barbera, 돌체토 Dolcetto를 마시고 그다음 바르바레스코 Barbaresco, 최종적으로 바롤로 Barolo를 마신다고 할 정도로 바롤로는 이탈리아 피에몬테 와인의 최고봉이라고 할 수 있으며, 강한 풍미와 견고한 산미로 이탈리아 군주의 와인으로 불리고 있다.

자코모 콘테르노 바롤로

바롤로의 향기는 다양하다. 제비꽃, 초콜릿, 담배, 송로버섯 등의 향을 맡을 수 있는데, 좋은 빈티지의 바롤로에서는 이 모든 것들이 조화를 이루면서 각각의 섬세한 향을 느낄 수 있다. 바롤로는 강하면서도 입안에서 아주 오랫동안 잔류하는 맛과 향을 보여 주며, 견고한 산미는 와인의 집중도를 높여 준다.

바롤로는 일반적으로 3년 이상 숙성하는데 그중 2년은 반드시 오크통을 사용한다. 또한, 출고 전 1년 동안 병입 Bottling 상태에서 다시 숙성한다. 바롤로는 주병 후 6년을 둔 다음에 마시는 것이 좋지만, 아주 좋은 해에는 8년을 두어야 제맛이 난다. 바롤로 와인의 품질은 포도밭의 품질과 양조자의 능력 그리고 빈티지에 큰 영향을 받는다.

랑게 언덕(출처: https://www.paesaggivitivinicoliunesco.it/)

바롤로가 생산되는 랑게Langhe 언덕은 여러 개의 높이가 다른 언덕군으로 이루어져 있는데, 각 언덕마다 토양과 포도밭이 형성되어 있는 방향이 달라 같은 품종을 재배하더라도 큰 차이가 생긴다. 언덕의 높이는 다양하며, 각 언덕에는 베르두노Verduno, 그린차네 카부르Grinzane Cavour, 디아노 달바Diana d'Alba, 노벨로Novello, 케라스코Cherasco, 로디Roddi, 라 모라La Morra, 바롤로Barolo, 카스티유리오네 팔레토Castiglione Fallrto, 세라룬가 달바Serralunga d'Alba 그리고 몬포르테 달바Monforte d'Alba 등 11개의 바롤로를 생산하는 마을들이 자리 잡고 있다. 이 마을 중에서 라 모라La Mora, 바롤로Barolo, 몬포르테 달바Monforte D'Alba, 세라룬가 달바Serralunga D'Alba가 명산지로 알려져 있다.

닐 베케트가 책임 편집하고, 영국의 와인 평론가 휴 존슨이 서문 편집한 《죽기 전에 꼭 마셔 봐야 할 와인 1001》에 소개된 바롤로는

파올로 스카비노 바롤로(출처: https://www.visitlakecounty.org/)

17개의 와이너리가 있고, 이 중 별 4개 평점을 받은 바롤로는 8개[5]가 있으며, 별 5개로 최고 평점을 받은 와이너리는 4곳[6]이다.

군주의 와인으로 불리는 바롤로 중에서도 힘과 기품을 갖춘 빼어난 와인은 단연 자코모 콘테르노 몬포르티노 리제르바이다. 몬포르티노는 자코모 콘테르노 와이너리에서 생산되며, 일반적인 바롤로 보다 2년 이상을 더 숙성하여 출시하므로 바롤로 리제르바에 속한다.

포도 품질이 뛰어난 해에만 출시하는 몬포르티노는 고향 마을 몬포르테 달바에서 따온 이름이다.

---

5) 별 4개 평점 바롤로: 엘리오 알타레Elio Altare, 도메니코 클레리코Domenico Clerico, 엘리오 그라소Elio Grasso, 실비오 그라소Silvio Grasso, 파루소Parusso, 주세페 리날디Giuseppe Rinaldi, 루치아노 산드로네Luciano Sandrone, 아지엔다 아글라콜라 GD바즈라Azienda Agrocola G.D. Vajra

6) 별 5개 평점 바롤로: 자코모 콘테르노 몬포르티노Giacomo Conterno Monfortino, 바르톨로 마스카렐로Bartolo Mascarello, 파올로 스카비노Paolo Scavino, 로베르토 보에르지오Roberto Voerzio

바롤로 와인 셀러(출처: https://www.mbrentcar.com/)

1978년 빈티지 자코모 콘테르노 바롤로 몬포르티노는 미국의 와인 평론가, 로버트 파커가 '잊을 수 없는 와인'으로 평가하면서 100점을 주었다. 견고한 산미와 실크 같은 타닌, 감초, 박하 그리고 붉은 과일의 아로마가 풍부하다. 체리의 풍미가 자연스럽게 오크와 결합하여 화려하고 풍요로운 질감을 만들어 내며, 여운도 길어 눈부신 피날레가 이어지는 최고의 바롤로로 평가받고 있다.

바롤로는 구조가 꽉 잡힌 진한 맛과 장미꽃 향이 만발하는 이탈리아의 가장 남성적인 와인이었지만, 이제는 세계에서 가장 남성적인 와인으로 발돋움하게 되었다. 껍질이 두꺼운 네비올로가 만들어 내는 바롤로는 풍부한 타닌 성분으로 인해 일반적으로 10년 이상 장기 숙성해야 비로소 좋은 맛과 향을 내는 와인이다.

체리, 자두, 크랜베리, 말린 과일, 장미, 정향, 감초, 계피, 삼나무 등의 아로마를 지닌 바롤로는 드라이한 미감과 적절한 산도와 질감 있는 타닌이 구조를 이루며, 무게감을 주는 복합적인 매력과 긴 여운을 안겨 주는 이탈리아 최고의 명성과 역사를 가지고 있는 강건한 와인이다.

2. 여왕의 와인, '**바르바레스코**Barbaresco'

바르바레스코 지역은 아주 오랜 와인 역사를 가지고 있다. 이탈리아 여왕의 와인, 바르바레스코도 바롤로처럼 100% 네비올로로 만들어진다. 네비올로는 피에몬테 지역에서 가장 고귀하게 여겨지는 아주 오래된 적포도이다. 1268년부터 이 지역에서 재배되었지만, 1600년경 크로체Croce에 의해서 적포도의 여왕으로 재발견되었다. 오랜 시간이 지나면서 네비올로는 몇 개의 다른 종으로 발달하게 되었는데, 그중 알려진 것이 람피아Lampia, 미케트Michet, 로세Rose 등이며, 가장 중요한 품종은 람피아로 좋은 품질의 와인을 균일하게 생산해 낸다.

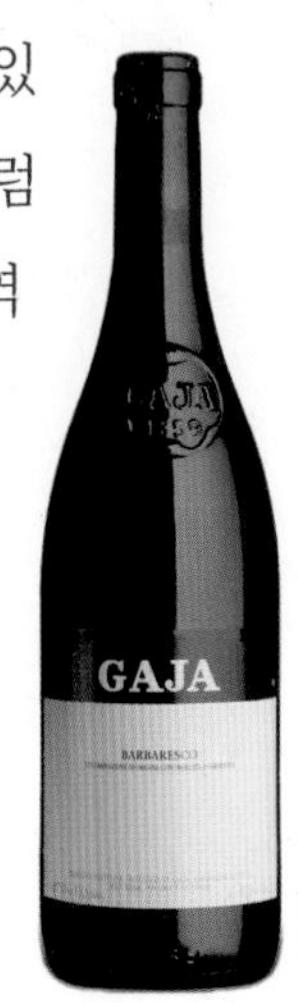

가야
바르바레스코

피에몬테와 부르고뉴 와인은 흡사한 점이 많다. 맛이나 스타일에서 유사한 풍미를 느낄 수 있다. 피에몬테에서 최상의 와인인 바롤로와 바르바레스코는 와인 이름이자 마을 이름이기도 하다. 부르고뉴 와인들이 피노누아Pinot Noir만을 쓰듯이 바롤로와 바르바레스코는 100% 네비올로Nebbiolo만 쓰도록 규정되어 있다. 바롤로가 출발부터 최고의 와인이었다면, 바르바레스코는 그보다 한 단계 떨어지는 와인으로 평가받았다. 1894년 알바에

네비올로(출처: https://vinifero.ch/)

있는 왕립양조학교의 수장이었던 도미치오 카바차Domizio Cavazza는 바르바레스코 협동조합을 결성하여 와인 타입에 따른 특징들을 규정지었으며, 처음으로 10톤의 포도를 생산하여 바르바레스코라는 라벨을 붙였다. 이러한 노력으로 바르바레스코에서 생산된 네비올로도 국제적인 맛의 와인을 생산할 수 있는 기틀이 만들어졌다.

그러나 바르바레스코에서 재배된 네비올로 품종의 우수성을 널리 알리는 데 큰 기여했던 카바차 원장의 죽음과 연이은 세계대전으로 오랫동안 바르바레스코 와인은 체계적인 생산과 유통, 홍보 라인을 갖추지 못하게 되었다. 이런 어두운 시기를 보내고 1961년 바르바레스코의 안젤로 가야가 바롤로 와인 생산을 포기하고, 바르바레스코 지역에서 생산되는 포도만으로 와인을 만들겠다는 선언을 하였다. 바르바레스코 와인의 정통성을 살리기 위해 깃발을 든 가야가 성공함으로써 바롤로 와인에 뒤처져 있던 바르바레스코 와인은 그만의 개성을 찾게 되었다.

이탈리아 고급 와인은 품질을 유지하기 위하여 까다로운 생산 규정을 지켜야 한다. 1980년 최상급 DOCG 등급에 오른 바르바레스코도 예외는 아니다. 첫 번째는 100% 네비올로만 써서 와인을 만들어야 한다는 점이다. 두 번째는 생산량이 엄격히 제한된다는 것이다. 0.01km² 에서 8,000kg까지 수확하는 것이 허

바르바레스코 디캔팅(출처: https://langhe.net/)

용되지만, 그중에서 65% 이하로만 와인을 만들어야 한다. 0.01km²당 대략 5,000ℓ 이상 와인을 만들면 안 되는 것이다. 또한, 포도를 수확한 지역을 벗어나서 양조를 하거나 숙성을 시켜서도 안 된다. 세 번째는 알코올 도수는 12.5도가 넘어야 하며, 와인은 최소 2년 동안 숙성해야 하며, 수확한 지 3년이 지난 해 1월에 출시할 수 있다. 특이한 점은 다른 빈티지의 와인을 섞을 수 있다는 것이다. 그러나 최대 15%까지 허용된다. 이런 규정을 준수해야만 강렬하고 화려한 면모를 드러내는 바르바레스코 와인이 될 수 있다.

바르바레스코 와인 시음
(출처: https://piedmonttravelguide.com/)

바르바레스코 지역은 바다에서 형성된 토양으로 이루어져 있으며, 중생대부터 신생대에 이르는 두 개의 중요 토양군으로 나누어진다. 첫 번째 토양군은 트레이소, 산 로고 세노 델비오 마을을 포함하여 네이베 마을 남쪽 부분까지 연결되는 곳으로 모래와 변형된 이회토가 주성분이다. 그래서 깊은 맛의 와인보다는 젊은 포도나무에서 만들어지는 가벼운 맛의 대중적인 와인 생산에 적합하다. 두 번째 토양군은 네이베 마을의 다른 경사면과 바르바레스코 마을 주변 전체를 포함한다. 이곳 토양은 푸른색을 띤 석회암질의 이회토로 미네랄이 풍부한 것이 특징이다. 따라서 생산되는 와인은 구조가 단단하며 복잡해 오랫동안 저장이 가능하다.

이러한 토양의 차이는 와인의 차이를 불러와 바디감이 있는 와인과 우아한 와인, 풍부한 맛과 향을 지녀 오래 저장할 수 있는 와인으로 구분이 되는 것이다. 땅에는 성격이 있다. 그래서 땅의 의미를 파악하는 것이 중요하다. 땅을 잘 이해할 때 와인의 깊이감이 드러나고, 다채로움이 나오기 때문이다. 바르바레스코 와인의 생산은 4개 마을로 구역이 정해져 있다. 바르바레스코Barbaresco, 네이베Neive, 트레이소Treiso 그리고 산 로코 세노 델비오San Rocco Seno D'elvio 마을이다.

《죽기 전에 꼭 마셔 봐야 할 와인 1001》에 소개된 별 4개로 평가된 바르바레스코는 모카가타Moccagatta, 피어렌조 나다Fiorenzo Nada, 파이틴Paitin 그리고 라 스피네타La Spinetta가 있으며, 별 5개로 최고 평점을 받은 와이너리는 가야Gaja와 브루노 지아코사Bruno Giacosa이다.

현재 바르바레스코에서 가장 주목받는 와이너리는 가야Gaja와 라 스피네타La Spinetta이다. 이탈리아에서 가장 유명한 요리 및 와인 잡지인 《감베로 로쏘》에서 이탈리아 전역에서 생산된 와인들을 테이스팅하면서 최고로 선정된 와인에는 글라스 세 개를 부여하고 있다. 지금까지 쓰리 글라스를 가장 많이 받은 와이너리는 가야이고, 두 번째로 많이 수상한 와이너리는 라 스피네타이다. 가야는 이미 전

가야 와이너리 전경(출처: https://dominionwines.com/)

라 스피네타 와이너리 전경(출처: https://www.la-spinetta.com/)

세계에서 최고의 명성과 전통을 유지하고 있으나, 라 스피네타는 이제 걸음을 내딛는 단계이다. 그러나 두 와이너리 모두 품질면에서 최강의 면모를 보여 주고 있다.

가야Gaja를 이끌고 있는 사람은 안젤로 가야Angelo Gaja이며, 피에몬테의 맹주라고 불러도 과언이 아닐 정도로 최정상급 바르바레스코와 동의어로 일컬어진다. 이탈리아 피에몬테의 가야Gaja는 이탈리아 와인의 이미지를 프랑스 보르도 1등급 대열에 오르게 한 와이너리이다. 다른 와이너리들이 유고슬라비아 오크에서 숙성된 바르바레스코를 내놓았을 때, 가장 먼저 프렌치 바리크를 사용하고 생산량을 제한하여 고품질의 와인을 생산하기 시작했다. 프렌치 바리크에서의 숙성을 통해 안젤로 가야는 원하는 맛을 구현할 수 있었다. 이렇게 만든 바르바레스코는 과실 향이 선명하게 드러났고, 나긋나긋하면서도 복합적인 맛을 보여 주었다.

와인 평론가 로버트 파커는 《The World Greatest Wine Estate》에서 "안젤로 가야 덕분에 이탈리아 와인의 혁명이 시작되었다."라고 이야기할 정도로 안젤로 가야는 이탈리아 와인 역사에 중요한 역할을 하였다. 가야의 플래그쉽Flagship 와인인 바르바레스코는 옅은 루비색이 도는 석류색으로 무르익은 블랙베리 향과 아름다운 장미 향을 지니고 있으며, 훌륭한 구조감, 씹힐 듯한 타닌과 긴 끝맛은 겹겹이 층을 이룬다. 각종 육류 요리나 잘 숙성된 치즈와 잘 어울리는 가야의 바르바레스코는 우아하고 기품이 있으며, 훌륭한 밀도와 여운을 숨길 수 없는 환상적이고 매혹적인 와인이다.

최강의 바르바레스코를 생산하고 있던 가야는 1997년 바르베라의 작황이 너무 좋아 품질을 더 높이기 위해, 최상의 바르베라를 5%가량 섞어 와인을 만드는 결단을 하였다. 이는 규정 위반으로 최고 등급인 DOCG에서 한 단계 아래인 랑게 네비올로 DOC 판정을 받았다. 이 해를 기점으로 가야는 최고 등급이라는 명칭을 과감하게 버리고, 바르바레스코라는 표기 대신 가야 최상의 포도밭 이름, '소리 산 로렌초', '소리 틸딘', '코스타 루시'를 라벨에 표기하고 있다. 낡은 규정을 과감하게 타파한 가야의 도전 정신으로 가야의 바르바레스코는 새롭게 태어났으며, 가야의 삼총사인 '소리 산 로렌초', '소리 틸딘', '코스타 루시'는 피에몬테에서 가장 높은 명성을 유지하고 있다.

소리 산 로렌초　소리 틸딘　코스타 루시

라 스피네타는 1977년 설립되었으며, 최근 가장 각광받는 바르바레스코를 만드는 조르조 리베티giorgio Rietti가 이끌고 있다. 바르바레스코에 대해 잘 알려면 대지를 이해할 필요가 있다. 그 대지는 환경에 따라 조각조각 나뉘어 밭이 되고, 그 밭마다 서로 다른 이름들이 붙어 있다. 안젤로 가야가 1964년 알바 교회로부터 사들인 포도밭이 '소리 산 로렌초'로 가야의 첫 싱글 빈야드 와인이다. 1967년 두 번째로 구매한 남향 밭이 '소리 틸딘'이다. 그리고 1978년부터 생산한 싱글 빈야드는 '코스타 루시'였다. 싱글 빈야드 와인Single Vinyard Wine은 하나의 포도밭에서만 생산한 와인이다.

출발이 늦은 라 스피네타의 밭은 네이베와 트레이조에 나뉘어 있다. 조르조 리베티가 밭을 고르는 원칙은 남향의 내리막이었으며, 이러한 원칙으로 세 군데의 싱글 빈야드, '스타르데리', '갈리나', '발레이라노'를 소유하고 있다. 조르조는 "와인은 토양이 만들어 내는 마법이지 인간의 손으로 이루어지는 것이 아니다."라는 생각으로, 자신의 와인을 만드는 것이 아니라 포도밭을 받아들인 와인을 만들고 있다. 그래서 라벨에는 라 스피네타가 아니라 포도밭 이름이 쓰여 있다. 라 스피네타의 싱글 빈야드들은 거리가 가까워도 포도밭의 토양인 떼루아르Terroir의 특성으로 와인의 맛은 사뭇 다르

갈리나 포토밭(출처: https://www.la-spinetta.com/)

다. 1996년부터 생산되고 있는 스타르데리는 강하고 남성적이며, 1995년 출시된 갈리나는 부드럽고 여성적이다. 스타르데리는 과실 향이 폭발적이며, 바르바레스코 특유의 매콤한 후추 향기, 달콤한 감초와 초콜릿 향이 더해진다. 갈리나는 훨씬 부드럽고 감미로우며, 화사한 제비꽃 향기와 블랙커런트, 산딸기 계열의 향내가 어우러진다.

라 스피네타를 대표할 수 있는 와인은 바르바레스코 비그네토 스타르데리이다. 아름답고 진한 루비색을 지닌 비그네토 스타르데리는 아로마가 아주 풍부하고, 처음 느껴지는 발삼 향에 이어 피어나는 부드럽고 달콤한 과일 향과 향신료 향이 진한 초콜릿의 향과 멋지게 조화를 이룬다. 입안에서는 아니스 열매 같은 기운이 도드라지고 기분 좋은 타닌과 매우 긴 여운으로 마무리되는 매력적인 와인이다. 생갈비구이, 버섯구이를 곁들인 안심스테이크, 숙성된 치즈 에멘탈, 아펜젤러와 잘 어울린다.

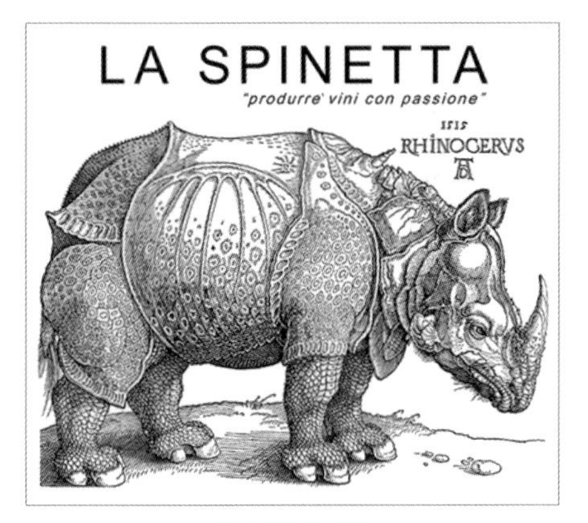

라 스피네타 라벨

상강霜降은 한로寒露와 입동立冬 사이에 들며, 서리가 내리는 시기로 수목들은 단풍이 절정에 이르며 국화도 활짝 피는 가을의 마지막 절기이다. 하남 황산에도 가을이 꽃피었다. 황금빛으로 물든 은행잎, 울긋불긋 아름답게 물든 단풍은 가을을 노래하고 있다. 붉게 물든 숲길은 부드럽고 포근하다. 하늘은 푸르고 숲에서는 까치도 나직이 날고 있다. 망월천望月川 개울물 소리는 평화롭고, 갈대는 담백색의 갈기를 휘날리고 있다. 이렇게 좋은 푸른 가을에는 "눈이 부시게 푸르른 날은/그리운 사람을 그리워하자/저기 저기 저 가을꽃 자리/초록이 지쳐 단풍드는데"로 시작하는 미당未堂[7]의 시 〈푸르른 날〉이 떠오른다.

잭 길버트의 시 〈변론 취지서〉에는 "우리는 과감히 기쁨을 추구해야 한다. 쾌락 없이는 살 수 있지만, 기쁨 없이는 안 된다/이 세상이라는 무자비한 불구덩이에서 고집스럽게 기쁨을 받아들여야 한다."라는 구절이 나온다. 이 적확的確한 시인의 말에서 우리가 기억해야 할 것은 '기쁨'이 아니라 '고집스러운 기쁨'일 것이다.

무르익은 가을의 정취를 바라보며 단풍의 향기를 호흡하니 온통 가을을 마시고 있는 듯하다. 가을이 되면, 가을이 제일 좋다고 말하고 싶은 고집스러운 기쁨을 추구하고 싶어진다. 이 낭만의 계절에 좋은 이탈리아 레스토랑에서 피에몬테 최고의 와인인 바롤로나 바르바레스코와 함께한다면, 그야말로 고집스러운 기쁨을 추구하는 일일 것이다.

피에몬테 바르바레스코 와이너리
(출처: https://www.italymagazine.com/)

7) 서정주, 徐廷柱, 1915년 5월 18일~2000년 12월 24일, 일제강점기와 대한민국의 시인, 교육자.

겨울

이상향理想鄕과 열정의 와인

레드 와인 – 스택스 립 S.L.V. 까베르네 소비뇽

Red Wine – Stag's Leap S.L.V. Cabnernet Sauvignon

별들이 그리운 밤에

야성적인 그녀가

블랙커런트, 블랙체리, 민트

그리고 바닐라 아로마로

윙크를 한다

코끝을 스치는

화려하면서도 도발적인 향이

나를 유혹한다

상처 입은 가슴에

흰 파도 물결치고

갈매기조차

날지 않는 해변에

짙은 자주빛으로 치장한

매혹적인 그녀가

실크처럼 부드러운 타닌을

감추고

열정적으로 달려와

와락 나를 껴안는다

記 : 스택스 립 S.L.V. 까베르네 소비뇽은 미국 나파밸리 스택스 립 디스트릭스에서 생산된 Full Body 와인으로 1976년 파리에서 열린 국제 와인품평회에서 프랑스 특급 와인을 누르고 1위를 차지한 American Invasion의 주인공이 된 Red Wine이다.

이상향과 사랑의 시와 함께하는
'이니스프리 까베르네 소비뇽Innisfree Cabernet Sauvignon'

입동立冬은 서리가 내리기 시작하고, 가을 단풍이 절정을 이루는 상강霜降과 첫눈이 내린다는 소설小雪 사이에 들며, 겨울이 시작되는 날이다. 산과 들의 나뭇잎은 떨어지고, 풀들은 말라 가는 입동에는 사람들은 겨울 채비를 시작하고, 동면하는 동물들은 땅속에 굴을 파고 숨을 때이다.

이니스프리 까베르네 소비뇽

하남 망월천望月川과 미사호수공원의 담백색 갈대꽃은 갈색으로 짙어졌으며, 왜가리는 호젓이 날고, 청둥오리들의 자맥질도 한가롭다. 호수 길섶 풀 벤 자리 양지바른 언덕에는 비둘기 떼들이 모이를 쪼아 먹기에 부산하고, 울긋불긋 단풍으로 물들었던 호수공원의 수목들도 낙엽이 지고 있다. 이제 황산 숲도 초겨울의 쓸쓸함이 다가와 을씨년스럽다.

내가 처음 와인을 접하게 된 것은 1990년 4월 독일 바덴바덴으로 출장 갔을 때이다. 식사 때마다 가볍게 마시던 와인을 통해서 비즈니스 파트너들과 부드럽고 친하게 대화를 나눌 수 있었다. 그 이후 나는 마음을 나누고 싶을 때는 와인을 마시고, 선물하면서 내 마음의 향기를 다른 사람들에게 전하고 나눈다. 와인을 음미하면서 마음을 가라앉히고 사색을 즐긴다면, 삶의 여유와 관조를 배울 수 있다. 삶에 대한 관조와 여유를 느끼게 해 주는 와인으로 '이니스프리 까베르네 소비뇽Innisfree Cabernet Sauvignon'이 있다.

1970년 초에 미국 캘리포니아 나파밸리에 설립된 조셉 펠프스 빈야드Joseph Phelps Vineyards는 가장 미국적인 까베르네 소비뇽으로 평가받는 '조셉 펠프스 까베르네 소비뇽Joseph Phelps Carbernet Sauvignon'과 미국의 대표적인 프리미엄 와인인 '인시그니아Insignia'를 생산하고 있는데, 보다 대중적인 외인으로 출시한 것이 '이니스프리 까베르네 소비뇽'이다. 1923년 노벨문학상을 받은 아일랜드의 시인이자 극작가인 윌리암 버틀러 예이츠의 시 〈The Lake Isle of Innisfree〉에서 이름을 따온 이 와인은 작황이 좋은 빈티지에만 생산한다.

조셉 펠프스 빈야드 포도 수확(출처: https://www.josephphelps.com/)

'이니스프리 까베르네 소비뇽'은 암적색에 석륫빛 톤을

조셉 펠프스 빈야드(출처: https://www.josephphelps.com/)

띠고 있다. 알코올 도수 14.5%로 등심스테이크, 갈빗살구이, 풍부한 소스의 파스타 및 에담 치즈와 잘 어울리는 '이니스프리 까베르네 소비뇽'은 까베르네 소비뇽을 좋아하는 와인 애호가에게 권하고 싶은 와인이다.

까베르네 소비뇽을 주 품종으로 생산하는 와인이라도 프랑스 보르도 와인과 미국 캘리포니아 나파밸리 와인에는 차이가 있다. 프랑스 보르도 와인은 까베르네 소비뇽을 주 품종으로 하더라도 메를로Merlot, 까베르네 프랑Cabernet Franc과 프티 베르도Petit Verdot를 블렌딩하여 생산한다. 라벨은 회사 이름이 가장 큰 글씨로 표기되고, 그다음에 나오는 것이 메독Medoc, 생떼스떼프St. Estephe, 뽀이약Pauillac, 마고Margaux, 그라브Graves 등 지역명이다. 미국의 경우 고급 와인은 버라이틀Varietal 와인으로 분류되는데, 원료가 되는 포도 품종 자체를 상표로 사용하는 것이 특징이며, 그 품종이 반드시 75% 이상 와인 생산에 사용되어야 한다. 미국 와인의 라벨은 가장 크게 표시가 되는 게 회사명과 포도 품종이다.

까베르네 소비뇽Cabernet Sauvignon은 포도 품종의 황제라는 별명답게 중후한 맛을 가지고 있다. 짙은 붉은 색상과 오묘한 향, 터프한 질감과 깊이 있는 맛이 나는 레드 와인의 대표 품종이다. 까베르네 소비뇽으로 만든 와인의 색상은 어린 와인은 붉은 보랏빛 빛깔에 자주색을 띠다가, 숙성되면 석류색 빛깔에 루비색으로 변한다.

조셉 펠프스 까베르네 소비뇽(출처: https://www.josephphelps.com/)

까베르네 소비뇽의 향은 주로 붉은 과일, 바닐라 같은 향신료, 감초, 피망, 파프리카 향이 나며, 숙성되면 송로버섯 향이 난다. 까베르네 소비뇽은 타닌이 많아서 영 와인일 때는 떫은맛이 강하지만, 숙성될수록 부드러워지면서 우아한 맛을 느끼게 한다. 숙성된 까베르네 소비뇽은 맛이 깊고 복잡하여, 입에 머금자마자 느껴지는 타닌은 삼킨 후에도 여운이 길게 남는다.

아일랜드 시인이며 극작가인 윌리엄 버틀러 예이츠Willaim Butler Yeats의 이상향에 대한 동경을 담은 시 〈The Lake Isle of Innisfree〉에서 이름을 따온 '이니스프리 까베르네 소비뇽Innisfree Cabernet Sauvignon'은

이니스프리 호수 섬(출처: https://englishverse.com/)

우리에게 삶의 여유와 관조를 배울 수 있게 해 준다. 〈이니스프리 호수 섬〉은 예이츠의 초기 서정시에 속하며, 어린 시절을 보냈던 고향을 그리워하는 시인의 향수와 목가적인 정취가 완만한 리듬으로 표현된 아름다운 시이다.

The Lake Isle of Innisfree[1]

I will arise and go now, and go to Innisfree,
And a small cabin build there, of clay and wattles made:
Nine bean-rows will I have there, a hive for the honey-bee,
And live alone in the bee-loud glade.

---

1) 윌리엄 버틀러 예이츠, William Butler Yeats, 1865년 6월 13일 ~ 1939년 1월 28일, 아일랜드의 시인, 극작가.

And I shall have some peace there,
　　for peace comes dropping slow,
Dropping from the veils of the morning to where
　　the cricket sings;
There midnight's all a glimmer, and noon a purple glow,
And evening full of linnet's wings.

I will arise and go now, for always night and day
I hear lake water lapping with low sounds by the shore;
While I stand on the roadway, or on the pavements gray,
I hear it in the deep heart's core.

이니스프리 호수 섬[2]

나 이제 일어나 가련다 이니스프리로,
그곳에 흙과 욋가지로 엮은 작은 오두막집 하나 짓고,
아홉이랑 콩밭 갈고 꿀벌 치면서,
꿀벌 소리 요란한 숲속에 홀로 살리라.

그러면 얼마간의 평화를 누리리,
평화는 천천히 내릴 테니까,
아침의 장막으로부터 귀뚜라미 울어대는 곳까지.

2) 번역: 이원희(李源熙)

그곳의 밤은 온통 희미한 빛,
한낮에는 진홍빛 광채,
저녁엔 홍방울새 날갯짓 소리 가득하여라.

나 이제 일어나 가련다,
밤이나 낮이나 호숫가에 찰싹이는 물결 소리 들리는 곳으로.
한길이나 회색 포장도로 위에 서 있노라면
내 마음 깊은 곳에 그 소리 들리나니.

바쁜 일상 속에서도 평온을 느끼고, 침묵 안에서도 평화가 있다는 사실을 기억한다면 얼마나 행복한 삶이랴. '이니스프리 까베르네 소비뇽Innisfree Cabernet Sauvignon' 한 잔을 들고 와인의 색을 음미해 본다. 천천히 코로 잔을 옮겨 깊숙이 들이마시며, 이니스프리가 주는 향을 느껴 본다. 블랙커런트, 레드 체리, 크랜베리, 토스트, 민트, 정향 등의 과일 향이 은은하게 배어 나온다.

한 모금 머금고 치아 사이로 공기를 빨아들여 본다. 와인을 입안에서 굴리면서 맛을 본다. 그다음에는 코로 숨을 내쉬며 향을 느껴 본다. 마지막으로 목으로 넘기면, 인후에서 와인의 맛과 향의 조화를 맛볼 수 있다. 목 깊숙이 마시며, 이니스프리가 전해 주는 감동과 타닌의 부드럽고 매끄러운 질감을 느껴 본다. 부드럽게 잘 익은 과일 향, 숲에서 오는 야생적인 느낌과 향신료의 느낌이 조화를 이루고 있다. 상큼하고 진한 과일의 풍미와 드라이한 미감이 그 이름만치나 목가적인 분위기로 이끈다.

와인은 플라톤에게는 철학을 하는 데 도움을 주었고, 히포크라테스를 비롯한 수많은 서양 의사들에게는 진정제나 치유제였다. 와인 안에는 자연과 삶 그리고 인간에 대한 사랑과 연민이 머물고 있다. 프랑스의 시인 폴 클로델은 "와인은 태양과 대지의 아들이며, 정신을 자유롭게 하고 지성을 밝히는 음료이다."라고 하였다.

이니스프리 까베르네 소비뇽을 마시다 보면, 예이츠의 시 〈이니스프리 호수 섬〉을 떠올리게 되고, 이상향을 동경하게 된다. 이니스프리를 마시는 것은 이상향에 대한 그리움과 함께하는 일이며, 삶에 대한 관조와 여유를 가지는 일이기도하다.

까베르네 소비뇽 포도 특유의 블랙커런트 향기가 은근히 스치고, 약간의 스파이시한 아로마와 달콤한 냄새들이 감돈다. 잘 숙성된 과실미가 입안에 넘치며, 적당히 타닉Tannic해서 전체적인 밸런스가 좋은 와인이다. 전반적으로 과일의 풍미와 드라이한 미감이 부드럽다.

조셉 펠프스 빈야드의 플래그십 와인, 인시그니아 시음(출처: https://www.josephphelps.com/)

입동을 지나 첫눈이 내리면, 흰 눈을 바라보며 '이니스프리 까베르네 소비뇽Innisfree Cabernet Sauvignon'과 함께하고 싶다. 백석白石[3]의 연시戀詩 〈나와 나타샤와 흰 당나귀〉를 낭독하면, 아내는 마치 '나타샤'가 된 것처럼 이니스프리가 담겨 있는 와인 잔 너머로 환한 미소를 띄워 보낼 것이다.

나와 나타샤와 흰 당나귀[4]

가난한 내가
아름다운 나타샤를 사랑해서
오늘밤은 푹푹 눈이 나린다

나타샤를 사랑은 하고
눈은 푹푹 나리고
나는 홀로 쓸쓸히 앉어 소주를 마신다
소주를 마시며 생각한다
나타샤와 나는
눈이 푹푹 쌓이는 밤 흰 당나귀를 타고
산골로 가자 출출히 우는 깊은 산골로 가 마가리[5]에 살자

---

3) 백석, 白石, 1912년 7월 1일~1996년 1월 7일, 일제강점기의 시인.
4) 1938년 발표된 〈나와 나타샤와 흰 당나귀〉 전문.
5) 마가리: 평안도 사투리로 '오두막집'이라는 뜻.

눈은 푹푹 나리고
나는 나타샤를 생각하고
나타샤는 아니 올 리 없다
언제 벌써 내 속에 고조곤히[6] 와 이야기한다
산골로 가는 것은 세상한테 지는 것이 아니다
세상 같은 건 더러워 버리는 것이다

눈은 푹푹 나리고
아름다운 나타샤는 나를 사랑하고
어데서 흰 당나귀는 오늘밤이 좋아서 응앙응앙 울을 것이다.

6) 고조곤히: '조용히'라는 뜻.

조셉 펠프스 빈야드(출처: https://www.josephphelps.com/)

말벡Malbec으로 꽃피운 아르헨티나 최고의 와이너리, '보데가 카테나 자파타Bodega Catena Zapata'

아르헨티나는 프랑스, 스페인, 이탈리아와 더불어 와인 강국 중 하나이며, 생산량이 세계 4, 5위를 다툴 정도이다. 목축, 곡물 산업과 함께 와인 산업이 나라의 3대 산업을 이루고 있다. 한때는 와인 소비량이 세계 최고였으나 젊은 층의 청량음료 소비 증가로 와인 소비량이 줄고 있는 추세이다. 위도상 남위 22~24도 사이에 위치해 있으며, 1년 중 350일 이상 일조량이 풍부하고 평균 수량이 200ml 미만으로 겨울에는 단 며칠만 비가 내린다.

니콜라스 카테나 자파타

아르헨티나는 전통적으로 과잉 생산으로 양질의 와인을 생산하지 못했으나 근래에는 선진 양조 기술의 도입과 자본 투자로 세계에서 인정받는 양질의 와인을 생산해 내고 있다. 주요 와인 생산 지역은

보데가 카테나 자파타 와이너리, 멘도사(출처: https://www.infobae.com/)

안데스산맥의 오른쪽에 위치한 멘도사Mendoza로서 생산량의 80%를 차지한다. 아르헨티나산 와인 중에서는 까베르네 소비뇽과 말벡이 가장 유명하다.

말벡Malbec은 원산지 보르도에서는 별로 인기를 끌지 못하다가 외부 세계에서 점점 주목을 받고 있다. 말벡은 구대륙의 포도 품종이 아르헨티나로 건너가 가장 성공한 품종이 되었다. 특히 아르헨티나에서는 국가 대표 품종으로 전략적으로 육성되고 있다. 아르헨티나의 건조하고 깨끗한 환경이 병충해에 약한 말벡이 잘 자랄 수 있는 최적의 환경을 제공해 주고 있다. 포도송이의 크기는 보통이며, 동그란 포도알은 작은 편이다. 검은색으로 와인의 색깔도 진하다.

프랑스의 남서부 까오르Cahors 지역에서 생산되는 말벡은 잉크처럼 진한 색을 띠고 있으며, 거친 타닌과 함께 광물질 향, 향신료 향, 자두 향, 담뱃잎 향이 느껴진다. 아르헨티나 말벡은 진하고 향이 풍부하며,

잘 익은 오디, 블랙베리, 향신료, 오크 뉘앙스가 깃들어 있다. 아르헨티나 말벡은 프랑스 말벡에 비해 부드럽고 매끈한 질감과 농축미가 있다.

아르헨티나의 주요 와인 생산 지역은 북서부 지방의 카타마르가 Gatamarca –살타 Salta와 라 리오하 La Rioja, 중서부 지방의 멘도사 Mendoza와 산후안 San Juan 그리고 남부 지방의 리오 네그로 Rio Negro와 네우켄 Neuquen이다. 이 중 아르헨티나 와인 전체 생산량의 75%를 차지하고 있는 멘도사 Mendoza가 가장 유명하다. 멘도사는 안데스산맥 해발 600m에 위치한 고급 와인 생산지로, 이 지역의 토양은 충적토로 점토질, 석회암, 모래, 자갈로 구성되어 있으며 안데스산맥의 광천수가 포도나무 생장에 영향을 미치고 있다.

1902년 이탈리아 마르케 Marche에서 노동자 출신으로 태어난 니콜라스 카테나 자파타 Nicolas Catena Zapata는 아르헨티나 멘도사로 이민 와서 4헥타르 포도밭으로 와이너리를 시작한 이후 4대째 가족 운영 체제로 와이너리를 경영하고 있다. 1982년 3대손인 미국 버클리대 경제학 교수 출신의 니콜라스 카테나 Nicolas Catena는 미국 캘리포니아 나파밸리의 로버트 몬다비 와이너리를 벤치마킹한 후에 세계 최고의

카테나 자파타 아드리안나 빈야드(출처: https://catenazapata.com/)

와인을 만들겠다는 야망을 가지고 10여 년 동안 미세 떼루아르를 연구하여 이르헨티나 최고의 와인을 생산하게 되었다.

영국의 와인 대표 잡지 《디캔터》에서 니콜라스 카테나를 2009년 올해의 인물로 선정하였고, 미국의 와인 평론가, 로버트 파커는 저서 《더 월드 그레이티스트 와인 에스테이트》에 남미 지역 와이너리로는 유일하게 카테나 자파타를 소개하였으며, 2002년 빈티지는 98점, 2006년은 95점, 2007년에는 96점을 주었다. 2005년, 2006년, 2007년에는 미국의 와인 평론지 《와인 스펙테이터》 100대 와인에 선정되었고, 2006년에는 영국의 와인 잡지 《디캔터》가 뽑은 '세계 50대 레드 와인'에 선정되어 명품 와인으로 명성을 얻었다.

아르헨티나에서는 100% 말벡으로 와인을 양조하여 최고 수준의 집중도, 복합미, 균형 잡힌 맛과 향 그리고 품질 면에서 인정받아 새로운 지평을 열었다. 카테나 자파타 말벡 와인은 천혜적인 자연 그대로를 와인에 담고자 떼루아르를 반영한 미세 발효 방법으로 프랑스 오크통에서 약 15~30일간 자연 효모에 의한 발효 방법과 침용을 하며, 이후 18~24개월 동안 병 숙성을 한다. 카테나의 가장 큰 업적은 아르헨티나의 대표 품종인 말벡Malbec을 최고급 포도 품종으로 발전시킨 데 있다.

말벡(출처: https://catenazapata.com/)

안데스 산맥 해발 1,000 미터 이상 고도에 위치한 카테나 자파타 와이너리(출처: https://catenazapata.com/)

카테나 자파타는 3개 등급의 와인을 출시하고 있는데 기본급은 Catena Classic, 중급은 Catena Alta, 최고급은 Catena Zapata로 구분하고 있다. 카테나 알타Catena Alta는 100% 말벡으로 만들어졌으며, 떼루아르를 노래하는 향기롭고 우아한 와인으로 평가되고 있다. 검은빛이 도는 어두운 자주색, 바닐라, 블랙베리 향, 부드럽게 입에 닿은 후에 부드러운 타닌으로 마감되는 풀바디 와인이다. 추천 음식은 양갈비구이, 소갈비찜 등이며, 한국 음식과의 조화는 불고기, 고추장 양념 돼지 요리, 소갈비구이 등과 어울린다.

니콜라스 카테나 자파타Nicolas Catena Zapata는 까베르네 소비뇽Cabernet Sauvignon 80%와 말벡Mabec 20%로 블렌딩된 제품으로 카테나 자파타의 아이콘Icon 와인이다. 진한 루비색에 잘 익은 블렉베리, 유칼립투스, 검은 후추 향, 시가의 맛이 풍성함을 더한다. 집중감 있는 카시스, 제비꽃, 달콤쌉싸름한 바닐라의 맛이 구조감 있는 타닌, 신선한 산도와 함께 어울려 긴 여운을 남기는 《디캔터》 별 5개100점에 빛나는 명품 와인이다. 쇠고기 스테이크, 양갈비구이, 양념소갈비구이, 숙성된 경성 치즈인 파마산파르미지아노-레지아노, 페코리노, 그라나 파다노 등과 잘 어울린다.

카테나 자파타 와이너리에서 100% 말벡으로 생산된 제품에 우수한 와인으로 평가받는 카테나 자파타 아르헨티노 말벡Argentino Malbec 과 카테나 자파타 아드리안나 빈야드 리버 말벡Adrianna Vineyard River Malbec 이 있다. 아르헨티노 말벡은 진한 루비색에 자두, 블랙 체리, 제비꽃, 카시스 및 초콜릿 아로마가 있다. 안데스 산맥의 백년설이 녹아 내란 물로 인해 미네랄이 풍부하고, 라즈 베리와 블랙 베리의 향이 진하게 느껴진다. 소고기, 양고기, 갈비살구이. 파스타, 블루치즈 등과 잘 어울린다.

아르헨티노 말벡

카테나 자파타 아드리안나 빈야드 리버 말벡은 2004년에 가장 뛰어난 말벡 포도 품종만을 선별하여 와인을 양조한 후에 니콜라스 카테나의 막내딸 '아드리안나Adrianna'의 이름을 브랜드로 정한 제품이다. 안데스 산맥 해발 1,366m에 위치한 아드리안나 빈야드에서 생산되는 '아드리안나 빈야드 리버 말백'은 2016년과 2021년 빈티지가 미국 와인 평론가, 로버트 파크로부터 100점을 받은 카테나 자파타 외이너리의 기념비적인 와인이다.

아드리안나 빈야드 리버 말벡(출처: https://catenazapata.com/

아드리안나 빈야드 리버 말벡은 진한 루비색에 자두, 블랙 베리, 제비꽃, 카시스의 아로마가 있는 최고 수준의 와인이다. 남미의 그랑 크뤼 와인으로 평가받고 있는 카테나 자파타 아드리안나 빈야드 리버 말벡은 숯불소갈비구이, 양갈비구이, 립아이 스테이크 및 숙성된 경성 치즈파마산, 페코리노등과 최상의 마리아주를 이룬다.

이밖에도 카테나 자파타 와이너리의 말벡 제품으로 블랙 베리류와 감초, 초콜릿의 섬세한 풍미가 있는 카타나 자파타 니카시아 말벡Nicasia Malbec과 레드 베리 과실의 우아함과 라벤더 및 바이올렛 같은 꽃향이 풍부한 카테나 자파타 안젤리카 말벡Angelica Malbec이 있다.

니카시아 말벡 안젤리카 말벡

멘도사 지역의 유명 와이너리는 클로 데 로스 시에테Clos de los Siete, 트리벤토Trivento, 카테나 자파타Catena Zapata, 트라피체Trapiche, 알타비스타Altavista, 카이켄Kaiken 등이 있으며, 말벡 와인의 선구자인, 보데가 카테나 자파타Bodega Catena Zapata 와이너리가 가장 유명하다. 국내 소개된 아르헨티나 와인 유명 브랜드는 트라피체Trapiche, 미셀 토리노Michel Torino, 토소Toso, 테라자스Terrazas, 알타 비스타 알토Alta Vista Alto, 보데가 루르통Bodega Lurton, 트라피체Trapiche, 이스카이Iscay와 카테나 자바타Catena Zapata 등이 있다.

트라피체 알타비스타 이스카이 카테나 알타

해발 1,000미터 이상 높은 고도에서 우수한 와인을 생산하는 아드리안나 빈야드
(출처: https://catenazapata.com/)

오늘은 첫눈이 내린다고 해서 이름 붙여진 겨울 두 번째 절기인 소설小雪이다. 소설은 대개 음력 10월 하순에 드는데, "초순의 홑바지가 하순의 솜바지로 바뀐다."라는 속담이 있을 정도로 날씨가 급강하하는 계절이다. 올해 소설은 기후 온난화 탓으로 눈은 내리지 않고 한낮 기온이 16도 정도이니 늦가을의 정취를 느끼기에 좋은 소설이다.

하남의 황산 숲에는 황금빛으로 물들었던 은행잎이 떨어져 사뿐히 내려앉았다. 숲길에 붉게 물들었던 나뭇잎들은 떨어지고, 발자국마다 낙엽 소리가 났다. 젖은 낙엽 냄새는 고소하면서도 쌉싸래한 잘 볶은 커피 향 같다. 젖은 낙엽 냄새는 이를테면 만추晩秋의 향이다. 늦가을의 정취를 느끼며, 구르몽의 시 〈낙엽[7]〉을 읊즈려 본다.

---

7) 레미 드 구르몽, Remy de Gourmont, 1858년 4월 4일~1915년 9월 27일, 프랑스의 시인, 소설가, 문학 평론가.

낙엽

시몬, 나무 잎새 떨어진 숲으로 가자
낙엽은 이끼와 돌과 오솔길을 덮고 있다.
시몬, 너는 좋으냐? 낙엽 밟는 소리가

낙엽 빛깔은 정답고 모양은 쓸쓸하다.
낙엽은 버림받고 땅 위에 흩어져 있다.
시몬, 너는 좋으냐? 낙엽 밟는 소리가

해질 무렵 낙엽 모양은 쓸쓸하다.
바람에 흩어지며 낙엽은 상냥히 외친다.
시몬, 너는 좋으냐? 낙엽 밟는 소리가

발이 밟을 때, 낙엽은 영혼처럼 운다
낙엽은 날개소리와
여자의 옷자락 소리를 낸다
시몬, 너는 좋으냐? 낙엽 밟는 소리가

가까이 오라,
우리도 언젠가는 가벼운 낙엽이 되리라
가까이 오라, 밤이 오고 바람이 분다.
시몬, 너는 좋으냐? 낙엽 밟는 소리가

와인은 식사 때 식욕을 북돋워 주고 분위기를 좋게 해 주므로 대화를 원활하게 해 주고 행복을 배가시킨다. 음식을 정한 다음에 음식에 맞는 와인을 선택하게 되는데, 음식과 와인의 궁합을 마리아주Mariage라 한다. 카테나 자파타 와인은 안데스산맥의 일교차가 크기 때문에 당도가 높고, 백년설이 녹아내린 물로 인해 미네랄이 풍부하며, 말린 자두, 블랙체리, 향신료, 제비꽃, 초콜릿 및 훈제 향이 나는 매우 육감적이며 인상 깊은 프리미엄 와인이다.

채끝 스테이크나 뉴욕 스테이크, LA 립 스테이크와 카테나 자파타를 함께한다면, 최상의 마리아주가 될 것이다. 주 메뉴를 스테이크와 크림 스파게티로 한다면, 이를 데 없는 훌륭한 정찬이 될 것이다. 크림을 넉넉히 쓴 스파게티가 익숙하고 친숙한 맛을 내게 되면, 나머지를 채우는 것은 블랙베리와 카시스 향 등의 농익은 과일 향과 오크터치와 허브 등 다양한 복합적인 향을 가득 품은 카테나 자파타 한 잔일 것이다.

라즈베리와 블랙베리의 향이 진하게 느껴지는 아르헨티노 말벡(출처: https://catenazapata.com/)

스테이크와 함께 나오는 버섯, 양파, 피클, 치즈를 듬뿍 올린 매시 포테이토는 입안을 안개처럼 적셔 주고, 선홍빛 핏기를 머금은 스테이크가 부드럽게 씹히면, 입안을 가득 메우는 감칠맛에 손은 저절로 카테나 자파타 와인 잔으로 향할 것이다. 스테이크의 단백질과 기름이 레드 와인의 떫은맛인 타닌 성분을 중화해 준다. 그러므로 블랙커런트, 블랙체리, 제비꽃, 바닐라의 아로마와 촉촉한 질감의 부드러운 타닌이 오크의 풍미를 더해 주는 카테나 자파타와 스테이크는 최고의 궁합이라 할 수 있다.

이 만추의 계절에 채끝 스테이크나 뉴욕 스테이크, 또는 LA 립 스테이크를 메인 요리로 하는 정찬에서 자두, 블랙베리, 유칼립투스, 카시스 향이 어우러진 농축미가 있는 카테나 자파타와 함께하는 것은 행복 그 자체이며, 인생에서 기억할 만한 날이 될 것이다.

아르헨티노 말벡(출처: https://catenazapata.com/)

열정과 정열의 와인,
'셰리Sherry'와 '마데이라Madeira' 그리고 '포트Port'

1. 집시 여인의 열정적인 플라멩코 같은 '셰리Sherry'

식사 전에 식욕을 돋우기 위해 마시는 아페리티프Aperitif용 와인으로 셰리Sherry가 있다. 스페인의 정열이 넘치는 안달루시아 지방의 남서 해안가에서는 세계적으로 이름난 주정 강화 와인Fortified Wine 셰리가 생산된다. 셰리는 스페인 와인 생산량의 3%밖에 되지 않지만, 일찍부터 영국 상인들이 세계로 퍼뜨린 대표적인 식전주Aperitif이다. 셰리라는 명칭은 생산지인 '헤레스 델 라 프론테라Jerez de la Frontera'의 약자인 '헤레스Jerez'의 영어 이름이다. 모든 셰리의 라벨에는 스페인어, 프랑스어, 영어가 다 들어가 'Jerez-Xeres-Sherry'로 표기한다.

오스본 셰리

화이트 와인인 셰리는 청포도 품종인 팔로미노 Palomino로 만든다. 이 품종은 주정 강화를 하기 전에는 별 매력이 없는 포도이지만, 지역 특유의 효모인 플로르 Flor가 붙으면 효모의 영향으로 아몬드 같은 고소한 향이 난다. 이런 셰리를 '피노 Fino'라고 한다. 피노의 색깔은 맑고 달지 않으며, 알코올 도수는 보통 15%이다. 피노는 차게 해서 주로 아페리티프로 마시며, 조개, 바닷가재, 참새우 등 해산물과 잘 어울린다. 곤잘레스 비야스 Gonzalez Byass사에서는 피노 셰리로 잘 알려진 '피노 티오 페페 Fino Tio Pepe'를 생산하고 있다.

피노 티오 페페

피노를 더욱 숙성하면 색깔이 호박색으로 변하고 알코올 도수 16% 이상이 되며 아몬드 향이 더욱 진해지는데, 이런 셰리를 '아몬티야도 Amontillado'라고 부른다. 아몬티야도는 가벼운 치즈, 소시지, 햄 등이 어울린다. 아몬티야도를 장기간 숙성시켜 농축된 향을 갖게 만든 드라이 타입을 '팔로 코르타도 Palo Cortado'라고 한다. 팔로 코르타도는 곤잘레스 비야스 Gonzalez Byass사에서 생산한 '아포스톨레스 Apostoles 30년'이 유명하다. VORS Very Old Rare Sherry 등급인 아포스톨레스 30년, 팔로 코르타도는 아몬티야도의 섬세함과 올로로소의 바디감을 겸비한 희귀한 최고급 셰리이다.

아포스톨레스

만사니야Manzanilla는 피노를 대서양 연안의 산루카르 데 바라메다Sanlucar de Barrameda라는 곳에서 발효 숙성시킨 것으로 가볍고 섬세한 맛을 가지고 있으며, 알코올 도수는 15% 이상이다. 효모 플로르의 영향을 받지 않고 만들어지는 셰리를 '올로로소Oloroso'라고 부르는데, 숙성 중 산화를 더 시켜 색깔이 진한 호박색을 띠고 호두 향을 갖고 있으며 알코올 도수는 20% 수준이다.

크림 셰리Cream Sherry는 영국 시장을 겨냥하여 만든 것으로 올로로소에 페드로 히메네스를 넣어 만든다. 당도는 메이커에 따라 달라지며, 종류도 크림을 비롯하여 미디엄, 패일 크림 등 여러 가지가 있다. 스위트한 크림 셰리는 쿠키, 케이크와 함께하는 것이 좋고, 커피와 브랜디가 나오기 전에 디저트 와인으로 사용된다.

페드로 히메네스Pedro Ximenez는 팔로미노가 아닌 페드로 히메네스품종으로 만든 셰리이다. 암갈색을 띠고, 맛은 달며, 알코올 도수는 13% 내외이다. 농후한 단맛을 내는 셰리로서 디저트용으로 사용되기도 하지만 주로 다른 셰리의 단맛을 내기 위해 사용된다.

페드로 히메네스

셰리는 '솔레라 시스템Solera System'을 통해서 숙성된다. 셰리를 숙성시키는 솔레라 시스템은 셰리가 들어 있는 통을 매년 차례로 쌓아두면서, 위치 차이에 의해 맨 밑에서 와인을 따라내면 위에 있는 통에서 차례로 흘러 들어가도록 만들어 놓은 반자동 블렌딩 방법이다.

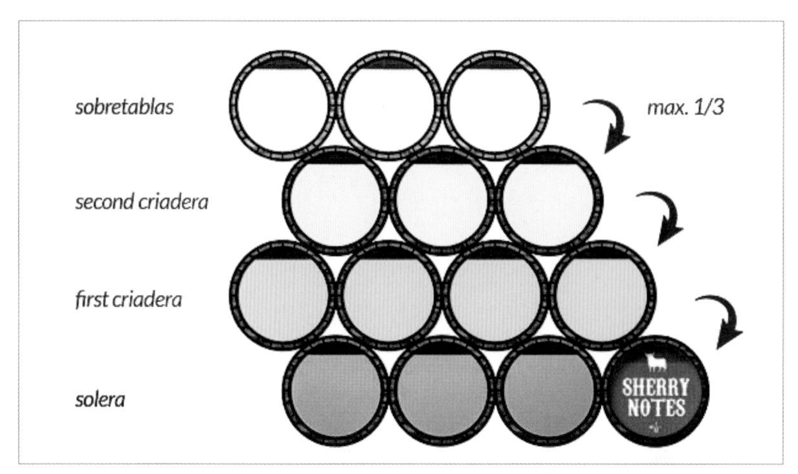

솔레라 시스템(출처: https://www.sherrynotes.com/)

이렇게 하면 급격한 품질 변화 없이 고유의 맛을 유지할 수 있다. 그러므로 셰리에는 빈티지가 없다.

가벼운 느낌의 도수 낮은 화이트 와인이 조금 밋밋하게 느껴진다면, 식전주로 신선한 자극을 주는 드라이한 맛의 피노 셰리Fino Sherry로 코스 요리를 시작하는 것도 좋다. 식사 전에 알코올이 조금 들어가면 위가 자극을 받아 식욕이 왕성해지는데, 셰리는 산화된 와인의 향이 느껴지면서 입안에 침을 고이게 만드는 식전주아페리티프: Aperitif의 대표격이다.

덴마크 작가 이자크 디네센의 소설 《바베트의 만찬》에서 바베트라는 프랑스 여인이 1만 프랑약 1,300만 원의 복권에 당첨되어, 이 돈을 모두 캐비아와 바다거북 수프 같은 음식으로 12인분의 정찬을 차린다. 식전주로 '아몬티야도 Amontillado'가 나오는데, 로벤히엘름 장군은 한 모금을 마시고는 "내가 마셔본 것 중 최상품 아몬티야도야!"라고 감탄하는 장면이 있다. 최고의 만찬에서 식전주로 색깔이 진하고 호두 향이 있는 드라이 '아몬티야도'가 서빙된 것은 대표적 식전주, 셰리의 위상을 말해 준다.

디저트 전에 화려한 메인 디쉬를 꿈꾼다면, 아몬티야도를 장기간 숙성시켜 농축된 향을 갖게 만든 드라이 타입의 '팔로 코르타도 Palo Cortado'와 함께하면 좋을 것이다. 팔로미노와 페드로 히메네즈 두 품종을 블렌딩하여 30년을 숙성한 아포스톨레스는 엄청난 집중도를 가지고 있기 때문에 푸아그라, 치즈, 스테이크, 파테 등과 잘 어울린다. 스페인의 정열이 넘치는 안달루시아의 짙은 호박색을 띤 이 와인은 농축된 과일 향, 나무 향 그리고 부드럽지만 밀도 있는 캐러멜 느낌의 긴 피니시로 플라멩코의 열정을 느끼게 하며, 기억에 남을 만한 만찬이 되게 할 것이다.

팔로 코르타도(출처: https://www.sherrynotes.com/)

2. 영국의 와인, '마데이라Madeira'와 '포트Port'

주정 강화 와인Fortified Wine은 알코올 도수나 당도를 높이기 위해 발효 중 또는 발효가 끝난 후 브랜디나 과즙을 첨가한 와인이다. 스페인에 주정 강화 와인 셰리Sherry가 있다면, 포르투갈의 주정 강화 와인은 마데이라Madeira와 포트Port이다. 마데이라는 대서양에 있는 섬이며, 이곳에서 생산되는 와인의 이름이기도 하다. 마데이라는 셰리, 포트와 더불어 세계 3대 강화 와인 중 하나이다. 이곳은 화산으로 이루어진 섬이며, 온도가 높고 습도가 높아 아열대성 기후에 가깝다. 마데이라도 포트와 마찬가지로 영국 상인들이 개발하였다.

세르시알 베르델료

마데이라 품종인 세르시알Sercial과 베르델료Verdelho는 드라이하므로 화이트 와인처럼 차갑게 마시면 좋고, 단맛이 나는 부알Bual과 말바시아Malvasia는 레드 와인처럼 마시면 된다. 마데이라는 조지 워싱턴, 토마스 제퍼슨 등 미합중국의 초창기 대통령들이 즐긴 와인이었으며, 미국 독립선언문을 낭독한 후에 마데이라로 자축하기도 하였다.

마데이라는 노인들이 과거를 추억해서 마시는 와인으로 알려져 있다. 100년 혹은 200년 묵은 마데이라의 그윽한 향과 맛에 와인 애호가들은 마데이라를 장만하고 싶어 한다. 《죽기 전에 꼭 마셔 봐야 할 와인 1001》에 소개된 마데이라는 달콤 쌉싸름한 뉘앙스로 당밀,

세르시알(좌)과 베르델료(우) (출처: https://www.madeirawineanddine.com/)

버터 스카치, 당과를 상기시키는 농밀함과 파워풀한 맛을 지닌 '블랜디스Blandy's' 부알Bual 마데이라가 있고, '코사트 고돈Cossart Gordon'의 풍부한 캐러멜의 풍미를 지닌 말바시아Malvasia와 복잡한 향신료의 기분 좋은 풍미가 농축되어 있는 베르델료Verdelho가 있다.

마데이라는 숙성 연도에 따라 품질이 달라진다. 마데이라는 가열 숙성 후 오크통에서 5년 이상 숙성하면 리세르바Reserva, 10년 이상 숙성하면 스페셜 리세르바Special Reserva, 15년 이상 숙성하면 엑스트라 리세르바Extra Reserva라 하고, 가열 숙성한 오크통에서 20년 이상 숙성하면 빈티지Vintage 마데이라라고 한다. 오래될수록 더 좋아지는 빈티지 마데리아는 결코 노쇠하거나 사라지지 않을 불멸의 와인이다.

포트는 영국인이 개발하였고, 영국인의 와인으로, 영국인이 가장 많이 소비하는 와인이라고 할 수 있다. 그리스 로마 시대부터 포트 지방의 와인이 알려져 있었는데, 포트 와인은 포르투갈 북동쪽 가파른 도우로Douro 계곡에서 나온다. 17세기 영국과 프랑스 사이에 관세 문제가 발생하여 영국에서 프랑스 와인의 수입이 어렵게 되자 포르투갈 포트 지방의 와인을 수입하기 시작하였다. 영국 수입상들은 도우로 강 하구에 있는 포르토Porto 항구에서 와인 통을 선적하기 전에 통마다 브랜디를 첨가하였다. 이런 주정 강화 와인을 포트Port라고 부르는 것은 바로 포르토Porto 항구의 지명에서 유래되었다.

도우로 계곡(출처: https://www.celebritycruises.com/)

포트는 숙성 방법에 따라 여러 가지 스타일이 나올 수 있는데, 보통 색깔에 따라 루비 스타일과 토니 스타일로 나눌 수 있다. 또한, 나무통 숙성과 병 숙성 두 가지로 나눌 수도 있다. 포트는 기본급으로 루비 포트Ruby Port, 화이트 포트White Port 그리고 토니 포트Tawny Port가 있다. 와인 애호가들의 관심을 끄는 포트의 종류는 장기 숙성 토니 포트Aged Tawny Port와 빈티지 포트Vintage Port이다. 장기 숙성 포트는 20년 된 것이 가격 대비 가장 좋다고 알려져 있다. 빈티지 포트는 오래될수록 맛이 좋아지면서 값이 비싸진다.

포르투갈의 포트 와인은 영국인들의 와인이었지만, 세계의 와인으로 변모하고 있다. 포트를 해외여행의 필수품으로 여기는 와인 애호가들도 생겼다. 달달하고 도수가 높아 시차가 안 맞는 해외 출장이나 여행에 포트 한 잔이 단잠을 주기 때문이다. 포트는 개봉 후에 여러 날이 지나도 상하지 않는다는 점도 와인 애호가들이 좋아하는 요인이다.

다우 빈티지 포트Dow's Vintage Port는 깊은 루비색에 신선한 민트 향을 풍기며, 견고하고 풍만豊滿한 맛을 느끼게 한다. 폰세카 빈티지 포트Fonseca's Vntage Port는 아름다운 꽃들의 향연과 순수한 과일의 풍미가 우아하다. 그리고 그라함스 빈티지 포트Graham's Vintage Port는 블랙체리와 다크 초콜릿의 아로마가 강렬하며, 타닌의 풍요로움과 우아함이 활짝 핀 공작의 깃털처럼 화려한 뒷맛을 갖추고 있다. 힘과 세련미를 갖춘 빈티지 포트는 장기간 보관을 가능하게 하는 타닌이 엄청 풍부하여 영겁의 세월에도 살아 있을 법한 와인이다.

폰세카 그라함스 테일러 다우

빛깔이 곱고 풍부한 과일 향과 질감, 우아한 뒷맛에 진하고 부드러운 고급 밀크 초콜릿이 녹아 있는 듯한 포트는 사랑하는 사람들과 만추의 정취를 느낄 때 함께하면 좋을 것이다. 눈 내리는 한겨울에 한 해를 보내면서 친구들과 둘러앉아 정담을 나누며 한잔 마시기에 더없이 좋은 와인이 포트Port이다.

호주의 국보 와인, 펜폴즈 그랜지Penfolds Grange를 탄생시킨 '펜폴즈 와이너리Penfolds Winery'

호주는 지역적으로 차이는 있으나 대체로 여름은 덥고 겨울은 상당히 온화한 기후이다. 연중 평균온도가 14℃ 정도이며, 강수량은 연간 약 600㎜로 포도 재배에 적당한 조건이다. 토질도 지역에 따라서 다르나 대체로 석회암, 모래, 양토, 점토 등의 토질이고, 쿠나와라Coonawarra 인근의 표토는 붉은색으로 테라로사Terra Rosa라고 부르는 토질이며, 이곳의 심층토는 석회암 등으로 포도 재배에 적합하다.

호주는 현재 세계 4위의 수출 주도형 와인 생산국으로 1988년부터 2008년까지 와인 수출이 98.2%나 증가할 정도로 와인 산업에 주력하고 있다. 수확 시기는 남반구라는 특성상 2~5월이며, 예전에는 화이트 와인을 주로 생산했지만, 최근에는 화이트 와인이 42%, 레드 와인이 58%로 레드 와인을 조금 더 많이 생산하고 있다. 주요 포도

1920년대 펜폴트 와이너리 전경(출처: https://www.penfolds.com/)

품종으로는 쉬라즈, 샤르도네, 까베르네 소비뇽, 리슬링, 세미용 순으로 많이 재배하고 있다.

호주 와인의 역사는 1788년 초대 호주 총독인 영국 해군 함장 아서 필립에 의해 호주 시드니항의 팜 코브Farm Cove에 처음으로 공식적인 포도원이 조성되었다. 1800년 영국은 자체적인 와인 소비를 충족하기 위해 호주 와인 산업을 개발하는 정책을 수립하고, 이를 위하여 포도 재배와 와인 양조 전문가가 아닌 프랑스인 죄수 2명에게 자유를 주는 조건으로 호주로 보내 포도 재배와 와인을 생산하도록 지시하였다.

1805년 존 맥아더 선장이 포도 묘목을 가져와서 1820년대에 상업적으로 와인을 생산하였고, 1823년 사면된 죄수인 바르톨뮤 브리우토에 의해 타스마니아에 처음으로 포도가 재배되었으며, 1827년부터 와인을 판매하기 시작하였고, 1828년 조지 윈드햄에 의하여 어퍼 헌터 밸리에 처음으로 포도 재배를 시작하였다. 1875년 최초의 필록세라가 발견된 뒤 호주의 포도원이 황폐하게 되었으나 미국 포도 품종과의 접붙이기로 문제가 해결되었다.

쉬라즈 포도 품종(출처: https://www.penfolds.com/)

1951년 호주 최고의 와인인 그랜지 에르미타주Grange Hermitage가 펜폴즈의 막스 슈버트에 의해서 쉬라Syrah 포도 품종으로 생산되기 시작하였고, 1978년 마가렛 리버가 처음으로 공식적인 호주 원산지 명칭이 되었다. 사우스 오스트레일리아는 호주에서 가장 훌륭한 와인을 생산하는 지역이다.

사우스 오스트레일리아는 호주 와인 생산의 절반 이상을 차지하고 있으며, 지리적 기후가 다양하여 시원한 기후에 잘 자라는 리슬링에서 풀바디한 쉬라즈까지 다양한 포도 품종들이 생산된다. 호주에서 최고의 명성을 가지고 있는 펜폴즈 그랜지Penfolds Grange, 제이콥스 크릭Jacob's Creek, 알룸바Yalumba, 헨쉬키Henschke, 다렌버그d'Arenberg와 같은 와이너리들이 이곳에 자리 잡고 있으며, 호주의 대중적인 박스 와인들도 많이 생산하고 있다.

사우스 오스트레일리아 지역 중 특히 바로사밸리와 쿠나와라는 호주에서 가장 유명한 포도 재배 지역으로 평가받고 있다. 바로사밸리는 쉬라즈, 그르나슈, 리슬링이, 쿠나와라 지역은 까베르네 소비뇽이 단연 독보적이다. 미국에 나파밸리Napa Valley가 있다면, 호주에는 바로사밸리Barossa Valley가 있다. 바로사밸리는 호주 남쪽 남호주에 있는 세계적 와인 산지다. 바로사밸리의 대표적인 와이너리로는 세계적

명성을 얻고 있는 펜폴즈Penfolds, 헨쉬케 셀러스Henchke Cellars, 울프 블라스Wolf Blass, 하디스Hardy's, 린더만Lindermans, 얄룸바Yalumba, 올란도 제이콥 크릭Orlando Jacob's Creek 등이 있다. 이밖에도 애들레이드 힐스에서는 샤르도네, 소비뇽 블랑과 같은 화이트 와인이 유명하고, 클레어밸리는 리슬링으로 유명하다.

한국에서 볼 수 있는 오스트레일리아 와인 브랜드는 펜폴즈Penfolds, 로즈마운트Rosemunt, 브라운 브러더스Brown Brothers, 헨시케 Henschke, 비알엘 하디BRL Hardy, 린더만스Lindermans, 루윈 에스테이트Leeuwine Estate, 울프 블라스Wolf Blass, 맥윌리엄스MacWilliams, 다렌버그d'Arenberg 등이 있으나, 호주 최고의 와인 브랜드는 펜폴즈Penfolds이다.

1. '펜폴즈 그랜지Penfolds Grange'

펜폴즈 와인은 1844년 영국인 의사 크리스토퍼 라우손 펜폴드Christopher Rawson Penfold가 영국에서 호주 애들레이드로 이주하면서 오두막집 주변에 프랑스 론 지방에서 가져온 시라 포도 품종의 묘목을 심고, 환자를 위한 약용 주정 강화 와인 쉐리를 만들면서 시작되었다. 펜폴즈 와인은 아주 작은 포도밭에서 시작하여 1962년 시드니 와인 박람회에서 그랜지Grange 와인이 금메달을

펜폴즈 그랜지

수상하기까지 120년의 세월이 걸렸다. '그랜지'라는 이름은 여러 부속 건물이 딸린 농장 혹은 부유한 농민의 저택을 의미하는데, 이는 크리스토퍼 라우슨 펜폴드가 거주한 오두막집을 상징화한 브랜드이다.

1950년대 펜폴즈의 수석 양조가 막스 슈베르트Max Schubert는 프랑스 보르도 지역에 여행을 갔다가 클라렛Claret 와인에 매료되었고, 호주로 돌아와 쉬라즈 포도 품종으로 프랑스 보르도 명품 와인에 대적할 수 있는 와인 양조에 모든 열정을 쏟았다. 그러나 그가 보르도 스타일로 양조한 쉬라즈 와인은 한결같이 '개악改惡'이라는 악평과 온갖 수모를 당했다. 최고의 와인을 만들고자 했던 실험적인 양조는 모두 실패하고, 경영진은 보르도 스타일의 와인 프로젝트를 중단시켰다. 그러나 막스 슈베르트는 충성스러운 부하 직원들과 함께 경영진 모르게 10년 동안 꾸준히 쉬라즈Shiraz 와인을 만들었다.

막스 슈베르트(출처: https://www.penfolds.com/)

1962년 '그랜지'는 호주 시드니 와인 박람회에서 금메달을 수상했고, 1971년 프랑스 파리에서 열린 와인 올림픽에서 우승, 1995년 미국 와인 잡지 《와인 스펙테이터》가 선정한 '올해의 와인'으로 세상의 관심을 받았다. 또한, '그랜지 2008'은 《와인 스펙테이터》에서 100점을 받았고, 미국의 와인 평론가 로버트 파커가 100점 만점을 주면서 세계적인 와인으로 부상하였다. 이후 '그랜지 2008'은 막스 슈베르트가 은퇴할 때까지 무려 50개에 달하는 금메달을 수상하였다. 2001년 '그랜지'는 남호주 주정부로부터 호주의 국가 문화유산으로 지정되었으며, 2003년 펜폴즈 그랜지 1951년 빈티지는 경매에서 5만 500호주달러약 4,200만 원에 낙찰되어 세간의 시선을 끌었다.

그랜지는 전 세계 와인 애호가가 손꼽는 최고의 호주 와인으로 1951년부터 출시한 빈티지마다 최고의 품질을 유지하고 있다. 그랜지는 쉬라즈 품종과 호주 남부의 기후, 토질의 시너지 효과를 최대한 발휘한 명품 와인이며, 와인 브랜드로서는 유일하게 호주의 국보로 지정되어 호주인의 자부심을 상징하는 호주 대표 프리미엄 브랜드이다. 펜폴즈 그랜지는 펜폴즈의 아이콘 와인으로 펜폴즈의 '멀티' 철학을 가장 잘 대변하는 와인이다. 바로사밸리, 맥라렌 베일, 클레어밸리 등 호주 전역에서 가장 좋은 포도를 골라 만든다. 쉬라즈 97%, 까베르네 소비뇽 3%의 블렌딩으로 알코올 도수는 14.5%이며, 아메리칸 오크에서 18개월간 숙성된 후 출시된다.

펜폴즈 그랜지는 짙은 석류빛을 띠고 있으며, 검붉게 잘 익은 베리류의 과일 향과 오크 나무통의 복합적인 부케를 느낄 수 있다. 벌꿀, 자몽의 아로마가 은은하게 풍기고 농익은 자두의 풍미와 초콜릿, 바닐라의 맛을 느낄 수 있다. 구조감이 탄탄하고 강건하며, 전체적으로 힘있고 균형이 잘 잡힌 부드러운 질감의 세계적인 부티크 명품 와인이다. 스테이크 등 붉은 육류 요리, 송이버섯, 숙성된 치즈 등과 잘 어울린다.

호주의 국보급 와인, 펜폴즈 그랜지(출처: https://thepeakmagazine.com/)

펜폴즈를 가장 잘 표현하는 말은 '상식을 뒤집는 놀라운 혁신'이다. 펜폴즈는 싱글 빈야드, 싱글 블록을 중시하며 와인을 만드는 세계 톱 와이너리와 다르게 다양한 지역, 포도밭을 섞어 와인을 만든다. 심지어는 빈티지까지 섞는 실험을 시도하기도 한다. 펜폴즈는 '싱글Single'이라는 단어를 고집하지 않고 오로지 가장 좋은 포도로 가장 좋은 와인을 만든다는 철학을 가지고 있다. 그래서 펜폴즈를 상징하는 단어도 '멀티Multi'다.

펜폴즈의 실험 정신은 지난 2017년 10월 내놓은 'G3' 와인만 봐도 알 수 있다. 펜폴즈의 최상위급 와인인 그랜지의 2008년, 2012년, 2014년 3개 빈티지를 섞어 만든 와인으로 전 세계 와인 애호가들을 충격에 빠뜨렸다. 한 병에 무려 3,000달러의 가격임에도 1,200병이 순식간에 다 팔렸다. 펜폴즈는 2022년에 미국 나파밸리에서 직접 고른 포도를 가지고 빚은 나파 와인 '빈 704 까베르네 소비뇽 2018 Bin 704 Cabernet Sauvignon 2018'을 선보였다.

펜폴즈 와이너리는 대표 프리미엄 브랜드인 '펜폴즈 그랜지' 외에 BIN 707 까베르네 소비뇽 BIN 707 Cabernet Sauvignon, RWT 쉬라즈 RWT Shiraz, BIN 407 까베르네 소비뇽 Bin 407 Cabernet Sauvignon, BIN 389 까베르네 쉬라즈 Bin 389 Cabernet Shiraz, 생 헨리 쉬라즈 St Henri Shiraz와 BIN 28 카림나 쉬라즈 BIN 28 Kalimna Shiraz 등과 같은 빼어난 레드 와인들이 있다.

펜폴즈 화이트 와인은 프랑스 부르고뉴 '몽라셰 Montrachet' 화이트 와인을 연상시키는 뛰어난 야타나 샤르도네 Yattana Chardonnay가 있다. 펜폴즈 야타나 샤르도네는 황금빛을 띠고 있으며, 청사과, 견과류, 살구, 라임의 과실 향이 두드러지고 스모키한 오크 터치와 우아한 아로마 그리고 섬세한 여운이 오랫동안 이어지는 그랜지에 비견되는 명품 사르도네 와인이다. 푸드 페어링은 해산물, 스시, 생선회, 조개요리, 훈제연어, 파스타 등과 잘 어울린다.

야타나 샤르도네(출처: https://www.penfolds.com/)

2. 펜폴즈 BIN 707 까베르네 소비뇽

Penfolds BIN 707 Cabernet Sauvignon

BIN 707은 그랜지의 '까베르네 소비뇽 버전'으로 불리는 펜폴즈 최고급 까베르네 소비뇽 와인이다. 잘 익은 강렬한 과실 풍미, 신규 오크통을 사용하여 완성도를 높인 발효 및 숙성 과정, 다양한 산지와 빈야드를 블렌딩하여 와인의 결점을 최소화하고 장점을 극대화한 펜폴즈만의 멀티 리전Multi Region 기법으로 완성한 호주 최고의 까베르네 소비뇽으로 손꼽히고 있다.

BIN 707

BIN 707은 1964년 첫 빈티지가 출시되었으며, 콴타스 항공사에 근무했던 펜폴즈의 마케팅 디렉트가 '보잉 707'의 이름에서 유래하여 BIN 707 제품명이 만들어졌다. 깊고 짙은 자줏빛이 감도는 다크 레드 색상의 BIN 707은 비트, 라스베리, 라벤더 향을 느낄 수 있으며, 과일 향과 커피가루 향이 은은히 우러나오는 알코올 도수 14.5%의 100% 까베르네 소비뇽으로 만들어진 와인이다. BIN 707은 100% New 아메리칸 오크통에서 15개월간 숙성을 거치며 감초, 타닌과 잘 어우러진 체리, 블랙커런트 등의 과실 풍미가 일품이며, 붉은 육류 요리, 양고기, 피자, 파스타 등과 잘 어울린다.

펜폴즈 최고급 까베르네 소비뇽, BIN 707
(출처: https://www.penfolds.com/)

3. 펜폴즈 RWT BIN 798 쉬라즈

Penfolds RWT BIN 798 Shiraz

펜폴즈 RWT는 'Red Winemaking Trial'의 약자로 펜폴즈 그랜지의 좋은 대안이 될 수 있는 와인이다. 그랜지가 멀티 리저널Multi Regional 방식의 100% 아메리칸 오크통 숙성 방식을 택한 반면에, RWT 쉬라즈는 바로사밸리Barossa Valley Single 지역의 100% 프렌치 오크통 숙성을 통해 완성된 와인이다. 1995년에 레드 와인 프로젝트로서 시작된 RWT 와인은 1997년 빈티지로 2000년에 최초로 출시되었으며, 그랜지에 비해 신선하고 화려한 스타일의 와인으로 강건하고 힘찬 전형적인 호주 쉬라즈의 특징을 잘 나타내고 있다.

RWT BIN 798

펜폴즈 RWT 쉬라즈는 다크 레드의 색상을 띠고 있으며, 설탕 절임된 블루베리 등의 달콤한 과일 향이 풍부하고, 고르곤 졸라 치즈와 스파이시한 풍미 그리고 오크 향이 조화를 이루는 매우 기품 있는 향을 선사하는 와인이다. 입안에서는 강한 응집력, 입안 전체를 감싸는 진한 타닌, 조화로운 오크 톤의 스모키한 맛과 기분 좋은 산도酸度가 어우러져 미감을 더해 주는 훌륭한 와인이다.

스파이시한 풍미로 붉은 육류 요리와 치즈가 잘 어울리는 RWT BIN 798 (출처: https://minuman.com/)

RWT 쉬라즈는 알코올 도수 14.5%로 100% 뉴 프렌치 오크통에서 13개월간 숙성을 거치며 블랙베리, 블루베리의 과일 맛이 풍만하게 느껴지고 과일의 복합미가 뛰어나며, 붉은 육류 요리, 잘 숙성된 치즈와 어울린다.

4. 펜폴즈 BIN 389 까베르네 쉬라즈

Penfolds BIN 389 Cabernet Shiraz

까베르네 소비뇽 54%와 쉬라즈 46%로 블렌딩된 펜폴즈 BIN 389는 그랜지를 탄생시킨 전설의 맥스 슈버트Max Schubert에 의해 생산되었다. 그랜지를 숙성했던 같은 오크통에서 숙성을 거치기 때문에 '베이비 그랜지Baby Grange'라는 애칭을 지니고 있다. 1960년에 출시된 이후 레드 와인 애호가들로부터 펜폴즈의 명성을 한층 격상시키는 데 기여한 와인으로 평가받고 있으며, 쉬라즈의 풍성함과 까베르네 소비뇽의 구조감이 잘 조화를 이루는 매혹적인 와인이다.

BIN 389

BIN 389는 농익은 검은 계열의 과일 풍미, 원두커피, 오크 바닐라 향과 입안을 조이는 느낌의 고도의 응집력을 느낄 수 있다. 아메리칸 오크통에서 12개월간 숙성을 거치며, 호주 각지에 걸쳐 최상의 포도만을 선택하여 Multi Regional 기법에 의해 생산되는 펜폴즈의

등심 스테이크, 숯불 갈비구이, 스모크 치즈 등과 잘 어울리는 BIN 389
(출처: https://www.penfolds.com/)

프리미엄 와인 브랜드이다. 흑자색에 짙은 석류빛을 띠고 있으며, 알코올 도수 14.5%로 자두, 체리, 블랙베리, 블랙커런트 등 잘 익은 검붉은 계열의 과일 향과 오크 향, 감초, 정향, 흑사탕, 시가, 민트 등의 향을 느낄 수 있다. BIN 389는 과실 풍미와 오크의 밸런스가 훌륭하며, 알코올 볼륨감과 더불어 농밀한 질감이 인상적인 와인이다. 붉은 육류 요리, 숯불갈비구이, 양고기, 피자, 파스타, 스모크 치즈 등과 잘 어울린다.

5. 펜폴즈 BIN 407 까베르네 소비뇽

Penfolds BIN 407 Cabernet Sauvignon

BIN 407

100% 까베르네 소비뇽으로 만들어진 펜폴즈 BIN 407은 BIN 707에 영감을 받아 호주 각지에 걸쳐 최상의 포도만을 선택하여 Multi Regional 기법에 의해 생산하는 펜폴즈 프리미엄 브랜드 와인이다. 선홍빛이 감도는 깊고 짙은 레드 색상을 띠고 있으며, 바닐라, 오크 향, 라벤더, 머스크, 계피 등 이국적인 중동 지역의 식물의 아로마를 느낄 수 있다.

프렌치 및 아메리칸 오크통에서 13개월간 숙성을 거치는 BIN 407은 풀바디하며, 까베르네 특유의 타닌과 입안에 와인이 감기는 느낌의 응집력을 느낄 수 있고, 초코 민트, 블랙베리, 바닐라류의 달콤함이 매우 매력적인 와인이다. 알코올 도수 14.5%이며, 붉은 육류 요리, 양고기, 피자, 파스타, 경성 치즈 고다, 에담 등과 잘 어울린다.

안심, 등심, 양고기, 파스타 및 경성 치즈 등과 잘 어울리는 BIN 407
(출처: https://minuman.com/)

6. 펜폴즈 BIN 704 까베르네 소비뇽 나파밸리

Penfolds BIN 704 Cabernet Sauvignon Napa Valley

BIN 704

펜폴즈가 와인을 만들어 왔던 오랜 전통에 충실하면서도 현대적 스타일을 표용한 BIN 704는 미국 캘리포니아 나파밸리 까베르네 소비뇽을 펜폴즈만의 독특한 방식을 통해 재정의한 와인이다. BIN 704라는 이름은 까베르네 소비뇽의 품종 고유의 표현을 담아 호주서 생산한 BIN 407을 거꾸로 한 것으로 '거울' 또는 '반전' 이미지에서 영감을 받았다. 프렌치 바리크 오크에서 16개월간 숙성된 BIN 704는 포도 재배와 와인 양조에 펜폴즈 고유의 사이클을 적용한 남반구 와인의 이미지를 거울처럼 고스란히 담고 있는 북반구 와인이다.

100% 까베르네 소비뇽으로 만들어진 BIN 704는 흑적색에 자줏빛을 띠며, 블랙커런트, 체리, 민트, 계피, 감초, 바닐라 향이 느껴진다. 다크 초콜릿 풍미에 타닌의 질감은 아몬드와 흡사하며, 석류 느낌의 산도는 와인에 생동감을 주고 삼나무, 스파이시 오크가 감흥을 더해 준다. 날렵하고 유연한 풍미와 입안에서 실크 같은 부드러움을 느끼게 하는 매력적인 와인으로 등심 스테이크, 갈비찜, 경성 치즈스모크, 체다, 파마산 & 페코리노 등과 잘 어울린다.

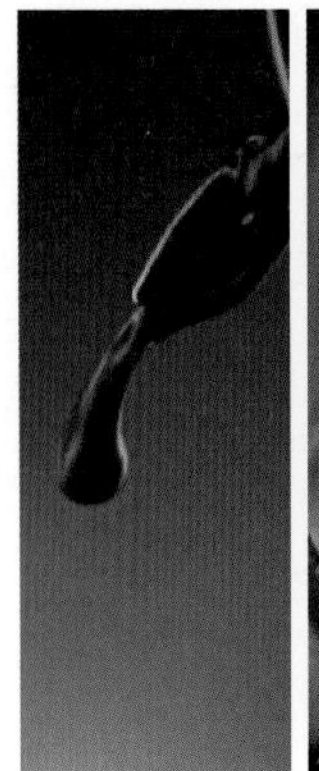

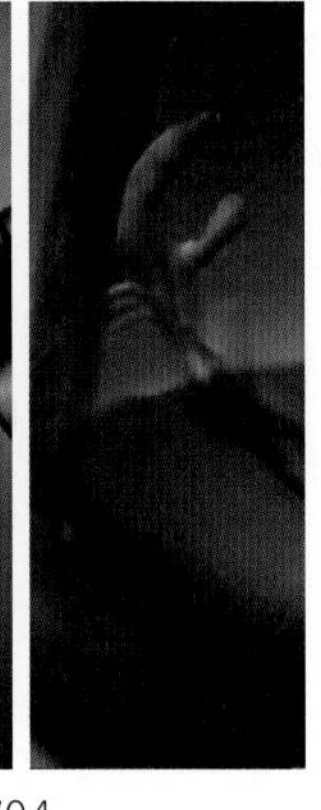

흑적색에 자줏빛을 띠고 있는 BIN 704
(출처: https://www.penfolds.com/)

7. 펜폴즈 생헨리 쉬라즈 Penfolds St. Henry Shiraz

생헨리 쉬라즈는 펜폴즈의 유서 깊은 프리미엄 쉬라즈 와인이다. 1957년 첫 번째 빈티지 생산 이래 많은 흥미를 자아내며 와인 수집가, 애호가들로부터 오랫동안 사랑을 받아온 제품이다. 뉴 오크에 의존하지 않는 스타일로 여타의 호주 프리미엄 쉬라즈 와인과도 차별화되고 있다. 빈티지에 따라 와인의 구조감을 더하기 위해 쉬라즈 93%에 까베르네 소비뇽 3%를 블렌딩하였으며, 알코올은 14.5%이다.

생헨리

다크베리, 블랙베리 등 다크 푸르츠의 풍미가 풍부하며, 부드럽고 실키하게 숙성되어 완벽하고 빈틈없는 타닌이 입안을 코팅하듯이 감싸안는다. 과일 향뿐만 아니라 타닌, 밸런스 등 구조감이 탁월한 와인이다. 숙성될수록 부드러운 질감, 토양에서 전해지는 특유의 어씨Earthy한 느낌에 모카 등의 향이 더해져 감미롭고 깊은 쉬라즈의 모습을 보여주며, 풍부하면서도 매끄러

양갈비, 등심 스테이크 및 경성 치즈와 어울리는 생헨리 쉬라즈
(출처: https://minuman.com/)

운 타닌의 질감이 인상적인 와인이다. 추천 음식은 통후추를 곁들인 양갈비, 등심 스테이크, 약간 단단한 치즈스모크, 고다 & 에담 등이다.

8. 펜폴즈 BIN 138 쉬라즈, 그르나슈, 무르베드로

펜폴즈 BIN 138은 바로사밸리 지역에서 생산된 쉬라즈Shiraz, 그르나슈Grenache, 무르베드로Mourvedre 품종을 블렌딩하여 프랑스 론 스타일로 생산하는 펜폴즈의 명작 와인이다. 플럼 레드 컬러로 시나몬, 진저 등의 스파이시한 뉘앙스에 말린 무화과, 블랙베리, 석류, 감초 등의 향이 복합적으로 어우러져 부드럽게 잘 익은 타닌과 조화를 이루며, 매혹적인 향과 리치한 풍미가 돋보이는 와인이다.

알코올 도수 14.5%의 풀바디 와인으로 블랙베리, 자두, 허브의 부케가 천천히 올라오는 우아한 와인으로 그을린 프렌치, 아메리칸 오크에서 12개월 숙성시킨다. 추천 음식은 직화구이한 육질이 도톰한 고기요리등심 스테이크, 양갈비, 돼지갈비구이, 피자. 파스타, 단단한 치즈고다, 에담 등이다.

BIN 138

등심 스테이크, 양갈비, 돼지갈비구이, 파스타 및 경성 치즈와 어울리는 BIN 138(출처: https://www.ishopchangi.com/)

9. 펜폴즈 BIN 28 카리나 쉬라즈

Penfolds BIN 28 Kalimna Shiraz

BIN 28

1559년 첫 출시된 펜폴즈 BIN 28은 1945년 Mr. Penfold가 구매한 바로사밸리의 유명한 카림나Kalimna 빈야드의 이름에서 유래되었다. BIN 28은 호주 남부의 바로사밸리를 중심으로 맥라렌 베일Mclaren Vale, 아델라이드Adelaide, 패서웨이Padthaway, 클레어밸리Clare Valley, 랑혼 크릭Langhone Creek 등지에서 생산된 최상의 포도를 선택한 멀티 리전Multi Region 블렌딩 기법으로 생산되며, 미국산 오크통에서 약 12개월간 숙성시킨다.

밝게 빛나는 플럼 레드 컬러에 백련초의 분홍빛을 띠고 있는 펜폴즈 BIN 28 카림나는 알코올 도수 14.5%, 쉬라즈 100%로 만들어진 풀바디 와인이다. 블랙커런트, 블랙베리, 블랙체리, 민트, 정향, 바닐라, 초콜릿, 모카 등의 아로마가 은은하게 피어나고, 스파이스, 블루베리, 자두와 바이올렛의 달콤한 부케Bouquet가 매력를 더해 주는 바로사 카림나 빈야드의 보물이다.

자두와 바이올렛의 달콤한 부케가 매력을 더해주는 BIN 28 카림나(출처: https://m.media-amazon.com/)

풍부한 타닌이 입안 가득 느껴지고, 초콜릿, 감초와 잘 익은 과실 풍미를 즐길 수 있는 진하고 견고한 호주 쉬라즈이다. 2004년 호주 아델레이드Adelaide 방문 시 등심 스테이크와 함께했던 펜폴즈 BIN 28의 입안을 오랫동안 머물게 한 타닌감과 밸런스 좋은 산미감, 농밀한 쉬라즈 과실 풍미 그리고 매력적인 감칠맛을 잊을 수 없다. 어울리는 음식은 등심 스테이크, 양갈비, 돼지갈비구이 등 붉은 육류 요리, 피자, 파스타, 단단한 치즈체다, 고다 & 에담 등이다.

10. 펜폴즈 BIN 8 까베르네 쉬라즈 & 펜폴즈 BIN 2 쉬라즈 무르베드로

펜폴즈 와인 국내 수입사인 금양 인터내셔널에서 취급하는 제품 중 스테디셀러인 제품으로 펜폴즈 BIN 8 까베르네 쉬라즈Cabernet Shiraz와 펜폴즈 BIN 2 쉬라즈 무르베드로Shiraz Mourvedre가 있다. BIN 8 까베르네 쉬라즈는 까베르네 소비뇽과 쉬라즈의 블렌딩 제품으로 스파이시한 계열의 삼나무 향, 허브 향, 블루베리 등의 향이 피어나 예술적인 블렌딩의 미학을 경험할 수 있는 베스트셀러 와인이다.

BIN 8　　BIN 2

펜폴즈 BIN 2는 쉬리즈와 무르베드로호주에서는 마타로의 블렌딩을 통해 복합미와 구조감, 맛의 지속성을 업그레이드하여 펜폴즈의 베스트셀러인 동시에 스테디셀러가 되었다. 알코올 14.5%의 미디엄바디에 프레시한 매력이 있는 펜폴즈 BIN 2는 프랑스 론 지역 품종인 무르베드르Mourvedre를 사용하여 '호주의 브르고뉴'라고 불리는 푸딩과 같은 부드러움을 지닌 우아한 스타일의 와인이다. 붉은 육류 요리, 피자, 파스타 및 반경성 또는 연성 치즈에멘탈, 콩테 & 브리 드 모 등과 어울린다.

까베르네 소비뇽과 쉬라즈가 예술적으로 블랜딩된 BIN 8
(출처: https://cdn-cfcjl.nitrocdn.com/)

오늘은 24절기의 스물두 번째 절기인 동지이다. 일 년 중 밤이 가장 길고 낮이 가장 짧은 날이다. 동지에는 동지팥죽을 먹는다. 동지팥죽을 먹어야 진짜 나이를 한 살 더 먹는다고 한다. 동지에 팥죽을 쑤어 먹지 않으면 쉬이 늙고 잔병이 생기며, 잡귀가 성행하다는 속신俗信이 있었다. 윤보영[8]의 시詩, 〈동지연가冬至戀歌〉에도, "동짓날은/팥죽까지 먹어가며/액운을 막아야 한다지요/들어오는 액운을 막으려면/문도 닫아걸어야 하고"라는 구절이 있다. 이 시 후반부에는, "하지만 저는/문을 활짝 열어두겠습니다/설령 액운이 왔다 해도/감동하고 돌아가도록/그대 생각 더하겠습니다"라고 사랑하는 이를 그리워하는 애틋한 마음을 담고 있다. 동짓날에 사랑하는 사람과 팥죽을 먹는 것은 액땜을 넘어 사랑을 느끼고 정겨움을 더해 주는 일이기도 하다.

---

8) 윤보영, 대전일보 신춘문예 동시(2009) 당선.

옛적 민간에서는 동지를 '태양의 부활'이라는 큰 의미를 부여하여 '작은 설'이라 하기도 하였다니, 동지의 의미가 새롭게 느껴진다. 《역경易經》에도 복괘復卦에 해당하는 11월을 자월子月이라 하여, 동짓달을 일년의 시작으로 삼았다고 전해지고 있다.

'태양의 부활'이라는 동지의 의미를 생각하며 자두, 체리, 블랙베리, 블랙커런트 등의 과일 풍미와 매력적인 감칠맛을 지닌 펜폴즈 BIN 389 까베르네 쉬라즈Cabnernet Shiraz나 펜폴즈 BIN 28 카림나 쉬라즈Kalimna Shiraz와 함께한다면, 새로운 일 년의 시작을 축하하기에 더없이 좋을 것이다. 동지는 우리들 가슴에도 시가 꽃피는 한천寒天의 계절이다. 구조감이 잘 조화를 이루고 오크의 밸런스가 훌륭한 펜폴즈 BIN 389나 펜폴즈 BIN 28은 풍부한 타닌과 초콜릿, 감초, 다크베리류 과실의 풍미, 그리고 농밀한 질감이 더 많은 기쁨과 즐거움을 줄 것이다.

진한 오크 풍미와 농밀한 질감이 인상적인 BIN 389(출처: https://minuman.com/)

'미국 캘리포니아 컬트 와인California Cult Wine'과 1976년 와인 시음대회 - 파리의 심판

1. 미국 캘리포니아 컬트 와인California Cult Wine

미국 와인을 이야기할 때 빼놓을 수 없는 것이 컬트 와인이다. 컬트Cult는 숭배를 뜻하는 라틴어 'Cultus'에서 유래한 말이며, 컬트 와인이란 '종교적 숭배에 가까운 열광적 지지를 받는 와인'이다. 컬트 와인은 1990년 후반 이후 나온 말로 캘리포니아 나파밸리 일부 와이너리에서 생산되는 최상급 와인이며, 까베르네 소비뇽 와인을 몇몇의 수집가나 투자자들이 프랑스 보르도 1등급샤토 라투르, 샤토 라피트 로칠드, 샤토 무통 로칠드, 샤토 마고, 샤토 오 브리옹 와인보다 높은 가격을 주고 사들이면서 생긴 이름이다.

콜긴 셀러스 빈야드(출처: https://www.colgincellars.com/)

컬트 와인의 가장 큰 특징은 생산량이 극도로 제한되어 있다는 것과 이 와인들을 만드는 사람들은 가장 재능 있는 와인 메이커들이라는 점이다. 대표적인 컬트 와인으로는 스크리밍 이글Screaming Eagle, 할란 이스테이트Harlan Estate, 브라이언트 패밀리Bryant Family, 그레이스 패밀리Grace Family, 슈레이더 셀라스Schrader Cellars, 씨네 쿼 넌Sine Qua Non, 아브르 빈야드Abreeu Vineyards, 콜긴 셀러즈Colgin Cellars, 달라 발레 빈야드Dalla Valle Vineyards의 마야Maya, 쉐이퍼 힐사이드 셀렉트Shafer Hillside Select, 아로호 에스테이트Araujo Estate, 스캐어크라우Scarecrow 등이다.

달라 발레 빈야드(출처: https://www.dallavallevineyards.com/)

컬트 와인은 대부분 '구매자 명단' 또는 '메일링 리스트'라는 판매 제도로 판매된다. '메일링 리스트' 판매 방식은 판매망도, 마케팅 조직도 없는 소규모 와이너리에서 생산된 와인을 안정적으로 판매하기 위해 고안한 시스템이지만, 와인을 원하는 수요가 폭발하면서 이 시스템은 '돈을 주고도 살 수 없는 귀하고 값비싼 와인'이라는 이미지를 심어 주었다. 결과적으로 '구매자 명단' 판매 방식은 일종의 '명품 마케팅' 전략이 되었다. 컬트 와인은 특정 마니아들에게 일반적인 유통이 아닌, 사전 예약이나 경매 등을 통해 소비되는 1%를 위한 '블루칩 와인'이라고 할 수 있다.

(1) 스크리밍 이글 Screaming Eagle

1992년 진 필립 Jean philip은 자신이 직접 만든 와인을 가지고 로버트 몬다비 와이너리를 찾아가 감정을 의뢰하였다. 로버트 몬다비 와이너리에서는 그녀가 가지고 온 어두운 컬러의 짙고 향기 좋은 까베르네 소비뇽이 충분히 가능성이 있다며 병입을 권유했고, 그녀는 '포효하는 독수리' 즉 '스크리밍 이글'로 작명하였다.

스크리밍 이글

매년 6,000여 병이 생산되는 이 와인은 와인 평론가들의 극찬을 받으면서 미국의 컬트 와인 중에서 가장 인상적인 이름으로 대성공을 거두었다. 이 스크리밍 이글은 메일링 리스트를 통해 판매되는데, 대기자들이 폭주해 5년 후에나 구입이 가능할 정도이다.

스크리밍 이글 빈야드(출처: https://www.wineinvestment.com/)

(2) 할란 이스테이트 Harlan Estate

할란 이스테이트의 설립자 윌리암 할란은 1985년 오크빌 Oakville 나파밸리 지역에 93헥타르 토지를 매입하여, 보르도 1등급 와인에 필적할 수 있는 최고의 와인을 만드는 방법을 연구하였다. 윌리암 할란은 포도밭을 세밀히 파악하여 총 면적 1/10에 해당하는 거칠고 배수가 좋은 화산암 토양에 까베르네 소비뇽, 멜롯, 까베르네 프랑, 쁘띠 베르도를 심었다. 그리고 단위 면적당 소출을 낮게 제한해 얻은 농축된 과실을 일일이 낱알을 선별하여 1990년 장중한 보르도풍의 블렌딩으로 탄생시킨 것이 컬트 와인, 할란 이스테이트이다.

할란 이스테이트

매년 1만 8,000병 수준으로 만들어지는 할란 이스테이트는 모카 블랙커런트, 블랙베리 등의 과일 향과 삼나무, 감초 훈연 등 오크 숙성을 통해 얻어진 느낌이 하나로 화합하여 짙고 탄탄하며 매우 묵직하고 중후한 모습을 보여 준다. 전체적으로 아주 빼어나게 구조적 아름다움을 보여 주는 명품 와인이다.

할란 이스테이트 빈야드(출처: https://cluboenologique.com/)

(3) 브라이언트 패밀리 빈야드 Bryant Family Vineyard

브라이언트 패밀리

브라이언트 패밀리 빈야드는 1985년 도널드 브라이언트 Donald L. Bryant Jr.가 설립했다. 나파밸리의 포도밭의 전설이라고 할 수 있는 데이비드 아브르가 포도원의 전체적인 관리를 담당하고 있다. 여기에 천재 와인 메이커로 불리는 미셸 롤랑이 양조와 와인 메이킹을 전담하고 있다.

브라이언트 패밀리 와인은 1990년대 스크리밍 이글, 할란과 함께 비평가들에게 퍼펙트 스코어를 받게 되면서 미국 컬트 와인의 부흥기를 이끈 미국 3대 컬트 와인 중 하나로 평가받았다. 첫 빈티지인 1992년 'Bryant Family Vineyard Cabernet Sauvignon'이 로버트 파커로부터 91점을 받은 것을 시작으로 1997년도 빈티지가 100점을 받으면서 단숨에 캘리포니아를 대표하는 레드 와인의 반열에 올라서게 되었다.

와인 비평가 로버트 파커는 "이 와인은 나파의 신화와 같은 와인이며, 세계 최고의 퀄리티와 완벽한 구조감 그리고 잠재력을 가진 와인으로 보르도 1등급 와인과 비견될 수 있다."라고 평하기도 하였다. '브라이언트 패밀리 빈야드'는 와이너리에서 수확한 100% 까베르네 소비뇽을

브라이언트 패밀리 빈야드(출처: https://www.wineinvestment.com/)

사용하여 만든 와인이다. 우아한 타닌감과 함께 느껴지는 미네랄 터치와 과일 풍미 그리고 신선하고 투명한 듯한 여운은 끝이 없이 느껴질 정도로 긴 여운을 준다는 평가를 받고 있다.

(4) 그레이스 패밀리 Grace Family

1983년에 설립된 그레이스 패밀리 와이너리는 컬트 와인 시대의 장을 연 러더포드 Rutherford, 나파밸리의 최초의 컬트 와이너리로 알려져 왔다. 1976년 Dick과 Ann Grace 부부는 세인트 헬레나 St. Helena에 집을 장만하고 그 옆 0.4헥타르 땅에 까베르네 소비뇽을 심어 첫 포도를 수확하였다. 이웃이며, 까베르네 소비뇽의 거성으로 존경받고 있던 케이머스 빈야드 Caymus Vineyards의 찰리 와그너 Charlie Wagner에게 양조를 부탁하며 멋진 첫 와인이 단지 두 배럴만 만들어졌는데, 이 와인이 바로 컬트 와인의 효시로 불리는 그레이스 패밀리 까베르네 소비뇽이다.

그레이스 패밀리

그레이스 패밀리 빈야드(출처: https://www.napawineproject.com/)

그레이스 패밀리 까베르네 소비뇽은 초콜릿, 자두, 블랙체리와 카시스, 감초 등의 풍미가 겹겹으로 가득한 매우 우아한 와인이다. 그레이스 패밀리 까베르네 소비뇽의 연간 생산량은 4,000병 수준이며, 포도 품종 까베르네 소비뇽의 완숙도와 풍미의 다양함으로 인해 Young 할 때도 비교적으로 접근성이 좋지만, 기본적으로 10년 이상 숙성 후 음용하는 것이 좋다. 코르크에 새겨진 'Be Optimistic'이란 문구는 Grace Family Vineyards가 와인을 통해 추구하는 인류애적인 메시지를 함축하고 있다.

(5) 콜긴 셀러즈 Colgin Cellars

허브 램 빈야드에서 까베르네 소비뇽 100%로 만들어진 알코올 15%의 콜긴 셀러즈는 매력과 아름다움이 넘치는 와인이다. 1992년 선보인 콜긴의 첫 번째 보틀링은 허브와 제니퍼 램이 소유하고 있는 면적 3헥타르의 허브 램 빈야드에서 수확한 포도만을 사용했다. 이듬해 램 부부는 가파른 바위투성이의 언덕 허리에 2헥타르의 까베르네 소비뇽을 심었다.

콜긴 셀러즈

양조는 거의 예술적인 경지이다. 이른 아침에 포도를 따서 두 번에 걸쳐 좋은 열매를 골라낸다. 찬물에 담근 뒤 스테인리스 스틸 탱크에서 발효에 들어간다. 하루에 두 번씩 펌핑

콜긴 셀러즈 빈야드(출처: https://www.colgincellars.com/)

오버를 해주면서 2~3주간의 발효 기간에 추가로 30~40일의 발효를 한 후에 마세라시옹Maceration: 와인의 침용이 더해진다. 허브 램 보틀링으로 생산되는 콜긴 셀러즈는 매끄럽고 정교하며 우아하다.

(6) 쉐이퍼 빈야드 Shafer Vineyards

존 쉐이퍼는 1972년 나파밸리로 이주하여 스택스 립 지역에 있는 와이너리를 매입하였다. 쉐이퍼는 기존의 포도나무들을 모두 뽑아내고, 바위로 된 비탈면을 계단식으로 만들어 다시 까베르네 소비뇽을 심었다. 와이너리 면적은 85헥타르에 이르며, 존 쉐이퍼는 1979년 포도 재배업자에서 와인 제조업자로 도약하였다. 그의 아들 더그는 1983년 와인 메이커가 되었으며, 1994년 더그의 조력자, 엘리스 페르난데스가 이를 계승하였다.

쉐이퍼 빈야드

쉐이퍼의 힐사이드 셀렉트 까베르네 소비뇽 포도가 재배되는 구역은 이 지역 북쪽으로 22헥타르 규모에 90m 높이로 45도의 가파른 경사면에 위치하고 있다. 포도나무는 바위 위에서 자라는데, 풍화된 기반암 위의 메마르고 바위가 많은 화산토층은 그 두께가 45cm에 미치지 못한다. 이러한 조건은 쉐이퍼의 꾸준한 스타

쉐이퍼 빈야드(출처: https://cdn.shopify.com/)

일을 대표하는 무르익고 농축된 과일을 생산하기에 안성맞춤이다. 까베르네 소비뇽으로 만들어진 알코올 14.9%의 쉐이퍼는 진하고 힘이 넘치며, 부드러운 타닌이 우아하게 녹아들고, 검붉은 과일, 제비꽃, 향신료, 토바코와 광물질의 특성이 역동적으로 표현된 와인이다. 쉐이퍼 빈야드 Shafer Vineyards 와이너리는 2023년 6월 한국 신세계 그룹에 매각되었다.

2. 1976년 와인 시음대회 – 파리의 심판

1976년 여름 영국의 와인 평론가이며 수입업자인 스티븐 스퍼리어는 프랑스의 고급 와인을 미국 캘리포니아의 신규 와인들과 비교하기 위해 프랑스인으로 구성된 평가단을 구성하고 블라인드 테이스팅을 준비하였다. 분야는 샤르도네의 화이트 와인과 까베르네 소비뇽 위주의 레드 와인으로 나뉘었다.

파리의 심판, 1976년 와인 시음대회(출처: https://academieduvinlibrary.com/)

블라인드 테스트의 개최 목적은 스퍼리어가 캘리포니아를 방문했다가 미국 와인들의 품질이 상당한 것을 보고 미국도 괜찮은 와인들을 만든다는 생각에 프랑스 와인과 비교하고 싶었다. 스티븐 스퍼리어 본인은 당연히 프랑스 와인이 이길 것이라고 굳게 믿었으며, 심사위원들도 모두 그랬다. 역사와 전통의 프랑스 와인이 미국의 와인 따위에게 질 리가 없다고 봤기 때문이다.

1976년 파리의 인터콘티넨탈호텔에서 평론가 11인이 미국 와인과 프랑스 와인의 블라인드 테스트를 진행했다. 공정을 기하기 위해 평론가 11인 중 9인이 프랑스인으로 선발되었으며, 나머지 두 명은 이 테스트를 개최한 스티븐 스퍼리어와 그가 프랑스에 설립한 와인 학교인 아카데미 뒤 뱅Académie du Vin의 미국인 원장 패트리샤 갤러거Patricia Gallagher였다.

모두들 당연히 프랑스 와인의 일방적인 우세라고 내다보았으나, 결과는 캘리포니아 와인의 완승이었다. 프랑스인으로 구성된 평가단은 가장 우수한 순서로 점수를 매겼다. 점수는 오로지 와인의 맛으로 결정되었다. 화이트 분야에서는 캘리포니아의 샤토 몬텔레나, 레드 분야에서는 캘리포니아 스택스 립

스미스소니언에 전시된 화이트 와인 대회 1976년 에서 우승한 샤토 몬텔레나 샤르도네(출처: https://en.wikipedia.org/)

와인 셀러 S.L.V. 까베르네 소비뇽이 각각 1위를 차지하였다. 블라인드 테이스팅의 최대 수혜자는 캘리포니아 와인이었으며, 이것이 '파리의 심판' 사건이다.

스택스 립 와인 셀러 S.L.V. 까베르네 소비뇽
(출처: https://www.stagsleapwinecellars.com/)

1976년 시음대회 출품 와인 명세

화이트와인	생산자	생산지
샤토 몬텔레나 Chateau Montelena 1973		미국
뫼르소 샴므 Meursault Charmes 1973	룰로 Roulot	프랑스
샬론 빈야드 Chalone Vineyard 1973		미국
스프링 마운틴 빈야드 Spring Mountain Vineyard 1973		미국
본 클로 데 무슈 Beaune Clos Des Mouches 1973	조셉 드로앙 Joseph Drouhin	프랑스
프리마크 애비 와이너리 Freemark Abbey Winery 1972		미국
바타르 몽트라쉐 Batard-Montrachet 1973	라모네-프뤼동 Ramonet-Prudhon	프랑스
풀리니-몽트라쉐 레 퓌셀르 Puligny-Montrachet Les Pucelles 1972	르플래브	프랑스
비더 크레스트 빈야드 Veeder Crest Vineyards 1972		미국
데이비드 브루스 와이너리 David Bruce Winery 1973		미국

레드와인	생산지
스택스 립 와인 셀러즈 Stag's Leap Wine Cellars 1973	캘리포니아
샤토 무통 로칠드 Chateau Mouton Rothschild 1970	보르도
샤토 오브리옹 Chateau Haut Brion 1970	보르도
샤토 몽로즈 Chateau Montrose 1970	보르도
샤토 레오빌 라스카스 Chateau Leoville Las Cases 1971	보르도
리지 빈야드 몬테 벨로 Ridge Vinyard Monte Bello 1971	캘리포니아
마야카마스 빈야드 Mayacamas Vineyards 1971	캘리포니아
클로 뒤 발 와이너리 Clos Du Val Winery 1972	캘리포니아
하이츠 마르타 빈야드 Heitz Wine Cellars Martha's Vineyard 1970	캘리포니아
프리마크 애비 와이너리 Freemark Abbey Winery 1967	캘리포니아

2006년 파리 와인 시음대회 30주년을 기념하여, 30년 전에 시음했던 그 와인을 가지고 앙코르 블라인드 테이스팅을 하였다. 숙성력이 뛰어난 보르도 와인은 익으면 익을수록 맛이 더 좋아진다고 사람

2006년 파리 와인 시음대회(출처: https://www.sfgate.com/)

들이 믿어서, 이번 결과는 프랑스의 승리일 거라고 모두들 내다보았다. 결과는 30년이 지난 후에도 미국 캘리포니아 와인이 더 높은 평가를 받았다. 파리의 심판 재대결의 레드 와인 1위는 캘리포니아 리지 빈야드 몬테 벨로 1971이 차지하였다.

2006년 파리의 심판 재대결 시음 순위 레드 와인

2006년	1976년	와인명	생산지
1	5	리지 빈야드 몬테 벨로 Ridge Vineyards Monte Bello 1971	캘리포니아
2	1	스택스 립 와인 셀러즈 Stag's Leap Wine Cellars 1973	캘리포니아
3	7	하이츠 마르타 빈야드 Heitz Wine Cellars Margtha's Vineyard	캘리포니아
4	9	마야카마스 Mayacamas	캘리포니아
5	8	클로 뒤 발 Clos Du Val 1972	캘리포니아
6	2	샤토 무통 로칠드 Chateau Mouton Rothschild 1970	보르도
7	3	샤토 몽로즈 Chateau Montrose 1970	보르도
8	4	샤토 오브리옹 Chateau Haut Brion 1970	보르도
9	6	샤토 레오빌 라스 카스 Chateau Leoville Las Cases 1971	보르도
10	10	프리마크 애비 Freemark Abbey 1967	캘리포니아

리지 빈야드 몬테 벨로(출처: https://en.wikipedia.org/)

1976년 당시 레드 와인은 그나마 1등만 내주고 2, 3, 4등을 가져왔던 것과 달리 이번엔 상위 1~5등을 전부 미국에게 내주어 버린 것이다. 보르도 그랑크뤼 가격이 70년대와 달리 천정부지로 치솟아 버린 2006년에 무통 로칠드와 오브리옹이 보르도 1등급 와인 가격의 20~30% 수준인 미국 와인들에게 완패하였다. 그리고 프랑스 와인 측에서 줄곧 주장했던 '장기 숙성 능력은 프랑스가 우수하다'는 주장도 설득력을 잃게 되었다.

스택스 립 와인 셀러즈 / 하이츠 마르타 빈야드 / 마야카마스 / 클로 뒤 발

파리의 심판 대결 결과를 두고, 빈티지 기복이 심한 프랑스 와인과 빈티지 편차가 별로 없는 캘리포니아 와인 간의 승부는 별 의미가 없다고 주장하는 의견도 있다. 이로 인해 캘리포니아 와인은 파리 블라인드 테이스팅의 최대 수혜자가 되었으며, 보르도 1등급 와인을 능가하는 최고급 와인의 반열에 오르게 되었다.

미국은 나파밸리와 같이 유럽에는 없는 좋은 기후와 토양 조건을 가지고 최강의 자본과 최신의 기술로 프랑스를 이긴 것이다. 다시 말해서 '프랑스 와인'이란 브랜드 하나만으로 다른 와인들을 압도하던 시절은 이미 끝났음을 의미하고 있다. 미국과 같이 다른 지역에서도 프랑스보다 더 좋은 제조 조건과 기술력이 있다면 훌륭한 와인들이 만들어질 수 있음을 프랑스도 인정해야 하는 시대가 온 것이다.

소한은 작은 추위라는 뜻의 절기로 일 년 중 가장 추운 시기이다. “소한 추위는 꾸어서라도 한다.”라는 속담이 있듯이 대한大寒보다 소한小寒이 더 추울 때가 많다. 김용화[9] 시인은 그의 시詩, 〈첫눈 내리는 날에 쓰는 편지〉에서, “소한小寒 날 눈이 옵니다/가난한 이 땅에 하늘에서 축복처럼/눈이 옵니다/집을 떠난 새들은 돌아오지 않고/베드로학교 낮은 담장 너머로/풍금 소리만 간간이 들려오는 아침입니다.”라고 소한에 첫눈 내리는 감회를 잔잔하게 들려주고 있다. 겨울나무 가지 끝에 순백의 꽃으로 피어난 첫눈을 보며, 시인은 마지막 연에서, “한 방울 피가 식을 때까지/나는 이 겨울을 껴안고/눈 쌓인 거리를 바람처럼 서성댈 것입니다”라고 순백의 사랑을 노래하고 있다. 소한小寒에 첫눈이 내리면, 하안 눈을 바라보는 것만으로도 얼마나 좋으랴.

소한에 캘리포니아 나파밸리의 조셉 펠프스 빈야드, 스택스 립 와인 셀러즈나 마야카마스, 케이머스 빈야드 또는 하이츠 마르타 빈야드의 레드 와인과 함께한다면, 그 즐거움은 이루 말할 수 없이 좋을 것이다. 눈이 내리면 따스했던 그대 손길이 그리워지고, 하얀 눈길을 걸으며 함께 웃던 웃음에도 행복했던 시절이 떠오를 것이다. 눈이 내리면 우리를 미소 짓게 했던 그 시간을 기억하며, 눈雪으로 만든 동화 같은 은빛 세상에 새처럼 날아오르고 싶어질 것이다.

9) 김용화, 1958년 ~ , 충남 예산 출생, 1993년 『시와시학』 등단.

이탈리아 와인 혁명의 기수, '슈퍼 토스카나 Super Toscana'

이탈리아 와인은 전통적으로 값싸고 편하게 즐기는 생활 속에서의 와인으로 인식되어 세계 시장에서 큰 주목을 받지 못하였다. 1963년부터 시행된 이탈리아 와인 등급 체계인 DOC Denominazione di Origine Controllata 역시 생산성이 좋은 품종이 잘 자라는 지역을 기준으로 분류하여 와인의 질보다는 양적인 팽창을 부추겼던 측면도 있다.

이탈리아 토스카나 지역의 와이너리(출처: https://rekolt.io/)

이탈리아에도 전통적인 3대 명품 와인 지역인 토스카나에 끼안티, 브르넬로 디 몬탈치노가 있고, 피에몬테에는 바롤로와 바르바레스코가 있으며, 베네토 지역에는 아마로네, 발폴리첼라가 있다.

그러나 전반적으로 이탈리아 와인의 대세는 기울어 가고 있었는데, 이때 이단아가 나타나 이탈리아 와인의 르네상스를 만들었다. 그 주인공이 바로 슈퍼 토스카나Super Toscana이다.

슈퍼 토스카나의 본고장인 볼게리 지역은 피사Pisa에서 남쪽으로 한 시간 내려가면 아름다운 해안선이 보이는 곳으로, 1990년대 들어 세계 와인 시장에 선보인 사씨카이아Sassicaia, 오르넬라이아Ornellaia 등으로 세계적으로 인정을 받게 되었다.

1. 슈퍼 토스카나의 혁명 기수, 사씨카이아Sassicaia

토스카나 볼게리 지역에 프랑스 보르도의 샤토 라피트 로칠드로부터 가져온 까르베네 소비뇽 품종을 재배하여 1968년 사씨카이아Sassicaia 와인을 출시하였다. 양조 방식도 당시의 전통 방식인 슬로베니아 오크 타원형 통카스크을 사용하지 않고 프랑스 225ℓ 오크통인 바리크Barrique에서 숙성시켰기 때문에 이탈리아 DOC 규정 차원에서 보면 이 와인은 이탈리아 와인의 이단자이며, 이탈리아 와인의 최하위 등급인 비노 다 타볼라VINO DA TAVOLA로 표기되는 불명예를 안았다.

사씨카이아

그러나 포도원을 방문한 한 영국인 기자가 시음한 뒤 기사를 쓰는 과정에서 사씨카이아를 그저 테이블 와인으로 부르는 것이 난감해 슈퍼 토스카나Super Toscana라는 용어를 사용하였으며, 1980년대 후반에 슈퍼 토스카나는 국제 무대에서 인정을 받기 시작하였다.

사씨카이아 와이너리(출처: https://wineandtravelitaly.com/)

2. 오르넬라이아Ornellaia

오르넬라이아 포도원의 전설은 1981년 창시자인 마프케세 로도비코 안티노리Marchese Lodovico Antinori에 의해서 시작되었다. 로도비코 안티노리는 이론과 실천의 일관성을 계속해서 이어나가겠다는 굳은 의지를 표명하였고, 세계적인 와인 컨설턴트 미셸 롤랑을 초대하여 블렌딩에 관여하게 하였다.

볼게리 지역의 가능성을 보고 토착 품종이 아닌 보르도 품종인 까베르네 소비뇽, 메를로, 까베르네 프랑을 심어 세계적으로 인정받는 와인이 되었다. 까베르네

오르넬라이아

오르넬라이아 와이너리 전경(출처: https://www.wineinvestment.com/)

소비뇽 80%, 메를로 16%, 까베르네 프랑 4%로 블렌딩된 오르넬라이아는 와인의 힘과 스트럭처가 확연하고 질감이 더욱 균질하며 컴플렉시티와 깊이가 있다. 아몬드, 크리스마스 케이크, 삼나무 등의 아로마가 강하게 코끝으로 밀려든다. 입안에서는 매우 견고하고 타닌의 스트럭처가 여실히 드러나지만, 이를 순화시켜 줄 과일 향이 풍부한 고품격의 세련미를 갖춘 와인이다. 오르넬라이아에는 2차 와인인 레 세레 누오베Le Serre Nuove와 3차 와인인 레 볼테Le Volte가 있다.

3. 마세토 Masseto

마세토

안티노리는 높은 품질을 달성하려면 보르도 스타일의 와인을 생산해야 한다는 것을 깨닫고, 1980년 볼게리 땅의 미개간지들을 포도밭으로 일구고, 최고급 와인을 생산하기 위해 최첨단 캘리포니아 스타일의 포도원

마세토 와이너리(출처: https://www.wineinvestment.com/)

건립하였다. 마세토는 1986년에 탄생하였는데, 이 해에 테누타 델로 오르넬라이아는 마세토 포도밭의 메를로가 아주 뛰어난 품질을 보임에 따라 이곳 메를로만을 보틀링해서 와인을 만들기로 결정했다.

첫 번째 빈티지는 단순히 메를로라 불렀으나 1987년부터는 7헥타르 규모의 포도밭 이름을 따라 '마세토'라 불리기 시작했다. 최초의 빈티지가 선보인 이후 마세토는 국제적으로 높은 평판을 얻어 매우 유명해졌으며, 2001년 빈티지가 《와인 스펙테이터》로부터 100점 만점을 받고 최고 와인 목록에 오르게 되었다. 100% 메를로 품종으로 만드는 마세토는 이탈리아 최고 수준의 메를로로써 '토스카나의 페트뤼스 Petrus'로 불리고 있다.

마세토 와이너리에서 잘 익은 포도를 손으로 선발하는 작업
(출처: https://www.masseto.com/)

4. 솔라이아Solaia

안티노리Antinori의 솔라이아는 '햇빛 좋은 곳'이라는 뜻이며, 알바레제석과 이회석으로 구성된 석회질 토양으로 해발 350~396m에 남서향으로 펼쳐져 있는 10헥타르의 포도밭이다. 안티노리는 1978년 빈티지에서 처음으로 이곳에서 싱글 빈야드 와인을 생산했다.

1978년 까베르네 소비뇽을 주 품종으로 하고 까베르네 프랑Cabernet Franc과 산지오베제Sangiovese를 블렌딩하여 출시한 솔라이아는 이탈리아 와인 최초로 와인 스펙테이터 2000년 올해의 100대 와인에서 1997년 빈티지가 1위에 선정되는 영예를 안았다. 솔라이아의 산도나 타닌 함유량을 고려하면 15~25년 정도 숙성해야 제맛을 느낄 수 있다.

솔라이아

안티노리 와이너리(출처: https://www.antinori.it/)

5. 티냐넬로 Tignanello

티냐넬로는 석회질의 바위투성이 이회토와 석회암 토양으로 면적 47헥타르의 남서향인 해발 350~400m의 안티노리 산타크리나 에스테이트에 자리하고 있다. 사씨카이아 생산에 관여한 피에로 안티노리와 지아코모 타키스는 1970년 전통적인 와인 산지인 끼안티 지역에 또 하나의 혁신적인 와인을 출시하였는데, 그것이 티냐넬로 Tignanello라 하는 슈퍼 토스카나이다.

티냐넬로

안티노리 형제 와인인 솔라이아보다 훨씬 가벼운 터치로 만든 티냐넬로는 이탈리아 고유 품종인 산지오베제 85%, 까베르네 소비뇽 10%와 까베르네 프랑 5%로 블렌딩하고, 작황이 좋은 해에만 생산하는 것으로도 유명하다. 흑적색에 석류빛을 띠며, 알코올 13.5%인 티냐넬로는 블랙커런트, 자두, 체리, 정향, 계피, 나무, 후추, 말린 허브 등의 향을 느낄 수 있다. 새큼한 과일과 나무의 풍미 그리고 적절한 산미와 깊은 응축감과 균형감을 가지고 있으며, 시간 속에서 은은한 깊이를 발하는 와인이다. 음식과의 조화는 안심 스테이크, 양념 돼지고기구이, 불고기, 프로슈토 피자, 에멘탈 치즈 스위스에서 무살균 우유로 만드는 반경성 치즈 등과 어울린다.

안티노리 와이너리(출처: https://www.antinori.it/)

과거와 현재, 미래를 드러내는 안티노리 와이너리(출처: https://www.antinori.it/)

세계에서 가장 오래된 와인 양조장은 1385년에 세워진 이탈리아 안티노리 와이너리이다. 600년이 넘는 세월 동안 와인에 열정을 쏘아온 위대한 와인 가문인 안티노리는 프레스코발디Frescobaldi, 가야Gaja와 함께 이탈리아 3대 와인 명문 가문이다.

이탈리아 와인이 전 세계적으로 품질이 알려지기 시작한 것은 1960년대 초로 원산지 명칭 보호에 관한 법규DPR 930/63가 제정되면서부터이다. 그러나 안타노리 와이너리는 법규가 허용한 품종과 양조

안티노리 와이너리 전경(출처: https://winenews.it/)

방식에서 벗어나 새로운 도전을 시도하여 테누타 산 귀도Tenuta San Guido 지역에서 티냐넬로Tignanello 와인을 양조했는데, 이것이 수퍼 토스카나Super Toscana의 시초가 되었다.

안티노리 와이너리가 추구하는 최고 와인의 핵심 요소는 첫째, 일조량이 풍부하고 일교차가 크고 척박한 토양, 둘째, 토양에 알맞은 포도 품종의 선택, 셋째, 잘 익은 포도를 일일이 선별하여 손으로 수확하여 포도 개성에 맞는 와인을 생산하는 것이라고 한다. 이탈리아 와인 혁명의 기수, 슈퍼 토스카나의 주인공인 안티노리 가문의 도전 정신과 성공 신화를 생각하며, 캐나다 출신의 가수이며 작곡가인 폴 앨버트 앵카Paul Albert Anka가 작곡하고 프랭크 시나트라Frank Sinatra가 부른 〈My Way〉를 떠올려 본다.

My Way[10]

And now the end is near

And so I face the final curtain

⋮

The record shows I took the blows

And did it my way

⋮

Yes, it was my way

10) 폴 앨버트 앵카, , 1941년 7월 30일 ~ , 캐나다 가수, 〈My Way〉 작사.

우리는 인생을 살면서 매순간 선택에 직면하게 된다. 때로는 순간의 선택이 고통스럽기도 하고 평생을 좌우하기도 한다. 우리 삶에는 사랑도 있고, 기쁨도 있고 슬픔도 있다. 그러나 선택한 일에 열정을 가지고 최선을 다하며, 도전 정신으로 새로운 길을 개척해 나가면서 결코 뒤돌아보거나 후회하지 않는다면, 정녕 값지고 소중한 삶일 것이다. 황산荒山 숲 나뭇가지에 눈이 살포시 내려앉은 대한大寒이다. 이 숲이 누구의 숲인지 나는 알지 못한다. 황산 숲의 눈 내린 경치를 바라보고 있는 순간 나는 이 숲의 주인이 된다. 눈 내린 황산 숲은 그지없이 고요하다.

눈내리는 겨울 산장에서 마시는 와인(출처: 미드저니)

에필로그

EPILOGUE

와인 한 잔의 여유와 기쁨

내가 좋아하는 적포도 품종은 까베르네 소비뇽Cabernet Sauvignon과 쉬라즈Shiraz이다. 와인 한 잔을 마시며 조용히 사색하며 긴장을 풀고 싶을 때는 까베르네 소비뇽을 마신다. 친구나 지인들과 함께할 때는 진하고 강건한 쉬라즈를 선호하는 편이다. 호주 쉬라즈는 블랙베리, 블랙커런트, 스모키, 코코넛, 바닐라, 초콜릿, 스카치캔디 같은 맛이 난다. 까베르네 소비뇽 못지않은 거친 맛과 강한 타닌 그리고 부드럽고 걸쭉한 질감이 매력을 더해 주는 와인이다.

쉬라즈 중에서도 나는 루비빛이 감도는 더 데드암 쉬라즈The Dead Arm Shiraz를 좋아한다. 강렬한 느낌의 달콤함 그리고 삼나무 결의 은은한 맛과 부드럽게 젖어 오는 질감과 오크의 조화로운 맛이 좋다. 잘 익은 자두와 카시스cassis 열매의 아로마를 보여 주며, 아메리카 오크 향이 더해진 농도가 짙은 와인이다. 바닐라, 블랙베리 등 과일 향이 풍성하고, 계피와 모카 맛이 여운을 더해 준다.

한 알의 포도 안에는 그가 태어나고 자란 대지의 빛과 향기가 스며 있다. 우리 인생은 와인과도 같다. 한 송이의 포도가 주어진 환경 그리고 그들과 함께할 줄 아는 인간과 더불어 순환하며, 자신의 최고점에 도달하여 훌륭한 와인으로 숙성되듯, 사람 역시 인생에서 마주했던 사람들과 주변 환경 그리고 자신과의 관계 회복을 통해 지혜로운 인생을 만들어 간다. 와인과의 진지한 만남은 인간에게 자연과의 교감을 일으키는 계기가 될 수도 있을 것이다.

눈으로 확인한 와인이 어떤 향을 낼지 궁금해하며, 잔을 돌린 후 천천히 그리고 편안한 마음으로 와인이 내뿜는 다양한 향을 즐겨보는 것은 큰 기쁨이 아닐 수 없다. 코끝에 스치는 더 데드 암 쉬라즈의 블랙베리, 블랙커런트, 자두, 체리, 바닐라 향이 달콤하다.

더 데드 암 쉬라즈 한 모금 머금고 입안 여러 부위로 와인을 굴려본다. 와인이 여러 부위를 스쳐 지나가면서 전해 주는 다양한 느낌과 감동을 만끽해 본다. 루비빛 더 데드 암 쉬라즈의 강렬한 느낌의 달콤함이 황홀감에 빠져들게 한다. 더 데드 암 쉬라즈는 부귀와 영화의 의미를 가지고 화려한 꽃을 피워 내는 모란처럼 화사한 자태를 지니고 있다. 더 데드 암 쉬라즈의 부드러운 타닌과 초콜릿 오크 향의 농축된 풍미와 운치 있는 베리의 끝 여운은 청묘함을 애써 감춘 우아하고 단려한 여인의 모습이다.

까베르네 소비뇽으로 만들어진 와인은 짙은 붉은 색상에 오묘한 향, 터프한 질감과 중후한 맛을 지니고 있다. 까베르네 소비뇽은 블랙베리, 블랙커런트, 체리 등의 과일 향, 후추, 정향, 피망 등의 향신료, 민트, 올리브의 느낌이 있다. 숙성 여부에 따라 삼나무 향, 시가 향, 블랙 초콜릿의 터치가 있으며, 산미와 알코올 그리고 타닌이 조화를 이루는 농축미를 느끼게 한다.

나는 까베르네 소비뇽 특유의 열정적인 아로마와 농축미를 좋아한다. 까베르네 소비뇽 중에서 나는 스페인의 마스 라 플라나Mas La Plana에 매력을 느낀다. 내가 마스 라 플라나를 좋아하는 이유는 까베르네 소비뇽의 매력을 고스란이 담은 와인이기 때문이다. 전통적인 유럽 스타일보다 세련되어 자두, 오크 향이 풍부하고 강건한 타닌에도 부드러운 산도와 조화로운 과일 향이 혀끝을 감싸고돌며 탄탄한 구조감을 느끼게 한다. 크리미한 블랙커런트가 입속에 가득 피어나며, 멋지고 사치스러우리 만큼 부드럽다.

와인은 우선 관상觀賞의 대상이다. 나는 와인의 색깔과 여러 가지 뉘앙스 그리고 그 강도와 선명한 빛을 관상한다. 와인의 색깔을 관상하는 기쁨을 누리지 못한다면, 기분 좋은 감각을 상실하는 일이기도 하다. 다음으로 가장 흥미로운 후각적인 단계를 좋아한다. 먼저 와인 잔을 빙빙 돌려가며, 거기서 솟아나는 향기를 맡는 일은 와인 향의 다양성과 풍요로움을 느낄 수 있는 기회를 갖는 것이다. 와인처럼 오묘한 향의 세계를 보여 주는 생명체도 없다. 와인이 자신의 일생을 통해 보여 주는 향기의 향연은 우리에게 삶의 의미와 향기에 대해 조용히 성찰하게 한다.

와인의 색깔을 감상하고 와인의 향기를 후각을 통해 느끼고 나면, 와인의 맛을 보며, 와인과의 직접적인 접촉을 갖는다. 나는 와인을 삼키는 순간을 가능한 뒤로 미룬다. 시간의 흐름을 늦추면서 와인 한 잔의 여유를 가지고, 와인의 아로마Aroma와 질감Texture 그리고 풍미 등 다양한 특질들을 탐색할 최상의 기회를 가져 보기를 원한다.

잘 익은 검은 과일과 미네랄의 풍부한 터치, 좋은 산도, 허브, 감초, 바닐라의 복합적인 향 그리고 묵직한 바디감을 지닌 마스 라 플라나를 마실 때면 블랙체리, 허브, 민트, 견과류, 삼나무 향과 오크에서 숙성된 바닐라 아로마와 실크처럼 부드러운 타닌의 감각적인 맛에 빠져들곤 한다. 마스 라 플라나는 완숙하고 육감적이다. 농밀하여 양귀비꽃처럼 고혹적인 아름다움을 지니고 있다. 이 와인은 기이하고 신비스럽다. 깊은 속눈썹을 예쁘게 드러내고 우리를 유혹하는 청초함이 그윽한 경성지색傾城之色의 모습이다.

아주 훌륭한 와인과의 만남은 종종 탐미적인 관조로 이끈다. 이를테면, 어떤 예술 작품에 대한 관상과 비슷하다고나 할까. 이럴 때 관조자는 탐미가가 될 기회를 얻게 되는데 유쾌한 일이 아닐 수 없다. 와인 한 잔을 마시며 긴장을 풀려고 하다가, 풍부한 향기와 균형미 좋은 와인을 만나면, 그만 와인의 마술에 홀릴 때가 있다. 와인의 마술이 효력을 발휘하기 시작하면 긴장이 풀린다. 그리고 미소를 짓게 되고 한바탕 웃음을 터뜨리게 된다. 우아하고 매혹적인 향기가 피어나는 기품 있는 와인을 만날 때는 감동과 경이로움에 사로잡혀 때로는 우화등선羽化登仙을 꿈꾸기도 한다. 와인은 우리 모두를 근심 걱정이 없는 즐거운 기분으로 만들어 주는 마력을 지니고 있다. 와인 한 잔으로 기氣와 정精이 살아나는 즐거움을 느낀다면 이보다 큰 기쁨이 또 있을까.

인생에는 쾌락이 있고, 기쁨이 있고, 열정이 있고, 욕망도 있다. 와인 한 잔의 여유와 기쁨은 일회적이고 덧없는 것이 아니라, 삶의 행복을 느끼게 하는 묘미가 있다. 와인은 그 어떤 술보다도 풍요롭고 매혹적이다. 나는 와인에 대해 미학적인 태도를 취한다. 와인은 우리를 매료시키는 탐스러운 음료이기 때문이다.

루이 파스퇴르는 "한 병의 와인에는 세상의 어떤 책보다 더 많은 철학이 있다."라고 말한 바 있다. 와인의 향미는 인간의 변화무쌍한 삶의 맛과 닮아 있다. 와인의 맛을 정확하게 알 수 있는 것은 세상을 보는 혜안을 얻는 것과 다를 바 없을 것이다. 와인은 다양한 사고와 생각을 열어 주며, 우리의 일상을 풍요롭게 한다. 와인은 열정을 쏟을 만한 가치가 있는 음료이다. 우리를 매료시키는 와인의 거부할 수 없는 매력은, 우리의 감각과 상상력을 일깨우고 우리를 꿈꾸게 만든다.

이원희(李源熙)

포도 품종

와인은 포도로부터 만들어지므로 와인의 스타일에 영향을 주는 포도 품종을 아는 것은 와인의 향과 맛을 이해하는 데 도움이 된다.

1. 적포도 품종

(1) 까베르네 소비뇽 Cabernet Sauvignon

출처: Alasdair Elmes

프랑스 보르도가 원산지이며 메독과 그라브 지역의 주품종이다. 포도알은 작고 껍질이 두꺼우며, 진하고 농축된 와인을 얻을 수 있다. 까베르네 소비뇽이 만들어 내는 색상은 보랏빛을 띤 짙은 루비색의 컬러를 가지고 있으며, 향이 강하고 풍부하다. 배수가 잘되는 자갈 토양에서 잘 자라며, 캘리포니아에서도 까베르네 소비뇽으로 최고의 레드 와인을 만들고 있다.

타닌이 많아서 와인이 숙성이 덜 되었을 시는 떫은맛이 강하지만, 숙성이 될수록 부드러워지면서 고유의 맛을 풍긴다. 과일 향블랙커런트, 블랙베리, 체리, 향신료후추, 정향, 순한 피망, 민트, 올리브의 느낌이 있고, 오크 숙성이 되면 삼나무 향, 시가 향, 블랙 초콜릿의 터치를 남겨 준다. 풍부한 타닌과 강인한 구조를 갖고 있으며, 진한 농축미와 함께 육질의 느낌이 뛰어나다.

(2) 메를로 Merlot

출처: Wine Australia / Ian Routledge

까베르네 소비뇽Cabernet Sauvignon과 더불어 보르도의 주요 품종이다. 진한 색상과 과일 향 그리고 부드럽고 유연한 타닌이 주는 뛰어난 미감으로 까베르네 소비뇽이 남성적이라면, 메를로는 여성적인 느낌을 준다. 메를로의 부드러움과 유연미로 인해 전통적인 보르도 블렌딩에서는 터프한 까베르네 소비뇽을 보완해 주는 최적의 동반자이기도 하다. 포므롤Pomerol의 최고급 와인인 페트뤼스Petrus의 주요 품종인 메를로는 보르도 포므롤의 경우 80% 이상 사용되며, 신세계 생산 지역에서는 메를로 단일 품종도 생산하고 있다.

메를로는 잎이 크고 색도 진하며, 조생종이라 소출이 많다. 석회 점토질이나 점토질 토양에서 잘 자라며, 프랑스 포므롤Pomerol과 미국 캘리포니아가 최적의 생산지이다. 부드러운 과일 향자두, 과일, 젤리 케이크, 장미, 향신료의 느낌이 있고 숙성되면서 동물 향, 숲 향과 서양 송로버섯 향 등으로 진전하는 묘미를 보여 준다. 미감에서는 부드럽고 자두 맛이 나며, 약간 스위티 한 기분이 들기도 한다.

(3) 까베르네 프랑 Cabernet Franc

출처: https://wineclubdirectory.net/

보르도에서는 블렌딩 용품으로써, 까베르네 소비뇽과 메를로를 보좌하여 과일 풍미, 질감, 몸집의 형성을 도와 준다. 까베르네 소비뇽이 잘 안 자라는 생테밀리옹과 포므롤에서는 '부셰Bouchet'라는 이름으로 까베르네 소비뇽 대체품으로 많이 재배한다. 까베르네 프랑은 까베르네 소비뇽에 비해 보다 가볍고 전반적인 느낌이 못하지만, 생테밀리옹의 샤토 슈발 블랑Chateau Cheval Blanc에서는 이 품종을 60% 사용하여 최고의 명품을 만들고 있다.

까베르네 프랑은 조생종으로 까베르네 소비뇽보다 일찍 익는다. 적당히 진한 색상과 풍부한 향, 우아하고 섬세한 미감이 느껴진다. 산도, 타닌은 모두 높은 편이며, 까베르네 소비뇽보다 부드럽다. 산딸기 등 레드 베리류의 향과 피망같이 풋풋하면서도 매큼한 향이 특징이다.

(4) 피노누아Pinot Noir

출처: Wine Australia / Andre Castelluci

피노누아Pinot Noir는 프랑스 부르고뉴가 가장 대표적인 명산지이며, 부드러운 맛에 복합적인 향이 깃든 최고의 레드 와인을 만든다.

프랑스 부르고뉴 지방의 최고 와인인 로마네 꽁띠La Romanee-Conti, 라 타셔La Tache, 르 샹베르탱Le Chambertin, 뮤지니Musigny 등은 모두 100% 피노누아로 만들어진 와인이다. 포도송이가 작고 아담하며, 색상이나 타닌이 진하지 않으며, 조생종으로 소출이 적다. 비교적 서늘한 곳에 잘 자라지만, 재배 조건이 까다롭기 때문에 언제 어디서나 좋은 와인을 만들지 않는다. 까베르네 소비뇽보다 타닌 함량이 적고 빨리 숙성된다.

피노누아Pinot Noir를 독일에서는 '슈페트부르군더Spatburgunder', 이탈리아에서는 '피노 네로Pinot Nero' 그리고 오스트리아에서는 '블라우부르군더Blauburgunder'라고 불린다. 샴페인에 '블랑드 누아Blanc de Noir'라고 표기된 것은 100% 피노누아로 만들어진 것이다. 피노누아는 산뜻하고 맑은 루비 보석 같은 색상을 가지고 있으며, 체리, 라즈베리, 자두, 산딸기, 딸기 등 상큼한 과일 향과 제비꽃, 장미꽃 등 향긋한 꽃향기가 난다. 숙성될수록 삼나무, 시가, 초콜릿과 가죽, 사냥감 동물 향과 서양 송로버섯 향이 나타난다. 가볍고 상큼한 산미가 인상적이며, 비단처럼 매끄러운 타닌과 부드러운 질감을 가지고 있다.

(5) 시라 Syrah & 쉬라즈 Shiraz

출처: Wine Australia / Ian Routledge

시라Syrah는 프랑스 론의 북부 지방에서 주로 재배되는 품종이다. 색깔이 진하고 타닌이 많아서 장기 보관이 가능한 묵직한 와인을 만든다. 척박한 토양과 덥고 건조한 기후를 선호한다. 유명한 '에르미타주Hermitage', '코트 로티Cote Rotie' 등이 시라로 만든 와인이다. 시라Syrah 품종이 호주로 전파되어 쉬라즈Shiraz가 되었으며, 호주 최고의 와인을 만들고 있다.

시라가 보여 주는 와인의 색상은 진보랏빛 뉘앙스를 가지고 있으며, 호주 쉬라즈는 짙은 석류색에 루비빛을 띠고 있다. 프랑스 론 지방의 시라는 산딸기, 블랙베리, 블랙커런트, 피망, 통후추, 계피, 제비꽃 등의 향에서 숙성되면 동물 향가죽, 사냥감 동물의 느낌이 난다. 높은 산도와 섬세한 향과 질감 그리고 미네랄 터치를 느낄 수 있다. 호주 쉬라즈는 블랙베리, 블랙커런트, 토스트, 스모키 코코넛, 바닐라, 초콜릿, 스카치 캔디 맛이 나며, 더 부드럽고 걸쭉한 질감을 나타낸다.

(6) 네비올로 Nebbiolo

출처: Wine Australia / Ian Routledge

네비올로Nebbiolo는 이탈리아 북서부 피에몬테Piemonte 지역에서 세계적 명성의 와인, 바롤로Barol와 바르바레스코Barbaresco를 생산하는 이탈리아 전통 품종이다. 이 품종은 이탈리아어로 안개를 뜻하는 '네비아Nebbia'에서 유래되었다. 타닌과 산도가 강하며, 풍미는 부드럽다. 와인의 색상은 부드러운 암홍색이며, 향에서는 말린 자두, 서양 자두, 감초, 서양 송로버섯, 제비꽃, 장미 향이 난다. 숙성이 잘된 와인은 동물 향과 숲의 향이 조화를 이룬다.

(7) 산지오베제 Sangiovese

출처: Wine Australia / Ian Routledge

이탈리아 중부 지방, 토스카나에서 가장 많이 재배되는 품종이다. 키안티, 비노 노빌레 디 몬테풀치아노, 부르넬로 디 몬탈치노의 주품종이며, 상당히 많은 변종을 가지고 있다. 껍질이 두껍고 씨가 많아 새큼하고 씁쓸한 와인이 만들어지며, 높은 산미와 타닌으로 견고한 느낌을 준다. 피에몬테 지방의 네비올로Nebbiolo 품종과 더불어 이탈리아를 대표하는 고급 토착 품종이다. 짙은 암적색에 블랙체리, 말린 자두, 담뱃잎, 허브, 건초 등의 향이 난다. 숙성되면서 육감적인 동물적 풍미로 바뀌며, 높은 산도와 부드러운 질감을 지니고 있다.

(8) 템프라니요 Temptranillo

출처: Fernando Garcia Esteban / GETTY IMAGES

템프라니요Tempranillo는 스페인 리오하, 페네데스, 발데페냐스의 주 품종으로 색깔이 짙고 균형 잡힌 와인을 만든다. 최근에는 리베라 델 두에로Ribra del Duero의 강하고 진한 와인이 각광을 받고 있다.

템프라니요는 산도가 낮아 가르나차Garnacha, 마주엘로Mazuelo, 그라시아노Graciano 등을 블렌딩하여 부족한 산도와 숙성력을 보완하기도 한다. 진한 암적색의 색상이나 오크통 배양 기간 동안에 부드러운 심홍색을 띠게 된다. 산딸기, 오디, 시가, 향신료, 바닐라, 커피 등 이국적 풍취가 깃들어 있으며, 타닌의 질감이 좋고 숙성된 부드러움이 있다.

(9) 진판델 Zinfandel

출처: https://www.vindulge.com/

진판델은 크로아티아가 원산지이나, 캘리포니아에서 특산품으로 재배되고 있다. 더운 기후를 선호하며 생산성이 높다. 화이트 드라이 와인에서 달콤한 화이트, 진한 레드 드라이 와인과 레드 스위트까지 다양한 스타일의 와인을 만들어 낸다. 약간 선선한 기후 지역에서는 블랙베리와 자두 향이 풍성한 과일 향을 가진 섬세한 레드 와인을 만들 수 있으며, 더운 기후에서는 포트 와인 맛과 들장미 젤리 맛이 난다.

(10) 말벡 Malbec

출처: https://elmalbec.com.ar/

말벡은 원산지 보르도에서는 인기를 끌지 못했으나, 아르헨티나에서 대표 품종으로 육성되고 있다. 아르헨티나의 건조하고 깨끗한 환경이 병충해에 약한 말벡을 잘 자랄 수 있는 최적의 환경을 제공해 주고 있다. 포도알은 작은 편이며, 와인의 색깔도 진하다.

프랑스 남서부 까오르Cahors 지역의 말벡은 거친 타닌, 광물질 향, 향신료 향, 자두 향이 있으며 견고하다. 아르헨티나 말벡은 잘 익은 오디, 블랙베리, 향신료, 오크 뉘앙스가 있으며, 부드럽고 매끈한 재질감과 농축미가 있다.

2. 청포도 품종

(1) 샤르도네 Chardonnay

출처: Chardonnay Wikipedia

세계에서 가장 많은 사랑을 받는 화이트 와인의 대표적인 품종이다. 특유의 맛과 풍부한 향을 가지고 있으며, 고급은 오크통에서 숙성시킨다. 스파클링 와인에서 스위트 와인까지 다양한 스타일의 와인을 생산하고 있다. 서늘한 상파뉴지방에서부터 뜨거운 태양 아래의 캘리포니아에 이르기까지 각기 다양한 기후에 비교적 잘 적응하는 품종이다. 샤르도네는 튼튼하고 저항력이 강하며 생산성도 좋다. 석회암질 토양을 선호하며, 오크통 숙성을 통해 부드러움과 복합성을 더해 준다.

신세계의 샤르도네는 수년 내에 마시는 것이 좋으며, 부르고뉴의 샤블리 등 보통 와인은 5년 전후로 마실 수 있다. 부르고뉴의 고급 와인과 정상급 신세계의 샤르도네는 병 안에서 10년 이상 숙성하면서 견과류, 꿀향을 지닌 섬세한 복합미를 더해 준다.

색상은 진한 노란색으로 샹파뉴나 샤블리 와인이 연하고, 캘리포니아와 호주 와인은 진한 편이다. 노블한 꽃향기가 풍부한 부케와 아몬드, 개암나무 열매 향이 샤르도네의 특징이다. 익을수록 멜론이나 복숭아, 벌꿀, 버터 향 등이 강하게 나타난다.

프랑스 부르고뉴의 샤블리 Chablis, 꼬르동-샤를마뉴 Corton-Charlemagne, 뫼르쏘 Meursault, 몽라셰 Montrachet 가 유명하다.

(2) 리슬링 Riesling

출처: Wine Australia / Ian Routledge

독일 와인의 대표 품종으로 라인과 모젤 지방 그리고 프랑스 알자스 등 비교적 시원한 지방에서 생산되며, 섬세하고 기품 있는 화이트 와인을 만드는 품종이다. 리슬링 와인은 신선하고 향이 독특하며, 잘 익은 복숭아, 멜론, 광물성 향이 난다. 리슬링은 기후와 토양에 민감하며, 따스하고 건조하며 경사가 급한 지역이 적당하다. 독일에서는 낮의 열기를 간직하며 밤에 서리를 방지하는 점판암으로 된 토양인 모젤강 지역과 라인강이 동서로 흐르는 곳에 포도밭인 남향으로 위치한 라인가우가 독일 와인의 최적지라 할 수 있다.

리슬링은 산뜻한 드라이 와인부터 매우 달콤한 스위트 와인까지 만들 수 있다. 알코올 7% 수준의 신선한 산미와 부드러운 감미를 지닌 독일 리슬링 스타일부터 13%의 힘 있고 미네랄 터치가 있는 드라이한 알자스 그리고 향긋한 라임 향과 밸런스가 잘 잡힌 호주 스타일이 있다. 독일 최상급 리슬링을 생산하는 지역은 모젤Moussel, 팔츠Pfalz, 라인가우Rheimgau 그리고 라인헤센Rheinhessen이다.

독일의 대표적 와인 생산자는 모젤Mosel에서는 에곤 뮐러Egon Muller, 닥터 루젠Dr. Loosen, 쉴로스 리저Schloss Lieser, J. J. 프륌J.J. Prum, 조 조스 크리스토펠 에르벤Joh. Jos. Christoffel Erben, 닥터 H. 타니쉬Dr. H. Tanisch 등이 있고, 팔츠Pfalz 지역은 닥터 다인하드Dr. Deinhard, 닥터 뵈르클린 볼프Dr. Burklin Wolf, 뮐러 카투아르Muller Catoir, 바르세만 요르단Bassermann-Jordan 등이 있다.

라인가우Rheingau 지역은 슐로스 요하니스베르크Schloss Johannisberg, 슐로스 폴라즈Schloss Vollrads 퀸스틀러Kunstler, 게오르크 브로이어Georg Breuer 등이 있으며, 라인헤센Rheinhessen에서는 슈트룹Strub, 바인구트켈러Keller, 바인구트 비트만Weingut Wittmann 등이 있다.

(3) 소비뇽 블랑 Sauvignon Blanc

출처: https://www.winetraveler.com/

소비뇽 블랑은 가장 개성이 뚜렷한 품종으로 산뜻한 향미가 특색이다. 소비뇽 블랑 와인은 싱싱하고 풋풋하며, 야성미가 살아 있어 싱싱한 청량감을 준다. 프랑스 중부의 루아르 지방과 남서부 보르도 지방이 유럽의 고전적인 산지이며, 신세계에서는 뉴질랜드 말보로Marbourough 지역의 소비뇽 블랑이 세계적으로 인정받고 있다. 자몽, 라임, 구즈베리, 쇄기풀 향이 풍기는 뉴질랜드 소비뇽 블랑은 크라우디 베이Cloudy Bay와 빌라 마리아Vila Maria가 유명하다. 미국 캘리포니아와 호주에서는 소비뇽 블랑을 '퓌메 블랑Fume Blanc'이라고 부른다.

소비뇽 블랑은 서늘한 기후를 선호하며, 태생이 싱싱한 특질을 주는 품종이다. 색상은 연한 노란색이며, 품종 고유의 야성적안 느낌, 갓 벤 풀 냄새, 무화과, 아스파라가스 향, 자몽 향 등이 인상적이다.

프랑스 루아르 소비뇽 블랑은 미네랄과 부싯돌 그리고 알싸한 풍미가 있다. 프랑스 루아르 지방에서는 소비뇽 블랑만을 사용하여 상세르Sancerre와 푸이-퓌메Pouilly-Fume 와인을 만든다.

(4) 세미용Semillon

출처: https://chateausuau.com/

세미용Semilllon은 프랑스 보르도와 남서부 지방에서 주로 재배되며, 소비뇽 블랑과 블렌딩하는 데 많이 사용된다. 그러나 보르도 소테른Sauternes 지방에서 귀부 현상을 보이는 포도로 소비뇽 블랑과 블렌딩하여 세계 최고의 스위트 화이트 와인을 만들고 있다.

세미용은 껍질이 얇아 귀부병에 걸리기 쉬우며, 와인이 숙성됨에 따라 황색이 황금색으로 변한다. 씁쓸한 맛이 나는 경우는 감귤과 복숭아 향이 나고, 소테른의 보트리티스 시네레아Botrytis Cinera 곰팡이 영향을 받은 귀부 와인이 되면 벌꿀 향이 난다.

호주 시드니에 있는 헌터 밸리의 세미용은 레몬 향과 라이트한 맛으로 알려져 있다. 프랑스 보르도 소테른 지방의 귀부 포도로 만든 스위트 와인은 뛰어난 농축미와 감미로운 특성으로 샤토 디켐Chateau d'Yquem과 같은 세계 최고의 디저트 와인을 만들고 있다.

(5) 뮈스카데 Muscate, 모스까또 Moscato

출처: Getty Images/iStockphoto

뮈스카데는 스위트한 열대 과일 향과 이국적 향신료 향과 맛으로 달콤한 스타일의 와인을 생산하는 품종이다. 와인의 빛깔은 청색에 가까운 황색을 띠고 있으며, 오렌지, 건포도, 장미 향의 과일 맛과 상쾌한 단맛이 난다. 가볍고 아로마가 풍부하며, 매우 달콤해서 입안 가득 좋은 맛을 전해 준다. 뜨거운 태양 아래 과숙된 포도가 주는 짙은 풍미와 높은 당도 때문에 주로 디저트 와인으로 이용되고 있다.

주요 산지는 프랑스 알자스와 론, 남부의 봄므 드 베니즈Beaumes de Venise이며, 이탈리아 아스티Asti 지역에서는 달콤한 스위트 와인인 '모스카토 다스티Moscata d'Asti'와 발포성 와인, '아스티 스푸만테Asti Spumante'를 생산한다. 프랑스 알자스 지방에서는 뮈스카 품종으로 드라이한 와인도 생산하며, 그리스와 호주에서는 강화 와인을 생산하기도 한다.

(6) 게뷔르츠트라미너 Gewurztraminer

출처: Petr Pohudka / shutterstock.com

독일의 팔츠 Pfalz 지역이 원산지이며, 독일과 프랑스 알자스 지방을 비롯한 독일, 오트리아에서 리슬링과 함께 재배되는 품종이다. 황색에 연한 녹색를 띠며 장미꽃 같은 감미로운 향기와 함께 리치, 그레이프푸르트, 스모크, 부싯돌 등의 향을 느끼게 한다.

'게뷔르츠'는 향신료라는 뜻을 의미하며, 신맛이 적어 부드러운 감촉에 진하고 농축된 느낌의 맛을 내고, 드라이한 맛부터 스위트한 맛까지 다양하다. 게뷔르츠트라미너는 로크포르 Roquefort 치즈, 훈제 연어, 중국, 태국, 인도 음식과 잘 어울린다.

게뵈르츠트라미너 가장 좋은 재배 지역은 프랑스 동북부 알자스이며, 알자스 유명 와인 생산자는 도멘 마르셀 다이스 Domaine Marcel Deiss, 도멘 바인바흐 Domainbe Weinbach, 도멘 친트 훔브레히트 Domaine Zind-Humbrecht, 도멘 위겔 에 피스 Domaibe Hugel & Fils, 도멘 트림바흐 Domaine Trimbach 등이 있다.

(7) 피노 그리 Pinot Gris

출처: TFoxFoto / shutterstock.com

피노누아에서 변이된 것으로 알자스에서는 '토카이 달자스 Tokay d'Alsace' 라고 하며, 고급 품종으로 풍부하고 다양한 향을 지닌 와인을 만든다. 이탈리아에서는 '피노 그리조 Pinot Grigio' 라고 하며, 약간 스파이시한 맛이 있다. 1990년대부터 미국 오리건주에서 널리 재배하기 시작했으며 고급 와인을 만든다. 독일에서는 '룰랜더 Rulander'라고 한다.

(8) 비오니에 Viognier

출처: Yalumba

프랑스 론 지방이 원산지이며, 단독으로 화이트 와인을 만들지만 시라 등과 함께 레드 와인을 만드는 경우가 있다. 프랑스 랑그도크 루시용, 캘리포니아에서도 재배하기 시작한 품종으로 복숭아, 살구 향의 느낌이 있는 맑고 섬세한 와인을 만든다.

(9) 피노 블랑 Pinot Blanc

출처: https://en.wikipedia.org/

알자스, 독일, 오스트리아 등지에서 재배되며, 샤르도네 비슷하나 향이 덜하다. 피노누아에서 변이된 것으로 캘리포니아, 오리건에서도 재배한다. 오스트리아에서는 '바이스 부르군더 Weissburgunder', 이탈리아 북부에서는 '피노 비안코 Pinot Bianco'라고 한다.

(10) 슈냉 블랑 Chenin Blanc

출처: https://eatingarounditaly.com/

프랑스 최대의 화이트 와인 생산지인 루아르 지방에서 가장 많이 재배되는 품종으로 신선하고 부드럽다. 산도가 좋고 당분이 높아 드라이부터 세미 스위트까지 다양한 타입의 와인을 만들며, 식전주로 많이 이용된다. 100% 슈냉 블랑으로 만든 루아르의 부브레 Vouvray는 드라이하거나, 달콤하거나, 복합적인 향을 가진 장기간 보관할 수 있는 와인까지 다채로움을 선사해 준다.

와인 용어

(ㄱ)

그랑 크뤼 Grand Cru 프랑스 부르고뉴에서 최고 등급으로 분류되는 포도밭 또는 와인.

그랑 크뤼 클라세 Grand Cru Classe 1885년 나폴레옹 3세에 의해 최상급 와인을 5개 등급으로 분류하였는데, 이 5등급 안에 든 와인.

까베르네 소비뇽 Cabernet Sauvignon 레드 와인의 대표적인 품종으로 프랑스를 비롯한 와인 명산지에 세계적으로 많이 재배되고 있으며, 캘리포니아에서는 최고의 레드 와인을 만들고 있다.

뀌베 Cuvee 샴페인을 양조할 첫 번째 압착에서 추출한 포도즙을 말한다.

(ㄴ)

나파밸리 Napa Valley 샌프란시스코 북부 지역의 마을로 미국에서 가장 유명한 포도 재배 지역이며, 캘리포니아 최상급 와인들이 생산된다.

노블롯 Noble Rot 포도에 생기는 '보트리티스 시네레아 Botrytis Cinera'라는 잿빛 곰팡이로 '귀부병 Noble Rot'이라고도 한다. 귀부병에 걸린 포도로 프랑스 소테른 또는 독일의 Qmp[1]인 베렌아우스레제나 트로켄베렌아우스레제처럼 맛이 진하고 달콤한 명품 디저트 와인이 만들어진다.

네고시앙 Negociant 프랑스 부르고뉴에서 전통적으로 도멘과 협동조합의 와인을 구매하여 숙성, 주병, 판매하는 역할을 하면서 세계 시장으

1) QmP Qualitätswein mit Prädikat : 크발리테츠바인 미트 프레디카트는 독일의 와인 품질 기준 중에 최상등급

로 진출하여 이름을 알린 업체.

논 빈티지 샴페인 Non-Vintage Champagne　포도 작황이 좋지 않을 경우 빈티지가 다른 와인을 브렌딩하여 양조한 샴페인.

(ㄷ)

데고르주망 Degorgement　전통적인 샴페인 양조 과정 중 하나로, 병 속의 침천물을 제거하기 위해 사용되는 방법.

드라이 Dry　19세기에 들어와서 와인에서 드라이하다는 뜻은 달고Sweet, 감미로운Mellow 맛에 대칭되는 개념으로 사용되기 시작하였다. 사람이 당분을 느끼려면, 최소 리터당 5g의 당분이 들어 있어야 한다. 화이트나 로제 와인이 3g 이하의 잔여 당분을 함유하고 있을 때 드라이하다고 한다.

드미 섹 Demi-sec　샴페인 용어로 중간 정도 달다는 뜻.

디오니소스 Dionysus　그리스의 주신酒神.

디캔팅 Decanting　빈티지 와인에서 침전물을 제거하기 위해 와인을 병에서 디캔터Decanter로 옮겨 따르는 과정으로, 공기와의 빠른 접촉을 통해 향을 열어 주는 역할을 한다.

(ㄹ)

리제르바 Riserva　일정 숙성 기간을 거친 스페인, 포르투갈, 이탈리아 와인 라벨에 표기된다.

로제 Rose　색이 분홍빛인 와인으로 검은 포도의 즙을 조금 내어 만든다. 로제 샴페인인 경우에는 화이트와 레드를 혼합하여 만들 수도 있다.

루아르 밸리 Loire Valley　프랑스 루아르 강을 따라 위치한 와인 산지로 보르도 다음으로 생산량이 많다. 루아르 지방 와인은 여름용 와인으로 인기가 좋으며, 푸이 퓌메, 상세르, 뮈스카데 등이 있다.

리슬링 Riesling 독일이 원산지인 청포도 품종 이름.

리오하 Rioja 스페인의 와인 생산 지역.

루비 포트 Ruby Port 포르투갈의 진한 색의 달콤한 주정 강화 와인으로 논빈티지 와인들을 블렌딩하여 만든다.

리저브 Reserve 미국의 와인 라벨에서 볼 수 있으며 대체로 고급 와인을 뜻한다.

(ㅁ)

마데이라 Madeira 포르투갈 섬으로, 주정 강화 와인을 만든다.

마쎄라시옹 Maceration 와인 양조 과정 중 하나인 침용으로 포도의 페놀성분을 비롯해 맛과 향 그리고 색을 추출한다.

만사니아 Manzanilla 쉐리 와인의 일종으로 산루카르 데 바라메다 지역의 피노Fino이다.

말벡 Malbec 보르도산 적포도로서 아르헨티나가 그 우수성을 세계에 알리고 있으며, 아르헨티나 국가 대표 품종으로 육성하고 있다.

모노폴 Monopole 프랑스 부르고뉴 지방에서 소유주가 한 명인 포도밭을 일컫는 말이다. 보르도에서는 한 포도밭에서 수확한 포도만을 사용하여 만든 와인을 뜻한다.

밀레짐 Millesime 빈티지의 프랑스어.

매그넘 Magnum 표준 용량 750㎖보다 두 배 큰1.5ℓ 와인 병.

메독 Medoc 프랑스 보르도에 있는 지역. 원산지로서의 메독과 지역으로서의 메독은 구분되어야 한다. 지역으로서의 메독은 보르도 지롱드 강 좌안에 위치한 지역을 말한다. 메독은 다시 해발 고도가 낮은 바메독Bas Medoc과 높은 오메독Haut Medoc으로 나뉜다. 그러나 '낮은'이란 뜻의 바Bas는 어감이 좋지 않아 지역 주민의 요청으로 '바Bas'를 떼고 그냥 메독으로 부른다. 그래서 원산지를 뜻할 때는 메독은 바메독이다. 원산지를 이야기할 때는 메독은 메독 지역의 북단 구역인 바메독을 뜻하고, 지역으로서의 의미인 경우는 바메독과 오메독을 합친 전체 메독을 뜻한다.

메를로 Merlot　보르도산 적포도 품종으로 캘리포니아, 칠레, 호주 등 많은 지역에서 재배하며, 주로 까베르네 소비뇽과 블렌딩한다.

뮈스카데 Muscadet　프랑스 루아르 지방의 상큼한 향기가 나는 화이트 와인. 청포도인 뮈스카데로 만든다.

(ㅂ)

바디 Body　혀로 느끼는 와인의 점성도, 농도, 질감이 포함된 와인 전체의 맛의 무게를 바디라고 하며, 풀바디, 미디엄바디, 라이트바디로 구분된다.

바리크 Barrique　프랑스 보르도에서 전통적으로 사용하는 225ℓ 용량의 오크통. 현재는 전 세계적으로 사용하고 있다.

바르베라 Barbera　이탈리아 피에몬테 지방의 적포도 품종.

바인구트 Weingut　프랑스 샤토에 해당하는 독일어이며, 자기 포도밭이 있는 와이너리.

바이오다이나믹 Biodynamic　음력 주기의 유기농법으로 포도나무를 재배하는 방식.

바쿠스 Bacchus　로마 시대의 와인의 신神. 그리스의 디오니소스Dionysus가 로마 시대에 바쿠스Bacchus로 이름이 바뀜.

빈티지 Vintage　포도가 수확된 해.

보데가 Bodegas　스페인어로 와이너리를 의미한다.

보졸레 누보 Beaujolais Nouveau　보졸레 지방의 해포도주로 생산과 출시가 수확 후 몇 주만에 이루어지며, 11월 셋째 주 목요일 자정을 기해 출하된다.

보졸레 빌라주 Beaujolais-Villages 보졸레 지방의 지정된 마을에서 생산한 포도들을 블렌딩하여 양조하는 와인으로 보졸레 와인보다 품질 등급이 높다.

블랑 드 누아 Blanc de Noirs 적포도인 피노누아와 피노 므뉘에로 만드는 샴페인.

블랑 드 블랑 Blanc de Blancs 청포도 품종으로 만든 화이트 와인을 뜻한다. 샴페인은 적포도피노 누아와 피노 므뉘에와 청포도 품종샤르도네으로 만들어지는데, 블랑 드 블랑 샴페인은 샤르도네만으로 만든다.

블랙커런트Blackcurrent 까치밥나무과에 속하는 관목인 까막까치밥 나무 열매로 원산지는 북유럽이다. 검은색 베리 알갱이가 달린 송이 모양으로 즙이 많고 향이 좋아 시럽, 잼, 칵테일에 사용된다. 신선한 블랙커런트의 향은 파워풀하고 향긋하다.

밸런스Balance 산도, 당분, 타닌, 알코올 도수가 조화를 이룰 때 밸런스가 좋다고 한다.

뱅Vin 프랑스어로 와인이란 뜻. 이탈리아어는 비노, 스페인어도 비노, 독일어로는 바인이다.

베렌아우스레제Beerenauslese 잘 익은 포도 알맹이만을 선택적으로 수확하여 만든 와인이라는 뜻이며, 아우스레제Auslese보다 당분이 더 높다.

부케Bouquet 와인의 발효 과정에서 생성되는 2차 아로마 향과 숙성 과정에서 형성되는 3차 아로마 향을 통합하여 부르는 용어이다. 부케는 숙성 중에 생기는 향기로 숙성 기간과 숙성 방법에 따라 다양한 향기가 난다. 레드 와인은 비교적 진한 향기로 고엽, 부엽토, 홍차, 버섯 향기 등이 나며, 화이트 와인은 레드 와인보다 가벼운 느낌의 버섯, 건포도 향기 등이 난다.

브랜디 Brandy 와인을 증류하여 만든 술로서 코냑 지방의 브랜디가 가장 유명하며, 그것을 코냑이라고 부른다.

브뤼 Brut 가장 드라이한 종류의 샴페인.

브리딩 Breathing 와인이 공기와의 접촉이 늘어나서 향이 더 풍부해지고 탄닌을 부드럽게 하기 위하여 와인의 코르크를 열어두는 것을 말한다. 이탈리아 네비올로 품종으로 만든 바롤로나 프랑스 보르도 그랑 크뤼 와인들은 오래 브리딩을 해야 탄닌이 부드러워지고 와인의 풍미가 살아난다.

비냐 Vina 스페인어로 포도원이라는 뜻. 캘리포니아에서도 포도원의 이름으로 사용되고 있다.

비오니어 Viognier 프랑스 론 밸리에서 재배되는 청포도이며, 씹히는 듯한 산미와 쾌활한 향이 매력적이다.

빌라주 와인 Village Wine 부르고뉴의 특정 마을에서 생산되는 와인.

(ㅅ)

산도 Acidity 와인에서 느껴지는 신맛의 정도를 가르키는 말. 포도의 산도는 주로 주석산이다. 풍부한 사과산은 유산 발효를 통해 섬세하고 부드러운 와인으로 변모한다. 산도가 낮은 와인은 보통 그리 오래 숙성되지 않는다. 레드 와인의 경우는 타닌이 풍부하면, 산도가 낮더라도 오랜 기간 숙성할 수 있다.

샤르도네 Chardonny 청포도의 일종으로 프랑스 부르고뉴 지방이 원산지이다.

샤블리 Chablis 프랑스 부르고뉴의 최북단에 위치한 지역으로 화이트 와인만 생산한다. 토양은 쥐라기 시절에 형성된 점토, 석회석과 조개껍데기로 되어 해산물과 잘 어울린다.

샤토 Chateau　프랑스어로 성Castle이라는 뜻이다. 보르도에서는 자기 소유의 포도밭에서 수확한 포도로 와인을 양조할 때 샤토라고 이름을 붙인다.

샤토 네프 뒤 파프 Chateauneuf-Du-Pape　프랑스 론 밸리 남부 지역에서 생산되는 레드 와인으로 '교황의 새로운 성城'이라는 뜻.

샤토 와인 Chateau Wine　최고 품질의 프랑스 보르도 와인을 지칭할 때 사용된다.

샴페인 Champagne　프랑스 상파뉴 지역에서 샴페인 방식으로 생산되는 스파클링 와인으로 샴페인은 상파뉴의 영어 발음. 협정에 의해 샹파뉴 지역 외 프랑스 다른 지방과 다른 나라에서 생산되는 스파클링 와인은 샴페인이라 부를 수 없다.

샴페인 방식 Methode Champenoise　스파클링 와인을 만들 때 병 속에서 2차 발효하는 방식인데, 이 방식을 거쳐야 샴페인이 된다.

세미용 Semillon　보르도 지역에서 주로 재배되는 청포도 품종.

세파주 Cepage　프랑스어로 포도 품종이라는 뜻.

셀러 Cellar　와인을 저장하는 곳이란 뜻이지만, 요즈음은 와인 파는 곳이나 와인 전용 냉장고도 셀러로 부른다.

소노마 Sonoma　나파밸리와 함께 캘리포니아 최고 와인을 생산하는 지역으로 샌프란시스코의 북부 해안에 위치한다.

소믈리에 Sommelier　레스토랑에서 와인을 전문으로 하는 웨이터를 말한다.

소비뇽 블랑 Sauvignon Blanc　세계적으로 많은 사랑을 받는 청포도 품종이며, 주로 세미용과 블렌딩되는 경우가 많다.

소테른 Sauternes　프랑스 보르도 남부에 위치한 소테른은 세계적으로 뛰어난 스위트 화이트 와인을 만드는 지역. 사용되는 포도 품종은 포도 껍질에 '보트리티스 시네리아'라는 곰팡이가 잘 달라붙는 세미용 80%와 소비뇽 블랑 20% 블렌딩하여 만든다.

솔레라 시스템 Solera System　스페인에서 쉐리 와인을 만들 때 사용하는 양조 방법이다. 오래된 와인부터 영 와인까지 여러 빈티지를 블렌딩하여 와인을 양조하며, 쉐리 와인은 빈티지가 표시되지 않는다.

수렴성 Astringency　타닌에 의해 느껴지는 떫은맛의 감각을 의미한다.

숙성 Aging　와인 맛을 최고로 하기 위해 오랜 기간 어떤 특정한 환경 속에서 와인을 보관한 것. 온도와 습도의 변화가 없고, 진동이 없는 지하가 가장 좋은 조건이다.

슈냉 블랑 Chenin Blanc　프랑스 루아르 지방에서 가장 많이 재배되는 청포도 품종으로 신선하고 매력적인 부드러움이 특징이다.

슈페트레제 Spatlese　독일어로 '늦은 수확'이라는 뜻으로 피치 못할 사정 때문에 할 수 없이 늦게 포도를 수확하여 만들어진 고급 화이트 와인 이름이다. 카비네트보다 당분이 높고 아우스레제보다 낮다.

스틸 와인 Still Wine　스파클링이 아닌 일반 와인을 말한다.

스테인리스 스틸 탱크 Stainless Steel Tank　와인을 양조할 때 발효나 숙성용으로 이용되는 스테인리스 스틸 통으로 맛이나 온도를 일정하게 관리할 수 있다.

스파이시 Spicy　와인의 맛을 표현할 때 쓰이는 용어로 서양 양념인 후추, 정향, 계피 등의 향을 뜻한다. 프랑스 알자스 지방에서 생산되는 게뷔르츠트라미너 품종으로 만든 와인이 대표적으로 스파이시한 느낌을 준다.

스푸만테 Spumante　이탈리아에서 샴페인 방식으로 만든 스파클링 와인.

(ㅇ)

아로마 Aroma　포도 자체가 가지고 있는 와인의 1차적인 향기로 잔에 따르면 즉시 올라온다. 포도 품종과 숙성도에 따라 여러 가지의 향기를 느낄 수 있다. 레드 와인은 딸기, 야생 딸기 등의 과일 향, 채소 향, 제비꽃이나 장미꽃 향기 그리고 정향, 감초 같은 향신료의 향기를 느낄 수 있다. 화이트 와인은 라임, 레몬, 사과 등 신선한 과일 향, 박하, 레몬, 허브류 그리고 백장미, 백합 등의 꽃향기를 느낄 수 있다.

아상블라주 Assemblage　보르도와 상파뉴 지방에서 많이 사용하는 양조 방법으로 여러 종류의 와인을 블렌딩하는 것을 말한다.

아우스레제 Auslese　독일어로 '선택된'이란 뜻. 잘 익은 포도송이만을 골라서 만든 와인이다. 포도의 당분이 높아 발효 시 잔당을 일부 남겨 아주 단맛의 와인이 된다.

아이스 와인, 아이스바인 Ice Wine, Eiswein　포도가 언 상태에서 압착하여 주스를 짜내어 발효하여 만든 달콤한 디저트 와인이다. 리슬링으로 만든 아이스바인은 트로켄베렌아우스레제, 프랑스의 소테른 샤토 디켐과 바르싹의 샤토 클리망 귀부 와인과 함께 최상품의 디저트 와인으로 꼽히고 있다.

안토시아닌 Anthocyanin　포도 껍질에 함유된 폴리페놀류 색소이며, 레드 와인의 붉은색은 이 색소 양에 따라 결정된다. 안토시아닌의 함량은 포도 품종마다 다르며, 부르고뉴 피노누아에는 리터당 200mg이 들어 있다. 안토시안은 심혈관계 질병과 알츠하이머 예방에 효과가 있다고 한다.

아페리티프 와인 Aperitif　드라이한 맛의 화이트 와인이나 삼페인, 셰리 등 식전에 마시는 와인.

여로보암 Jeroboam　표준 용량750㎖보다 큰 네 병들이 3ℓ 용량.

에르미타주 Hermitage　프랑스 론 밸리 북쪽 지역에서 생산되는 레드 와인. 시라를 주품종으로 생산하는 에르미타주는 묵직하고 풀 바디한 스타일의 와인이다.

오크 Oak 와인은 참나무로 만든 오크통에 담아 숙성시킨다. 접착제를 사용하지 않고 조립으로만 오크통 틀을 짜기 때문에, 내부에 불을 놓아 나무가 일정한 모양으로 굳도록 작업한다. 내부를 태울 때는 오크 나무의 미세한 톱밥을 사용한다. 오크통에서 숙성된 와인은 색과 향과 맛이 더 복합적이 되며, 내부가 어느 정도 구워져서 와인을 숙성시키면 초콜릿이나 바닐라 향이 난다.

와이너리 Winery 포도밭 또는 포도주 양조장.

원산지명 AOC : Appellation Origine Controlee 와인 등급과 포도밭의 단위 면적에 따라 포도의 생산량을 규제하여 너무 많은 포도를 생산하지 않도록 하고, 최소한의 알코올 함량을 정해서 잘 익은 포도로만 만든 와인을 가리킨다. AOC 등급은 프랑스 와인의 15% 수준으로 고급 와인이다.

우디 Woody 와인을 오랜 기간 동안 오크통에 숙성 보관된 경우에 나무 향과 맛이 강해질 때 표현하는 말.

우드 포트 Wood Port 포르투갈 와인인 루비 포트나 타우니 포트를 일컫는 주정 강화 와인.

유산 발효 Malolactic Fermentation 유산균을 생성시키는 박테리아를 통해 발효한다. 포도에 많이 함유된 신맛의 사과산을 부드러운 젖산 혹은 유산으로 변모시키는 활동이다. 고급 와인은 유산 발효를 지하 셀러에서 수개월에 걸쳐 실시하여 매력적인 질감으로 탄생된다.

(ㅈ)

저그 와인 Jug Wine 항아리같이 큰 용기에 담겨 판매되는 캘리포니아의 보통 와인을 말하며, 질보다 양을 추구하는 와인.

젝트 Sekt 독일에서 샴페인 방식으로 만들어진 스파클링 와인을 젝트라고 한다.

진판델 Zinfandel 크로아티아가 원산지로 캘리포니아에서만 재배되는 특이한 품종으로 화이트 와인부터 로제, 레드 와인, 스위트 와인까지 다양한 와인을 만든다.

(ㅋ)

카바 Cava 스페인의 전통 방식으로 만든 DC Denominación de Origen급 스파클링 와인.

카브 Cave 지하에 있는 와인 저장고 또는 양조 시설.

카비넷 Kabinett 와인이 좋아서 캐비닛에 넣어 두고 싶다는 뜻으로 독일 고급 와인의 가장 아래 단계에 속한다.

카시스 Cassis 까치밥나무과에 속하는 관목인 까막까치밥나무 열매로 원산지는 북유럽이다. 까막까치밥나무 열매인 카시스 Cassis는 프랑스어이고, 영어로는 블랙커런트 Black Current라고 한다. 카시스 Cassis는 검은색 베리 알갱이가 달린 송이 모양으로 즙이 많고 향이 좋아 시럽이나 잼, 칵테일, 리큐어를 만드는 데 사용된다. 신선한 블랙커런트의 향은 파워풀하고 향긋하다. 블랙커런트 Blackcurrent에는 혈액 순환을 촉진하고 혈관 기능을 향상시키는 폴리페놀과 안토시안이 함유되어 있다. 까막까치밥나무 향은 소비뇽 블랑 Sauvignon Blanc을 사용하는 상세르, 푸이 퓌메 같은 화이트 와인은 조금 매콤한 나뭇잎 향 혹은 까막까치밥나무의 꽃봉오리를 으깬 향이 나고, 부르고뉴 피노누아 Pinot Noir에서는 잘 익은 과일 향이 난다.

캐스크 Cask 와인의 발효, 숙성, 저장에 사용되는 오크통으로 국가와 지역에 따라 다양하다.

코냑 Cognac 프랑스 코냑 지방에서 생산되는 브랜디.

코달리 Caudalie 와인을 삼키거나 뱉은 다음에 입안에서 향이 남아 있는 시간을 측정하는 단위로서 1코달리는 1초에 해당된다.

코르크 Cork 참나무 줄기의 겉껍질을 원통 모양으로 잘라 만들어 와인병의 마개로 사용되며, 밀봉 효과가 뛰어나다.

코르크화된 와인 Corked Wine, **코르키 와인** Corky Wine 와인에서 케케묵은 신 문 향이 나는 경우를 말한다. 코르크 제조 과정에서 미세한 곰팡이가 붙어 있다가 와인에 코르크 향이 전달된 와인이다. 레스토랑에서 이런 코르키 와인을 만나면 거절한다.

코르키지 Corkage 레스토랑에서 손님이 가져온 와인을 마실 경우, 마개를 따 주고서 받는 요금.

큐엠피 QmP: Qualitätswein mit Prädikat 크발리테츠바인 미트 프레디카트는 독일의 와인 품질 기준 중에 최상등급이다. QmP는 당도에 따라, 여섯 개 카비네트, 슈페트레제, 아우스레제, 베렌아우스레제, 아이스바인, 트로켄베렌아우스레제의 명칭 등급이 있다.

크뤼 Cru 보통 마을이나 포도밭을 지칭하는 용어이며, 와인의 품질을 위해 같은 포도밭에서 재배된 포도로 만든 와인의 등급을 의미한다. 프랑스 부르고뉴 지방에서는 프리미어 크뤼 Premier Cru, 그랑크뤼 Grand Cru 등으로 구분한다.

크뤼 보졸레 Cru Beaujolais 보졸레의 최상급 와인으로, 보졸레 지방에서도 특별히 지정된 10개 마을 중 한 곳에서 생산된다.

크뤼 브루주아 Cru Bourgeois 2003년 6월 보르도 상공회의소에서 지정한 꾸준히 품질을 인정받고 있는 보르도의 247개 샤토를 말하며, 1855년에 결정된 그랑 크뤼 클라세의 하위 등급이다.

크림 쉐리 Cream Sherry 쉐리 와인의 일종으로 페드로 히메네스와 을로로소를 블렌딩하여 양조한다.

크발라테츠바인 Qualitäswein '우수한 와인'이라는 뜻의 독일어.

클래시파이드 그로스 Classified Growth 1855년 프랑스 보르도의 와인 등급 구분에 의해 최상급 와인을 생산하는 포도원으로 선정된 61개의 샤토를 말한다.

클래시파이드 샤토 Classified Chateau 최고급 와인을 생산하는 프랑스 보르도 지방의 샤토들을 지칭하는 말.

클레레 Clairet 영어의 Claret에서 나온 말로 영국 사람들이 프랑스 보르도 와인을 지칭하는 말.

키안티 Chianti 이탈리아 토스카나 지역에서 적포도 산지오베제 Sangiovese로 만든 DOCG급 레드 와인.

키안티 클라시코 Chainti Classico 품질 면에서 키안티보다 한 단계 위의 와인으로, 키안티 안쪽 지역에서 생산된다.

키안티 클라시코 리제르바 Chainti Classico Riserva 이탈리아 키안티 와인 중 최고 품질로 키인티나, 키안티 클라시코보다 더 오래 숙성 기간을 거친다.

(ㅌ)

타닌 Tanin 폴리페놀 물질로 쓴맛 혹은 수렴성이 있어서 입안에서 떫은맛을 느끼게 한다. 포도의 껍질과 줄기 그리고 씨앗에 많이 함유되어 있으며, 오크통에서 숙성할 때에도 오크로부터 타닌이 스며 나온다.

타스트뱅 Tastevin 소믈리에가 사용하는 은으로 만든 컵. 조명이 어두운 지하 저장고에서 와인 테이스팅을 위해서 빛을 반사하는 은이 도움이 된다.

타우니 포트 Tawny Port 포르투갈의 루비 포트보다 가볍고 부드러우며, 더 장기간 숙성시킨 강화 와인.

타펠바인 Tafelwein 테이블 와인을 의미하는 독일어.

테이블 와인 Table Wine 14% 미만의 알코올 도수를 함유한 모든 와인을 이 범주에 넣고 있다. 와인은 식사할 때 함께 즐길 수 있는 음식이라는 의미다. 이 범주에 들지 않는 18~20% 내외의 와인을 주정 강화 와인 Fortified Wine이라고 한다.

투명성 Clarity 와인을 평가할 때 와인에 침전물이나 뿌연 느낌이 없이 투명한 경우에 사용되는 용어.

트로켄 Trocken 독일어로 '드라이' 하다는 뜻.

트로켄베렌아우스레제 TBA, Trockenbeerenauslese '보트리티스 시네레아 Botrytis Cinera'라는 잿빛 곰팡이균에 의해 귀하게 부패한 포도알로 만든 독일에서 가장 당도가 높은 와인이다. 잿빛 곰팡이균의 작용으로 당분만 남은 포도알 속에는 벌꿀 같은 향취와 아주 우아하고 감미로운 맛이 나는데, 최상의 디저트 와인으로 평가받고 있다.

(ㅍ)

퍼멘테이션 Fermentation 포도즙의 당분이 효모 효소 활동에 의해 일코올로 변하는 발효 과정

포트 Port 포르투갈의 오포르토 Oporto 지역에서 양조되는 주정 강화 와인.

폴리페놀 Polyphenols 와인에서 생기는 화학적인 성분으로 떫은맛과 쓴맛 그리고 입안이 마르는 듯한 느낌을 준다. 폴리페놀은 포도의 타닌과 포도 껍질의 색소에서 주로 발견되는 성분이다. 폴리페놀은 활성산소와 결합하여 혈관의 노페물이 산화됨을 방지하며, 동맥경화를 예방하는 효과가 있다.

포티파이드 와인 Fortified Wine 알코올 함량이 높은 브랜디를 첨가한 주정 강화 와인으로 포트 와인이나 쉐리 와인.

푸토뇨스 Puttunyos 헝가리 토카이 지역에서 와인 당도를 측정할 때 사용

하는 단위.

프리미에 크뤼 Premier Cru 프랑스 부르고뉴에서 빌라주에 있는 특정 포도밭에서 생산되는 와인 중의 독특한 개성과 품질이 좋다고 인정되는 곳으로 상표에 빌라주 명칭을 먼저 표시하고, 다음에 포도밭 명칭을 표시하도록 되어 있다. 원산지 명칭 AO에는 빌라주 명칭 다음에 프리미에 크뤼 Premier Cru라고 표시한다.

퓌메 블랑 Fume Blanc 청포도 소비뇽 블랑 Sauvignon Blanc을 미국 캘리포니아에서 부르는 별칭.

프루티 Fruity 포도의 신선한 향을 유지한 와인.

플랫 Flat 테이스팅 용어로 와인의 산미와 생동감이 결여된 와인을 말한다. 플랫 와인은 김빠진 맥주 같아 마시기가 어렵다. 스파클링 와인에서 플랫은 와인에 탄산가스가 결여되었다는 뜻이다.

피노 Fino 쉐리 와인의 한 종류.

피노누아 Pinot Noir 프랑스 부르고뉴 지방에서 재배되는 적포도 품종으로 최고의 레드 와인을 만든다. 좋은 피노누아는 체리, 라즈베리, 자두 향이 나며, 숙성될수록 버섯, 삼나무, 담배, 초콜릿, 낙엽, 가죽 향이 난다.

피니시 Finish 와인을 마신 후 입안에 남아 있는 맛이다. 오래 숙성할수록 와인의 뒷맛도 길다.

필록세라 Phylloxera 진딧물의 일종으로 유충과 성충이 포도나무 뿌리와 잎에 붙어 수액을 흡수하여 포도나무를 고사시키는 치명적인 기생충이다. 필록세라는 미국 동부 지역 포도에 기생하는 해충으로, 1850년대 말 미국에서 보르도 지방으로 보낸 연구용 묘목에 붙어서 유럽에 전파되었다. 순식간에 저항력이 없는 유럽 종 포도에 번식하여 유럽 전역의 포도밭을 황폐시켰다. 지금의 유럽 포도나무는 뿌리가 미국산이다.

(ㅎ)

할프트로켄 Halbtrocken 독일어로 세미 드라이를 의미한다.

헥타르 Hectare 미터법에 따른 면적 단위로 1헥타르는 약 2.47에이커이며, 10,000제곱미터 3,086.4평에 해당한다.

헥토리터 Hectoliter 미터법에 의한 부피 단위로 1헥토리터는 약 26.4242갤런이며, 100리터에 해당한다.

[참고문헌]

고재윤, 와인 커뮤니케이션, 세경북스, 2020
고형욱, 보르도 와인 기다림의 지혜, 한길사, 2002
고형욱, 와인 견문록, 이마고, 2009
김기재, 성공 비즈니스를 위한 와인 가이드, 넥서스 Books, 2008
김기재, 와인을 알면 비즈니스가 즐겁다, 세종서적, 2002
김욱동, 헤밍웨이를 위하여, 이숲, 2012
김응교, 서른세 번의 만남, 백석과 동주, 아카넷, 2020
김준철, 와인, 백산출판사, 2017
김준철, 와인, 알고 마시면 두배로 즐겁다, 세종서적, 1997
김태광, 황홀한 체험, 프랑스 와인의 모든 것, 한울, 2003
김혁의 이탈리아 와인 기행, 학산문화사, 2007
김혁의 프랑스 와인 기행, 세종서적, 2002
니시카와 메구미, 와인과 외교, 지상사, 2008
닐 베게트, 죽기 전에 꼭 마셔봐야 할 와인 1001(1001 Wines You Must Taste Before You Die), 마로니에북스, 2009
무라카미 하루키, 와인 한 잔의 진실, 창해, 2004
박근인, 세상의 거의 모든 치즈, Minimum, 2021
박찬일, 와인 스캔들, 넥서스 Books, 2007
서정주, 미당 시전집, 민음사, 2001
세상에서 가장 아름다운 시 99선, 푸르름, 2002
손진호 외 1인, 와인 구매 가이드, 바롬웍스, 2006
손진호 외 1인, 와인 구매 가이드2, 바롬웍스, 2008
안준범, 와인 읽는 CEO, 21세기북스, 2009
엔리코 베르나르도(Enrico Bernardo), How Wine 세계 최고의 소믈리에게 배우는 와인 맛보는 법, 나비장, 2007
와인 바이블(Windows on the World Complete Wine Course), 캐빈 즈랠리, 한스미디어, 2022 Edition
요아힘 E. 베렌트, 재즈북, 자음과 모음, 2017
이두호, 이제는 와인이 좋다, 바다출판사, 2001
이윤기의 그리스 로마 신화, 웅진닷컴, 2001

[참고 문헌]

이준재 외 2인, 와인의 세계와 소믈리에, 대왕사, 2017
이호섭 & 이채운, 가요가창학, 지식공감, 2020
장홍, 와인 인문학 산책, 글항아리, 2020
조정용, 라이벌 와인, 한스미디어, 2010
조정용, 올댓 와인, 해냄, 2008
조정용, 올댓 와인 II, 해냄, 2014
최훈, 역사와 와인, 자원평가연구원, 2015
티에리 타옹, 와인의 철학, 개마고원, 2007
한관규, 보르도 와인, 그랑벵 코리아, 2002
한동일, 세계의 명시 산책, 동인, 2014
헤밍웨이, 노인과 바다(The Old Man and the Sea), 삼지사, 2014
헤밍웨이, 노인과 바다, 민음사, 2018
헤밍웨이, 무기여 잘 있어라, 민음사, 2018
헤밍웨이, 오후의 죽음, 책미래, 2013
헤밍웨이, 태양은 다시 떠오른다, 민음사, 2018
헤밍웨이, 파리는 날마다 축제, 이숲, 2015

Ernest Hemingway, The Sun Also Rises, Scribner, 1926
Ernest Hemingway, A Farewell to Arms, Scribner, 1926
Ernest Hemingway, Death in the Afternoon, Scribner, 1926
Flavor in Wine, Moden Book, 2010
Hugh Johnson, The World Atlas of Wine, Fifth Edition, 2001
The Australian Wine Annual 2014, Jeremy Oliver
Tom Stevenson, The Sotheby's Wine Encyclopedia, DK Publishing Inc, 2020

시(詩)가 있는 와인 산책

와인은 유혹이고 낭만이며 즐거움이다

초판 1쇄 인쇄 2024년 6월 12일
초판 1쇄 발행 2024년 6월 25일

저자 이원희
펴낸이 박정태
편집이사 이명수 출판기획 정하경
편집부 김동서, 박가연
마케팅 박명준, 박두리 온라인마케팅 박용대
경영지원 최윤숙

펴낸곳 BOOK STAR
출판등록 2006. 9. 8. 제 313-2006-000198 호
주소 파주시 파주출판문화도시 광인사길 161 광문각 B/D 4F
전화 031-955-8787 팩스 031-955-3730
E-mail kwangmk7@hanmail.net
홈페이지 www.kwangmoonkag.co.kr

ISBN 979-11-88768-83-7 03800
가격 29,000원